徳間文庫

夢《ゆめ》曳《ひ》き船《ぶね》

山本一力

徳間書店

一

享保《きょうほう》二（一七一七）年はいつもの年よりも早く、江戸は六月三日に梅雨入《つゆい》りした。

早かったのは梅雨だけではない。五月下旬から野分《のわけ》のような風が幾日も吹いた。その風が梅雨の雨を吸って強くなり、梅雨入り前日の六月二日は、夜から風雨が吹き荒れた。

六月三日の梅雨入りは、この年最初の野分が襲いかかった日でもあった。

六月三日の朝五ツ（午前八時）。

「やってらんねえやね」

晋平《しんぺい》の宿では、尾張町《おわりちょう》に出られない差配連中が、ぶつくさこぼしながら茶を飲んでいた。

「どこかの知恵者が、天《そら》にでけえ覆い布をかぶせる思案をしてくれねえかよ」

夜来の降り続く雨を見て、孔明《こうめい》がこぼした。だれもが同じ思いを抱えていた。

「尾張町の肝煎《きもいり》連中はどんな具合だ」

車座の真ん中に座った晋平が、嘉市《かいち》に施主《せしゅ》の様子を問いかけた。蔵壊しが終わったあと、伊豆晋《いずしん》は引き続いて蔵普請《くらふしん》の基礎作事を引き受けていた。

「どうもこうも、空模様がこんなでやすから。胸のうちではじりじりしてるでしょうが、表立って文句は言っておりやせん」

「そうか……」

晋平がぬるくなった茶を飲んだ。顔が曇っているのは、茶がぬるいせいではない。一向に降り止《や》む気配のない雨に加えて、晋平には心配事が幾つも重なっていた。それらのことにげんなりして、顔を曇らせていた。

晋平に限らず大工も左官も、さらには経師屋《きょうじや》も材木屋も、建物普請にかかわる者は、だれもが梅雨の時季にはうんざりした。

家を造るのも壊すのも、晴れていてこその仕事である。暑さ寒さは、我慢をすればどうとでもなった。汗を拭《ふ》くなり、重ね着するなりすれば、仕事は続けられた。

しかし雨降りはどうにもならない。

尾張町から請け負った基礎作事を進めたくても、掘った穴が雨水に埋まっては仕事にならないのだ。

晋平の顔がひときわ曇っているのは、仕事休みだと、出銭《でせん》だけが重なるからでもあった。

職人の給金は、出づら（日当）が通り相場である。

大工や左官の棟梁《とうりょう》は、雨で仕事休みの間の手間賃を職人に払うことはしない。実入りもない代わりに、出銭もない。それゆえ、なんとか梅雨の長休みもしのぐことができた。

晋平は差配連中には、月ぎめの給金を支払った。雨降りが続いても、宿の片付けやら、先の期日で請け負った仕事への備えやらで、差配を働かせた。それを理由にして給金を支払った。

嘉市、数弥《かずや》、孔明、富壱《とみいち》、それに上方から流れてきた一通《いっつう》。

役目ごとに給金に差はあった。それでも出づら換算で、ひとり一日一貫文は下回らない給金である。それをひと月、二十日は働いた勘定で支払っている。

一日一貫文が二十日分だと、二万文である。銭五貫文が一両の相場で計算すれば、もっとも安い給金でも、月に四両にもなる。

飛び切り腕のいい大工の手間賃が、八百文から九百文である。晋平が支払う給金は、飛び抜けて高かった。

給金を惜しまないがゆえに、差配連中は命がけで働いた。月に四両も稼げる職人は、江戸広しといえども、まれである。そのことは、差配たちが一番わかっていた。

梅雨どきの何十日かが出銭だけになることは、晋平はもちろんわきまえている。これまで毎年、蓄《たくわ》えを切り崩して乗り切ってきた。

ところが今年は、いつもの年とはわけが違った。

大火事に遭《あ》った尾張町の、蔵全部の取り壊しを請け負った。これがとてつもない出銭を、晋平に強《し》いることになったからだ。

尾張町の壊しでは、ひとり三百文で仕込んだ人夫を、一日およそ二百人、延べで四十三日使った。

人夫の出づらは、その日払いが決めごとである。この払いだけで、毎日十二両になった。それが四十三日、都合五百十六両という、途方もない払いとなって晋平にのしかかった。

しかも仕事仕舞いのあとには、酒を振舞うこともした。賄《まかな》いの飯は、費《つい》えを惜しまなかった。

それらに加えてもうひとつ、損料屋《そんりょうや》から借りた足場の丸太代が大きくかさんだ。

尾張町の肝煎衆たちは、払いはきれいだった。毎月月末に、進み具合に応じてカネを払ってくれた。

とは言っても、やはり大きな出銭が先に立った。晋平はやり繰りを重ねてしのいだ。蓄えだけでは、とても応じきれない請け負い仕事だった。

壊しを終えて一息つけるかと思ったら、新たな請け負いが生じた。

「ぜひとも伊豆晋さんに、蔵普請も引き受けてもらいたい」

壊し仕事に満足した尾張町の肝煎衆から、普請も受けてくれと頼み込まれた。

嘉市たちに諮《はか》ったところ、ぜひともやりやしょうと、差配連中が口を揃《そろ》えた。

「うめえ具合に、上方から一通さんが来てくれてやす。普請のほうは一通さんをあたまにして、思いっきりやらせてくだせえ」

壊しと普請の両方が請け負えれば、伊豆晋の商《あきな》いが大きく伸びる。ひと晩、隅々《すみずみ》まで思案を重ねてから、晋平は肝煎衆と談判した。

「蔵をこしらえる土台作事に限ってよければ、ありがたく受けさせていただきやす」

申し出たのは、敷地の基礎作事だけである。蔵普請は、仕上がりまでに一年以上の歳月がいる。そのすべての請け負いは、意気込みだけでは果たせない。

「それで結構だ。あんたのところが土台造りを請け負ってくれれば、どこに頼むよりも安心できる」

肝煎衆は顔をほころばせて、晋平の申し出を受け入れた。

仕事が増えたのはありがたかった。

しかし請け負ってみて、普請屋には、壊し屋とは違う道具が幾つも入り用だと分かった。引き受けたからには、買い入れるほかはない。

普請専門の損料屋もあるが、初めての作事請け負いに、半端な道具は使いたくなかった。あれこれ買い入れたら、百両に届きそうなカネが出て行った。買い揃えた道具を仕舞う納屋も、新しく普請した。

備えが整い、さあ始めようと意気込んだ矢先に梅雨入りとなった。六月に梅雨が来るのは分かり切っているが、今年は半月以上も早かった。

しかも梅雨入り早々に、野分がきた。

気のふさぐことが幾つも重なり合ったことで、晋平の顔が曇っていた。

湯呑みを手にして、晋平が座を離れた。

差配たちの気がふっとゆるみ、ぬるい茶を飲みながら、よもやま話を始めた。片付け仕事を始めるには、まだ朝が早過ぎた。

「木場の伊勢杉《いせすぎ》がてえへんだそうだぜ」

口を開いたのは孔明だ。残りの四人が孔明を見詰めた。

「伊勢から運ぶ途中の杉が七百本そっくり、下田湊《しもだみなと》の手前で流されたてえんだ」

「時化《しけ》にでも遭ったのか」

嘉市の問いに、しかつめ顔をこしらえた孔明がうなずいた。

「伊勢杉は、向島の奥にできるてえ料亭三軒の材木を、そっくり請け負っていたらしい。その杉を根こそぎ流されたてえんで、伊勢杉は生き死にの瀬戸際らしい」

「おめえ、だれから聞いたんでえ」

「仲買の新兵衛《しんべえ》さんでさ。嘉市さんも知ってるでしょう」

「いかにもあのとっつあんだ。口が軽くていけねえ」

嘉市が顔をしかめた。

「こう梅雨入りが早くちゃあ、海も大川も大荒れで、材木屋はてえへんだぜ」

商いは異なっても、材木商は普請仕事にかかわりの深い仲間である。伊勢杉の話を聞いたあとだけに、差配連中は重たい顔でうなずきあった。

孔明が口にした通り、大川は荒れていた。

廻漕《かいそう》問屋が荷おろしを急がせたのか、木場の材木商が納めをせっついたのか。

野分が吹き荒れる大川を、丸太を束ねたいかだが上っていた。

いかだの前方には、永代橋《えいたいばし》が架かっている。橋をくぐった先で仙台堀《せんだいぼり》に入り、そのまま木場に向かうのが、いかだの通り道だ。

長さ二丈（約六メートル）見当の丸太が、縦に十本、横に四本組まれた大きないかだである。川並《かわなみ》（いかだ乗り）が六人がかりで操っているが、白波の立つ大川を進むのは難儀そうだ。

「岸に寄せねえと、橋げたにぶつかるぞう」

いかだの先頭で進み方を見張っている川並が、後ろに向かって大声をあげた。

「分かってらあ。とっくにめえてる」

長い棹《さお》を操る舵《かじ》役の川並が、怒鳴り返した。懸命に棹を使っても、うまくいかだが寄せられないのだ。

「ふたりばかり、後ろを助《す》けてくれ」

舵役に頼まれて、中ほどの川並ふたりが後ろに動こうとした。揺れる丸太の上でも地べた同然に動く川並だが、この朝の野分《のわけ》は勢いが強かった。

ひっきりなしに大波が押し寄せて、丸太を激しく揺らしている。中腰で動いていたひとりが、揺れをかわしきれず、大川に落ちた。

「吾一《ごいち》が落ちた」

舵役が怒鳴った。が、だれも助けに動けない。波にもてあそばれる丸太を操ることで、精一杯だった。

落ちた川並は、蓑《みの》を着たままだった。水を吸った蓑は重たくて、川並の身動きを封じている。

「吾一、蓑を脱げ。おぼれるぞう」

怒鳴り声を、向こう岸から吹いてきた強風が押し戻した。しかも風は大波を連れてきた。

激しい勢いで、いかだが岸に向かって押された。舵役が顔を引きつらせて棹を差した。しかし波の勢いが、はるかに強い。

「棹を差して踏ん張れ」

いかだに残った五人の川並が、力まかせに棹を差した。波は五本の棹などものともせず、一気にいかだを岸の方へ押した。

ベキベキッといやな音を立てて、次々に棹が折れた。握っていた川並たちが、いかだに尻餅《しりもち》をついた。

波は容赦なく、丸太を岸辺へと押した。

いかだを縛《しば》っていた荒縄がぶち切れて、丸太がバラバラになって流されて行く。

五人の川並が、それぞれ丸太にしがみついた。流れる一本に、先に落ちた吾一が這《は》い上がった。

川並はおぼれずにすんだ。

四十本の丸太は、江戸湾に向かって流れ出した。

杉の丸太一本が七両。木場のどこかの材木商が、二百八十両の丸太を失った。

二

伊勢杉陣左衛門《じんざえもん》は供もつれずに、いやいやの足取りで雨の中を佐賀町《さがちょう》へと歩いていた。

たずねる先は佐賀町の質屋、伊勢屋源五郎《げんごろう》である。伊勢屋は質屋の鑑札《かんさつ》を持つ金貸しで、預かった質草で蔵があふれ返っていた。

深川は職人が多く暮らす町だ。

外働きの職人のほとんどは、梅雨に入ると仕事休みとなる。蓄えのない連中はたちまちカネに詰まり、質屋を頼った。

江戸の質屋の多くが、屋号は伊勢屋を名乗っている。

『伊勢屋、稲荷《いなり》に犬のくそ』

江戸に多いものの筆頭に、伊勢屋があげられていた。さりとて、互いに血のつながりがあるわけではない。それぞれの店を始めた者の在所が、伊勢にかかわりがあるだけだ。

質屋、金貸し、札差《ふださし》といった、カネにかかわる商いには伊勢屋が多い。

「暮らしにはつましく、商いには厳しく」

伊勢商人が、代々伝える家訓である。カネを扱う商いには、とりわけ伊勢商人に流れる血が役立った。

陣左衛門が重たい足取りで向かっているのは、そんな伊勢商人の質屋である。

どうしたものか、この先……。

思案に暮れて歩いていたとき、手にした傘が大きく揺れた。

「いてえじゃねえか、この野郎」

思案に気を取られて歩いていた陣左衛門の傘が、半纏《はんてん》をかぶって走ってきた職人風の男のひたいにぶつかった。

「申しわけない。つい考えごとに夢中になっていたもので、あんたが見えなかった」

あたまからすっぽりと半纏をかぶっている男には、陣左衛門の傘が見えなかったのだ。ぶつかったのはお互い様だが、きつい掛け合いに出向く途中の陣左衛門は、このうえのわずらいごとを避けたかった。

「まことに申しわけない」

陣左衛門は詫《わ》びの言葉を重ねた。しかし男は納得しなかった。

「雨んなかを、ぼんやりして歩くんじゃねえ。見ねえ、おれのひたいを」

男がひたいを拭《ぬぐ》った手のひらには、薄く血がついていた。ぶつかった蛇《じゃ》の目の骨が、相手のひたいを傷つけたらしい。

「でえじなひたいに傷つけやがってよう」

かぶっていた半纏を、男が取り去った。男の髷《まげ》は、渡世人が好む結い方だった。着ているのは、胸元をはだけた唐桟《とうざん》一枚。目つきが鋭く、頰《ほお》には刃物の切り傷痕《きずあと》が刻まれている。

男は職人ではなく、渡世人だった。

「ひたいに傘を突き刺した落とし前を、どうつけてくれるんでえ」

「だからさっきから、詫びてるじゃありませんか」

伊勢杉四代目の陣左衛門は、今年が厄年《やくどし》である。材木商大店《おおだな》の跡取りとして、大事に育てられてきた陣左衛門は、ひとに詫びるのが得手ではない。

雨降りながら、多くのひとが行きかう門前仲町の大通りである。人前で渡世人に怒鳴られて、陣左衛門の口調がわずかに尖《とが》っていた。

「ずいぶんな言い草じゃねえか。なんでえ、詫びてるじゃありませんかてえのは」

風に吹かれて、雨が横に流れている。傷ついたというひたいには、血のにじみが見えなかった。

「ひとを傷つけときながら、詫びだけでちゃらにしようてえのか」

「傷だ傷だと言われるが、どこにも傷などついていないじゃありませんか」

「なんだと、この野郎。今度は開き直ろうてえのか」

男が雨に濡れた手で、陣左衛門の胸倉に摑《つか》みかかった。番傘をさした親子連れが、声をあげて走り抜けた。

ほかにも何人もの通りすがりの者が、ふたりの様子を遠巻きにして見ている。

渡世人の男は、野次馬の視線を意識したのか、さらにいきり立った。

「ことと次第では勘弁しようとも思ったが、てめえの言い草が気に入らねえ」

摑んだ胸倉をねじり上げた。

陣左衛門も渡世人も、五尺五寸（約百六十七センチ）の背丈である。男は目つきを細めて陣左衛門を睨《にら》みつけた。

襟元《えりもと》を思いっきり摑まれて、陣左衛門の上体が後ろに押された。傘が身体《からだ》から外れて、雨が陣左衛門の紬《つむぎ》を濡らしている。

「医者代を払いねえ。それでおめえの半端な口を勘弁してやらあ」

「幾ら払えというんですか」

雨に顔を打たれながら、陣左衛門が額を問うた。言い値を払って、この場から逃れたかったのだ。

「おれのひたいは安くねえ」

男の低い声に凄味《すごみ》が加わっていた。

「百両といいてえところだが、持ち合わせがねえだろう。十両くれりゃあ勘弁してやる」

男が口にした額を聞いて、野次馬がどよめいた。十両とは、盗んだら死罪に処せられる金高だからだ。

「そんな途方もないことを」

「なにが途方がねえんでえ。払うのがいやてえなら、おれがおめえのひたいに蛇の目の骨を突き立ててやらあ。それでおあいこてえことにするか」

胸倉を摑んでいた手を放した男は、陣左衛門の蛇の目をひったくった。そして傘の柄《え》を両手で握ると、陣左衛門のひたいを目がけて叩きつけようとした。

　その手を晋平が押さえつけた。

「なにしやがんでえ」

「往来で無茶な真似《まね》をするもんじゃねえ」

「てめえはなんだ。おれをだれだと思って、余計な真似をしやがんでえ」

「だれでもいいやね」

　晋平は左手に傘をさしたまま、右手ひとつで男を押さえていた。

「傘をもぎとられて、堅気《かたぎ》の旦那《だんな》が濡れていなさるじゃねえか。それをけえしてあげろ」

　男を摑んだ右手を、晋平がぐいっと捻《ひね》った。男の顔が歪《ゆが》んで、腰が崩れた。さらに晋平が力を込めた。

「分かった……分かったてえんだ。けえすから、手をゆるめてくれ」

　男の手から傘がこぼれ落ちた。

「そいつを持って、先に行きなせえ」

　陣左衛門に、この場を離れろとうながした。

　あとに大きな屈託《くったく》を抱《かか》え持っている陣左衛門である。こころここにあらずの様子で、蛇の目を手に持った。

いつもならあり得ないことだが言われるままに蛇の目の柄を握ると、その場を他人任せにして人混《ひとご》みを離れた。そして野次馬をかき分けると、仲町の辻《つじ》に向かって足を急がせた。

陣左衛門が見えなくなったところで、晋平は男の手を放した。

「おれは冬木町《ふゆきちょう》の伊豆晋だ」

男に半纏の襟元《えりもと》を見せつけた。

「文句があるなら、いつでもつらを出してくれ。ここんところは雨続きで、宿から出てねえからよ」

「覚えておくぜ」

地べたにペッと唾《つば》を吐いてから、男は半纏をかぶって駆け出した。男が走り去って、野次馬が散った。

佐賀町に向かって歩き始めた晋平は、吐く息ひとつ乱れていなかった。

三

「うちから借りるのは、いやだったんじゃなかったのか」

伊勢屋源五郎が煙草《たばこ》を強く吸った。

「この前うかがった約定《やくじょう》では、とても貸してもらう気にはなりません」

言ったあとで、陣左衛門は口をぎゅっと閉じ合わせた。雨に濡れた紬の色みが変わって、しみのようになっている。それが気になる陣左衛門は、さきほどから何度も襟元を合わせ直した。

いままた、右手が襟元に当てられている。キセルを手にした源五郎が、目じりにしわを寄せて陣左衛門の手元を見ていた。

「カネを借りにきた者が、貸してもらう気になりませんというのは、聞いたことのないセリフだ」

相手を突き放すような物言いのあと、源五郎が新しい煙草をキセルに詰めた。六月初旬だというのに梅雨寒《つゆざむ》が居座っており、源五郎の膝元《ひざもと》には手あぶりが置かれている。

キセルを炭火に寄せて、煙草に火をつけた。キセルを強く吸うのは、源五郎のくせらしい。

薄暗い座敷で、キセルの火皿が真っ赤になった。

佐賀町河岸の外れ、仙台堀に架かった上之橋《かみのはし》南詰の角地五百坪が、伊勢屋の敷地である。

広い敷地には、壁の厚み一尺五寸（約四十五センチ）の土蔵が四蔵建てられている。そのうち三蔵が質草を仕舞う蔵で、残るひとつが金蔵である。

商いに用いる蔵は、佐賀町一と言われる見事な拵《こしら》えだが、母屋は建坪三十坪の杉板造りの平屋だ。

母屋普請に用いた杉は、節目の目立つ二級品で、しかも厚かった。

腕の立つ大鋸《おが》職人は、薄板挽《ひ》きを競う。厚い板しか挽けない職人は、格が一段低かった。源五郎が普請に使った杉板は、二流の職人が挽いた、二級品だった。

ほどよい厚みを通り越した、分厚い杉で普請した母屋は、晴れた日でも日差しが届かずに薄暗い。それが梅雨どきともなれば、ひときわ暗さが目立った。

まだ四ツ（午前十時）を過ぎたばかりだというのに、源五郎が煙草を吸っている座敷は、手あぶりの炭火が真っ赤に見えるほどに薄暗かった。

「カネを借りる気がないというあんたが、どうしてまた押しかけてきたんだ」

「ですから何度も申し上げている通り、もう少しゆるやかな約定でお願いしたいんです」

「断わる」

源五郎がにべもない口調で撥《は》ねつけた。

「あんたは大きな思い違いをしている」

「あたしがですか？」

「あんただと、そう言ったんだ。あたしの言ったことをなぞらなくてもいい」

源五郎が吐き出した煙が、陣左衛門の顔に向かって流れた。陣左衛門は手を動かして、煙草の煙を追い払った。

「あんたは約定がどうの、借りる気がないのとえらそうなことを言っているが、そんな悠長なことが言えるときではないはずだ」

源五郎に決めつけられて、陣左衛門は唇を固く閉じ合わせた。

「あたしの前でそんな顔をするから、思い違いをしていると言っているんだ。この月の半ばまでに、あんたは三千両の工面《くめん》をしなければならないはずだ」

「なぜそれを……」

「あたしは金貸しだぞ」

相手を睨みつけたまま、源五郎はキセルを煙草盆に戻した。

「向島の吉野から、あんたは新築普請に用いる材木千本を請け負った。ところが江戸まで運ぶ途中、下田沖で時化《しけ》に遭って七百本の杉が一本残らず流された。残りの三百本は、熱田《あつた》湊に留め置かれていて、カネを先払いしない限りは一本も回さないと凄まれている」

源五郎がひと息で言い放った。

ことごとく合っていただけに、陣左衛門は言い返しもできずに黙っていた。

伊勢杉が向島の料亭吉野から杉の注文を受けたのは、今年の二月である。

「蔵前のお大尽《だいじん》たちが、うちを気に入ってくれましてねえ。離れを造れだの、座敷を大きくしろだのと、来るたびにせっつくんです」

吉野の女将《おかみ》は札差衆にせがまれて、離れ三棟と、新しい母屋二棟を普請することを決めた。

「普請の費《つい》えは、蔵前の方々が負ってもいいとおっしゃるんですが、木は熊野杉《くまのすぎ》に限るといわれるんですよ。なんでも熊野の森には神様がいらして、そこの杉なら縁起がいいと……」

伊勢杉は、屋号が示す通り伊勢熊野の杉をおもに扱う材木商である。出入りの棟梁に教えられた女将は、二月初旬にみずから木場まで足を運んできた。

「六月半ばまでの納めでよければ、千本のご注文を受けさせてもらいます」

陣左衛門は納期も丸太代の見積もりも、強気で押し切った。

向島の普請場までの廻漕賃《かいそうひ》込みで、長さ二丈半、差し渡し一尺五寸の熊野杉が一本十両。千本まとめて一万両の大商いである。

女将は顔色ひとつ変えずに、価格を受け入れた。

「材木代のことは結構ですから、六月半ばにはかならず納めてくださいね」

「時化で流されない限り、決めた納期は請け合います」

四代目を継いでまだ三年目の陣左衛門だが、廻漕の怖さは先代からきつく戒《いまし》められていた。それゆえ、時化で流されない限りのひとことを加えた。

女将もそれを納得した。

「向島に届く手前でだめになった材木代は、伊勢杉さんが責めを負われるんでしょうね」

「もちろんそうです」

「そうなったときは、かならず熊野杉をそちらで調《ととの》えてくださいますね」

「廻漕の前に縁起でもないことを」

「それはそうでしょうが、一万両の買い物ですから、間違いのないところを確かめておきたいんです」

女将は細々《こまごま》とした取り決めを口にしただけではなく、互いに印形《いんぎょう》を押した売買約定書の取り交わしを求めた。

陣左衛門も了承して、約定が成立した。

享保二年六月二十日までに、熊野杉千本を向島吉野の普請場に納める。

長さ二丈半、差し渡し一尺五寸の杉丸太が、廻漕賃込みで一本十両。

売買約定成立日に、二千両を前渡し。残金は千本の納めを終えた翌日。

廻漕途中の海難事故による損失は、すべて伊勢杉が責めを負う。流失したときは、伊勢杉の責めにおいて熊野杉を手配りする。

これが吉野と取り交わした約定である。

伊勢杉は慶長十四（一六〇九）年の創業当時から、熊野の山元、吉田徳之助《よしだとくのすけ》と商いを続けている。吉田は熊野でも図抜けた山元で、抱える杉は一万本を超すと言われていた。

吉野との売買が調《ととの》うなり、陣左衛門は吉田の元に番頭を差し向けた。そして熱田《あつた》湊渡しで、一本二両二分で商談をまとめた。

番頭はその足で熱田湊に立ち寄り、廻漕問屋の老舗《しにせ》、大野屋正三郎を相手に、江戸湾渡しで一本二両の廻漕約定を取り交わした。

これにより、伊勢杉は五千両を超える儲けが確保されることになった。

ただし廻漕途中で流失したときは、すべての責めを伊勢杉が負うことが条件だった。

これは廻漕問屋と材木商が交わす約定としては、ごく当たり前の条件だ。

材木商は儲けも大きいが、損するときも桁《けた》違いの商いである。

熊野の山元は、定めた期日に熱田湊まで廻漕した。熱田の大野屋も六月初旬に江戸に着けるように船を出した。

ところが享保二年は春先から天気の乱れがひどく、とりわけ海が荒れた。五月初めに、大野屋が仕立てた運搬船十杯が下田湊に着いた。遠州灘《えんしゅうなだ》の沖合いで時化に遭った船は、七百本の杉丸太を一本残らず流されていた。

下田湊からの飛脚便で流失を知らされた陣左衛門は、誂《あつら》え船を仕立てて番頭を下田に差し向けた。

「熊野の山元も、熱田の廻漕問屋も、新たな注文は、すべて前金でなければ受けないと申しております。また前金が支払われなければ、熱田に留め置いてある残り三百本も、江戸には廻漕しないとのことです」

番頭が下田から遣《よこ》した手紙は、破り捨てたくなることしか書いてなかった。

失った材木が七百本である。

もう一度生ずる山元と廻漕問屋への支払いが、合わせて三千百五十両。これだけのカネを急ぎ工面しないことには、熱田湊に留め置いてある三百本も届かないことになる。

長い付き合いの山元がここまで前金にこだわるのは、江戸で火事が頻発《ひんぱつ》していたからだ。

名の通った江戸の材木商であれば、四、五千両の蓄えは両替商に預けていた。

去年までの伊勢杉であれば、駿河町《するがちょう》の本両替に一万両を超えるカネを預けていたが、いまの内証は火の車に近かった。

材木を火事で失っていたからだ。

享保元年も今年も、江戸では大火事が続いた。尾張町の町並みが、そっくり焼け落ちたほどである。

老舗の商家は、火事に遭っても蓄えを用いて再興できた。しかし火事に遭った材木商は、手持ち財産の丸太を失ってしまうのだ。蓄えは残していても、その数倍の財産が灰となった。

　今年一月七日の大火事で、伊勢杉は京橋の材木置き場に積んだ杉と檜《ひのき》を合わせて、二万三千両分を失った。

　二月に熊野杉千本の注文を持ち込んできた吉野は、伊勢杉には福の神だった。ところが、またしても災難に遭遇して、陣左衛門はカネの工面に追われていた。

「あたしの条件を呑むなら、四千両を用立ててもいい」

「店と材木置き場を家質《かじち》にして、さらにこちらの番頭にうちの帳面を渡すということですか」

「返済が遅れたら、その日のうちに家質を取り上げる。これを言い忘れているようだが、おおむねあんたの言う通りだ」

　源五郎は眉《まゆ》ひとつ動かさなかった。

「どうしても、それを呑まなければ貸してもらえないんですか」

「何度も同じことを言わせなさんな」

「ひと晩、考えさせてください」

「それは勝手だが、日が過ぎれば過ぎるほど、きつくなるのはあんただ。廻漕問屋は、いつまでもは待たないぞ」

口を閉じた源五郎が、煙草盆を引き寄せた。

外で吹き荒れる風の音が、分厚い杉板を突き抜けて座敷にまで届いていた。

四

散々に佐賀町河岸をうろついた挙句、晋平は伊勢屋源五郎をたずねるのをよしにした。

ここに来たのが間違いだった……。

そう悔やんで冬木町に戻ろうとしたとき、伊勢屋から出てきた男の姿から目が離れなくなった。

仲町で、渡世人に凄まれていた男じゃねえか。

晋平は男の顔をはっきりと覚えていた。が、まさか金貸しの伊勢屋から出てくるような男とは思ってもみなかった。

門前仲町で見たときには、大店《おおだな》の旦那じゃないかと感じたほどに、男からは金持ち特有の香りが漂い出ていたからだ。

なぜ、あの男が伊勢屋に？

晋平は男のあとについて歩き始めた。

伊勢屋から出てきたわけが分からなかったことに加えて、男の後ろ姿が妙に暗かったからだ。丸くなった背中は、いまにも大川に身投げしそうなほどに生気がなかった。


伊勢屋源五郎の存在を晋平に教えたのは、大島村《おおじま》の損料屋、徳力屋九兵衛《とくりきやきゅうべえ》である。

尾張町の蔵壊しに用いる足場丸太の勘定を、差配の富壱が誤った。急ぎの手配が必要になったことで、徳力屋との掛け合いは晋平が受け持った。

掛け合いは、世にふたつの骨董品《こっとうひん》を晋平が探し出すという約定でまとまった。

「あんたも道具好きなら、めずらしい品に出会ったときは、気が高ぶるだろう」

偏屈な気性で通っている九兵衛だが、道具の話になると意外にも相好《そうごう》を崩した。

「欲しい道具ならカネに糸目はつけないが、あんたはどうだ？」

問われた晋平は、とてもそんな身分ではないと正直に答えた。

「道具好きに身分もへちまもない。欲しいものは欲しいと、ただそれだけのことだ。もっとも、手に入れるには、相応のカネがいるが……あんた、道具を手に入れるカネが好きに遣《つか》えないといってるのか」

自分で壊し屋稼業を営《いとな》みながら、カネが自由にならないのかと言いたげだった。

「ありていにいえば、そういうことです」

話を続けるのが億劫《おっくう》になった晋平は、九兵衛に逆らわずに打ち切ろうとした。ところが九兵衛は、晋平が思ってもみなかったことを口にした。

「あんたが道具好きだから、ひとつだけおれが力を貸してやる」

九兵衛は、晋平を同じ道楽仲間だと思い込んでいるようだった。

急なカネの入り用が生じたときには、佐賀町上之橋たもとの伊勢屋をたずねろというのが、九兵衛の力の貸し方だった。

急な入り用とは、欲しい道具に出くわしたときに遣うカネのことである。

「質草はなくてもいい。おれの名を出せば、伊勢屋は百両までのカネは文句なしに貸す。その代わり、利息は月に一割だ。長く借りるカネではないぞ」

ありがとうございますと礼を口にしながらも、質屋からカネを借りることはないと晋平は思った。

有り余るほどではないにしろ、手元には蓄えがあった。それに晋平は、道楽でカネを遣うわけではない。借金知らずで生きてきた晋平には、金貸しは無縁の存在に思えた。

普請屋を始めるなり、いきなりカネに詰まった。手元に蓄えは残っているものの、梅雨が長引くと差配連中への給金払いに行き詰まりかねないのだ。

さまざまに思案を繰り返したが妙案が浮かばなかった。毎日降り続く雨が、晋平の不安を煽《あお》り立てる。

切羽詰まる手前で、徳力屋に教わった伊勢屋をたずねてみよう……。

いきなりそれに思い至った晋平は、おけいに行き先も告げずに宿を出た。苦楽をともにする女房といえども、金貸しに借金することを話すのはきつかった。

伊勢屋に向かう途中、門前仲町で旦那風の男が渡世人にからまれている場に行き会った。

知らぬ顔で通り過ぎようと思ったとき、渡世人が十両払えと凄んでいる声が耳に届いた。

おれがこんなにカネの工面で苦労しているのに、気楽に十両などと言うんじゃねえ。

脅《おど》しを聞いて、晋平は無性に腹が立った。それで渡世人を成敗した。が、気分は少しも晴れなかった。

重たい気分を引きずったまま、晋平は伊勢屋の玄関わきに立った。

質草を持ち込む客が入りやすいように、玄関には大きな日よけ暖簾《のれん》がさげられていた。晋平は店に入る決心がつかず、雨の中でしばらく玄関わきに立っていた。

黒い蛇の目傘を差して半纏姿で立っていると、通りかかるだれもが晋平を見た。その目には、質屋通いをする者へのあわれみと、行かずに済んでいるおのれへの誇りが入り混じったような色が浮かんでいた。

晋平は急ぎ足で玄関わきから離れた。

さりとて宿に帰る気にもなれず、佐賀町河岸の端から端まで、行きつ戻りつを繰り返した。

五度、河岸《かし》を歩いたあとで、晋平は伊勢屋をたずねるのをよしにしようと決めた。

そのとき、伊勢屋から出てきた伊勢杉陣左衛門の姿を目にした。

晋平は先を歩く男から、半町（約五十五メートル）の隔《へだ》たりをあけた。近過ぎては気づかれるし、遠過ぎてはまさかのときに間に合わなくなる。半町は、ほどよい隔たりだった。

伊勢屋から出てきた男は、仲町に戻ろうとはせず、佐賀町河岸を南に向かって歩いていた。

雨脚がさらに強くなっている。

傘をさしていても、前から雨が吹きつけてくる。晋平は股引《ももひき》に半纏だが、男の着ているものは、上物の紬《つむぎ》だ。それなのに、雨に濡れることを気にせずに歩いている。

やはり、あの男は尋常じゃあねえ。

そう確信した晋平は、いつでも駆け出せるように足の運びに気を配った。

佐賀町河岸は、永代橋をくぐった先で蔵が切れて堤防になった。高さ二丈の堤には、土手に上がり下りする石段が拵《こしら》えられている。

男はためらいもせずに石段を上った。

晋平の顔が引き締まった。

堤防の向こう側は、白波の立つ大川である。降り続く雨を呑み込んだ大川は、茶色に濁っており、凄味のある音を立てて流れている。もしも川にはまったりしたら、手を差し伸べる間もなしに濁流《だくりゅう》に呑み込まれるだろう。

晋平は急ぎ足で堤防に駆け上った。

横殴りの雨の中で、土手を歩く酔狂者《すいきょうもの》などいるわけがない。晋平が土手に立ったとき、歩いているのは先を行く男だけだった。

半町の隔たりを、晋平が詰めようとしたとき。男は立ち止まって大川を見詰めた。

小声でなにかをつぶやいているようだが、晋平の耳には届かなかった。晋平はゆっくりした歩みで男に近寄った。さえぎる物がなにもない土手では、忍び足など無駄だと思えたからだ。

隔たりが、半町から四半町まで詰まった。そこまで寄っても、男はなにかを思い詰めているのか、晋平には気づかなかった。

風に煽られて、男がさしている蛇の目が吹き飛ばされそうだ。雨が男の紬をびしょ濡れにしている。

それでも男は大川に見入っていた。

ひときわ強い風が吹き、男が手にした蛇の目を吹き飛ばした。風に乗ったタコのように、傘が佃島《つくだじま》の方に飛んで行く。

男は傘なしのまま、土手の斜面を大川に向かって下りようとした。

雨をたっぷり吸い込んだ斜面の土が、男の足をすくった。尻餅をついた格好で、男が斜面をズルッ、ズルッと滑っている。

増水した大川は、土手の途中まで水位が上がっていた。

晋平は傘を放り投げて、男に駆け寄った。土手に腹這いになり、土手を滑り落ちている男に手を伸ばした。

晋平が着物の襟首を両手で摑んだとき、男の足は大川の濁流に浸《つ》かっていた。

五

深川相川町《あいかわちょう》の正源寺は、今年三月に雑賀屋庄右衛門《さいかやしょうえもん》が船簞笥《ふなだんす》の一件でおとずれた寺である。それ以来、晋平も何度か寺をおとずれては寄進を続けていた。

格別この寺に、伊豆晋がえにしを持つわけではなかった。しかし尾張町との仕事が滑らかに運び始めたきっかけは、雑賀屋のために正源寺が過去帳を調べてくれたがゆえである。

大川にはまりかけた陣左衛門を引き上げた晋平は、すぐ近くの正源寺をたずねた。濡れねずみで町を歩くのは、人目を考えるとはばかられた。寺なら余計な詮索《せんさく》をせずに、頼みを聞き入れてもらえると判じてのことだった。

「それは難儀でございましたなあ」

大川端で足を滑らせて、ずぶ濡れになったという作り話を、住持《じゅうじ》はそのまま受け入れた。

「格別の客間もありませぬが、濡れた物を乾かすことはできます」

小僧に言いつけて、住持は本堂裏手の十畳間を使わせてくれた。線香の煙と灯明《とうみょう》を絶やさない寺には、終日火種の備えがある。

小僧は真っ赤に炭火の熾《お》きた火鉢と、濡れたものを乾かす間の着替えを運んできた。目の粗い木綿で織られた作務衣《さむえ》である。

寺で着替えているうちに、陣左衛門は正気を取り戻した。小僧がいれた熱々の焙《ほう》じ茶を口にしたあと、作務衣姿の陣左衛門が両手を畳についた。

「あなたには、今朝から二度も命を助けていただきました」

礼を言う陣左衛門は、晋平を見覚えていた。

「てまえは木場の材木商、伊勢杉四代目の陣左衛門と申します」

名乗られて、晋平は目を丸くした。

今朝方、宿で茶を飲みながら無駄話をしていた孔明が、伊勢杉のうわさを差配連中に聞かせていた。孔明の大声は、座を外した晋平の耳にもはっきり届いていた。

「冬木町で壊し屋稼業を営んでおりやす、伊豆晋組の晋平と申しやす」

「さようでございますか。ご近所のかしらに命を助けていただいたのも、なにかのご縁と存じます。まことにありがとうございます」

陣左衛門は両手づきで深くあたまをさげた。大川にはまりそうになって、憑《つ》き物が落ちたらしい。物言いからは、大店《おおだな》のあるじ特有の、相手を見下したような横柄さが消えていた。

いつも上物を着慣れている陣左衛門には、木綿の作務衣は似合わない。雨に打たれて髷《まげ》も乱れている。

うちの孔明の耳に入るぐらいだ、さぞかし伊勢杉のわるいうわさが走り回っているだろう……。

はからずも着ることになった陣左衛門の作務衣姿を見て、晋平は伊勢杉の苦境のほどを感じ取った。

「まことに見苦しい姿を見せてしまったいま、あなたに取りつくろいを申し上げることはできません」

陣左衛門が膝《ひざ》をそろえて背筋を張った。晋平を見詰める目の強さは、まぎれもなく木場のあるじのものだった。

「てまえは大川に身投げする気で、土手をさまよっておりました」

晋平は相手の目を受け止めたまま、黙ってうなずいた。

陣左衛門さんは、胸のうちに抱えた悩みを、おれに打ち明けようとしている……。

これを察したがゆえに黙っていた。

いかに命を助けたからといって、初めて会ったばかりの晋平に、なぜ木場の大店の四代目が話をしようと思うのかは分からなかった。

しかし、相手が自分を信じていることは、晋平に強く伝わっていた。

ことによると。

陣左衛門の目を見ながら晋平は思案した。

おれがカネの悩みで伊勢屋をたずねようとしていたのを、陣左衛門さんも感じ取っているのかもしれない。それゆえに、同じ悩みを抱える者として……。

晋平は口を閉ざしたまま、陣左衛門を見詰め続けた。

「あなたにはご迷惑でしょうが、なぜてまえが身投げする気になったのか、話を聞いていただけますか」

陣左衛門は、まばたきもせずにそれを切り出した。

「あっしで役に立つなら、どうぞお話しください」

晋平が落ち着いた物言いで応じた。

外の雨は相変わらず強いが、茅葺《かやぶき》の屋根が雨音を吸い込んでいる。寺の静けさも、陣左衛門に話をさせる気になったわけのひとつかもしれなかった。

「今年一月の大火事で、てまえどもの材木置き場が丸焼けになってしまいました」

陣左衛門は、京橋に積み重ねてあった杉と檜《ひのき》を焼失したことから話し始めた。そして二月に吉野の女将から大きな注文をもらったこと、番頭を伊勢と熱田に差し向けたこと、遠州灘で一本残らず熊野杉を流失したこと、さらには伊勢屋に四千両の用立てを頼んだことまでの洗いざらいを、なにひとつ省かずに話した。

「伊勢屋を出たあとのことには、まるで覚えがありません。あれこそまさしく、死神に取り付かれたということでしょう。ただ死にたいと、それしか思い浮かびませんでした」

湯呑みのなかですっかり冷めた焙じ茶に口をつけて、陣左衛門は話を閉じた。

「一月に二万三千両の材木が丸焼けになってからは、だれにも胸のうちの思いを話すことができず……一日として、気が休まったことがありません」

「金繰りの苦労を、ということですか」

「まさしくそれです」

陣左衛門が大きく何度もうなずいた。

「世間体《せけんてい》と奉公人の手前、いつも気を張っていなければなりませんでした。てまえが肩を落とした姿を見せると、奉公人が浮き足立ちます。それでなくても、京橋が丸焼けになったことで、仲間内ではよくない話が飛び交っておりましたから」

肩を落とした姿は見せられない……。

陣左衛門の言葉は、晋平の悩みを見事に言い当てていた。それがどれほどきついことなのか、金繰りの桁《けた》はまるで違うが、晋平には陣左衛門の苦衷《くちゅう》が痛いほどに察せられた。

「あなたに聞いていただけたことで、胸のつかえがすっかり取れた気分です」

陣左衛門の目には、迷いも曇りもなかった。

「大川に身を投げようとしたことを思えば、いまのてまえは、どんなことでもやれます」

声には張りがあり、物言いはきっぱりとしていた。そんな陣左衛門を見ているうちに、晋平は途方もない思案を思いついた。

「さきほどのお話だと、首尾よく向島に材木を納めさえすれば、売値の五割は儲けだと思いますが、間違ってはいませんか」

「正しく言えば、五千五百両の儲けです」

陣左衛門が儲けの額を正した。

「それがなにか？」

「どんなことでもやれるとおっしゃいましたが、その言葉はまことですね」

「まことです」

短くて迷いのない答えが返ってきた。

「陣左衛門さんが命がけで掛け合えば、道が開けると思います。あっしの思いついたことを聞いてくれますか」

「もちろんうかがいたい」

陣左衛門の物言いには、四代目あるじの威厳が戻っていた。

晋平は思いついたことをあたまのなかで整えながら、ゆっくりした調子で話した。

話しながら、これなら行けると、おのれにも言い聞かせた。

聞き終わった陣左衛門は、しばらく答えを口にしなかった。両手を作務衣の膝に置き、目を閉じて思案をめぐらせていた。

何度も深い息を繰り返し、閉じたまぶたに力を込めたりもした。

思案がついて目を開いたあとは、真正面から晋平を見詰めた。

「ぜひ掛け合いにご一緒させてください。なにとぞ、よろしくお願い申し上げます」

「分かりやした。あっしも、命がけで顔つなぎをさせてもらいやす」

「出かける前に、ひとつだけ取り決めさせてもらいたいことがあります」

「なんでしょう」

「首尾よく話がまとまったら、融通を受けるカネの五分（五パーセント）を、晋平さんに受け取っていただきたい」

「そいつあいけやせん」

晋平が言下にだめを出した。

「失礼ですが伊勢杉さんには、一両でも多くのカネが入り用のときでしょう。五分をあっしになどは、まだ見栄《みえ》を張ろうとされてやせんか」

「それは晋平さんの心得違いです」

陣左衛門の声音が厳しい。奉公人の過ちを正すような物言いだった。

「あたしも商人です。口銭《こうせん》なしの商いは、先代からきつく禁じられています。首尾よく話をまとめるためにも、あなたにも口銭をしっかりと受け取っていただきたい」

晋平は、大店の真っ当な商いがどういうものであるかを思い知った。

六

晋平が陣左衛門と連れ立ってたずねた先は、箱崎町《はこざきちょう》の貸元、あやめの恒吉《つねきち》の宿だった。

前触れもなしのおとないだったが、組の若い者は晋平を覚えていた。

「お手数かけやすが、代貸《だいがし》に取り次いでくだせえ」

「お待ちなすって」

若い者はすぐさま奥に入って行った。代貸が晋平をどう思っているのかが分かる、気持ちのよい引っ込み方だった。

代貸の暁朗《あけろう》は、すぐに顔を出した。

晋平に堅気の連れがいるのを見て、代貸が目つきから親しさを消した。

「どうしたてえんでえ。今日は鼻黒がお供じゃねえのか」

暁朗は前回ここをたずねたときの、子犬を覚えていた。

「親分に、折り入っての大仕事をお願いに上がりやした」

「連れの堅気さんも一緒にか」

「へい」

「素性を聞かせてくんねえ」

「木場の伊勢杉の四代目でやす」

「伊勢杉てえと……そちらは陣左衛門さんでやすんで？」

賭場の代貸に名指しをされて、陣左衛門が怪訝《けげん》そうな顔でうなずいた。晋平は目を見開いて驚いた。

「そうでやしたか。親分に通しやすんで、そこでお待ちくだせえ」

ふたりをその場に待たせて恒吉に通しに入った暁朗は、幾らも間を置かずに戻ってきた。案内されたのは、大きな長火鉢の置かれた恒吉の居間だった。

「前触れなしに押しかけました無礼を、なにとぞ勘弁してください」

晋平はお店者《たなもの》の物言いで詫《わ》びを伝えた。

「前置きはいい。折り入っての大仕事というのを聞かせてくれ」

愛想はなかったが、晋平をひとりの男として認めた口ぶりだった。連れの素性は暁朗の口から通されていると判じた晋平は、すぐさま用向きを口にした。

「親分に、四千両の博打《ばくち》を受けてもらいたくて……そのことでうかがいました」

金高を聞いても恒吉は驚かず、先を続けろとだけ言った。

「詳しいことは、伊勢杉さんから話をさせてもらいたいのですが」

「どっちが話すのも勝手だが、分かりやすく聞かせてくれ」

恒吉は途中で口をはさむことをせず、陣左衛門の話を最後まで黙って聞いた。一回の話で、なにを頼みにきたかは、しっかりと呑み込んだようだった。

「この絵図を描いたのはあんたか？」

聞き終わった恒吉が、最初に問うたのがこのことだった。晋平がしっかりとうなずいた。

「金貸しの肩代わりを渡世人に持ち込むとは、あんたも相当なもんだな」

物言いは相変わらず素っ気なかったが、恒吉の目つきには、きつい光は見えなかった。

「丁と出れば四千両の儲けで、逆目だと四千両が消える賭けということだな」

「その通りです」

晋平がもう一度、深いうなずきかたをした。

晋平は恒吉に、四千両を用立てて欲しいと持ちかけた。

「針の先ほどの嘘や隠し事があったら、恒吉親分はかならず見抜きます。それですべてがご破算です」

晋平からきつく言われた陣左衛門は、カネの使い道も、なぜそのカネが入り用なのかも、包み隠さずに話した。

首尾よく熊野杉が納められれば、吉野から八千両の材木代残金が支払われる。カネを受け取り次第、全額を恒吉に支払う。

万にひとつ、もう一度材木が流されたりしたら、そのときは用立ててもらった四千両は諦《あきら》めてもらう。

これが持ちかけた話のあらましだった。

首尾よく運べば四千両の儲け。

逆目が出たら、四千両の損。

丁半博打同様に、勝ち負けが分かりやすい話だった。

「伊勢杉さんが伊勢屋からの借金を断わったのは、因業《いんごう》さがいやになったということか」

「それは違います」

恒吉に問われた陣左衛門は、きっぱりとした言い方で、違うと答えた。

「どう違うのか、詳しく聞かせてくれ」

恒吉の目に、貸元ならではの強い光が宿されていた。陣左衛門も、大店のあるじの目で受け止めていた。

「伊勢屋さんは金貸しです。あちらの生業《なりわい》の本分としては、因業であって当たり前です。どれほどきつい約定を押し付けられようとも、いやなら借りないという道が、こちらには残されています。伊勢屋さんが因業なことは、なんらかかわりがありません」

「だったら、なぜ借りなかったんだ」

「商人の矜持《きょうじ》を、金貸しに踏みにじられるのがいやだったからです」

恒吉と陣左衛門が、互いに目で切り結んでいるようだった。睨み合いは、恒吉が目を逸《そ》らして終わった。

「矜持が命よりも大事だったのか」

問われた陣左衛門は、すぐには答えられなかった。口を開こうとしたときには、意外にも目が笑っていた。

「あれは気の迷いです。こちらに隙《すき》があったので、死神が取り付こうとしたまでです」

答えを聞いて、恒吉も目元をゆるめた。

「あんたの親父《おやじ》さんも、同じことをよく口にしていた」

「親父が……ここに来ていたんですか」

「驚いたかね」

「仕事ひと筋の、堅物《かたぶつ》で通っておりましたから」

「きれいな遊び方だった。あんたと同じように、勝っても負けても、商人の矜持を忘れない男だったよ」

恒吉が暁朗に目配せをした。

立ち上がった代貸は、みずから徳利《とっくり》と猪口《ちょこ》を運んできた。そして陣左衛門、晋平、恒吉の順に猪口を配り、徳利の酒を注《つ》いだ。

「明日以降なら、いつでもゼニは用意しておく。しっかりと杉を運ばせてくれ」

恒吉が最初に盃《さかずき》を干した。

陣左衛門と晋平が同時に干した。

盃を長火鉢の縁《へり》に置いた恒吉は、引き出しから根付《ねつけ》を取り出した。

象牙細工《ぞうげ》のだるまだった。

「これをあんたにやろう」

恒吉が晋平にだるまの根付を手渡した。

「見かけだけでは分からないのは、まるであんたそのものだ」

根付を手にした晋平は、恒吉の言う意味が分からなかった。

「だるまのあたまを叩いてみろ」

「この根付の、ですか?」

恒吉がうなずいた。

晋平は言われるままに、だるまの後頭部を軽く叩いた。

だるまの目玉が飛び出した。

七

享保二年六月四日の夜五ツ半（午後九時）。箱崎町の貸元あやめの恒吉は、代貸の暁朗と差し向かいで酒を酌み交わしていた。

「おまえに行ってもらうしかないだろうな」

「へい」

暁朗が、いつになく重たい声で返事をした。

貸元の指図には、たとえ真冬に水に飛び込めと言われても逆らえない。それが掟《おきて》の渡世人稼業である。

いつもの暁朗は、なにを指図されても即座に「へい」か「がってんでさ」と答えた。組の若い者も、暁朗の返事を真似している。

しかしこのたびだけは、へいと素早く答えるにはことが重すぎた。

恒吉にもそれは分かっている。ゆえに無言のまま徳利を差し出した。受ける代貸も無言である。

静かで重たい酒のやり取りが続いていた。

昨日、木場の材木商伊勢杉陣左衛門と、深川の壊し屋晋平が連れ立ってたずねてきた。熱《あつ》田湊《たみなと》から江戸まで、熊野杉を廻漕する費《つい》えを立て替えて欲しいというのが用向きだった。

うまくいけば四千両の儲け。

しくじれば四千両の損。

いわば恒吉の稼業の、丁半博打のような申し出である。

話を聞き終えた恒吉は、カネを用立てることを引き受けた。伊勢杉の先代が、恒吉の賭場できれいに遊んでいたことも、引き受けたわけのひとつである。

恒吉は七千両の蓄えを、浜町の両替商遠州屋にあずけていた。いかに渡世人とはいえ、七千両ものカネを宿にとどめ置くのは物騒だった。

夕方、恒吉は若い者を遠州屋に差し向け、手代を呼び寄せた。

「四千両を払い出してくれ」

「かしこまりました」

大きなカネが動くのは、賭場の常である。手代は顔色も変えずに受け止めた。が、あとの言葉を聞いたときには、目を見開いた。

「熱田湊の廻漕問屋に、とりあえず二千両を送りたい。遠州屋で手配りできるか」

大きな賭博に用いるカネだと思い込んでいたらしく、手代は二度、恒吉に確かめた。

「てまえどもでは、為替《かわせ》の取組ができませんので、三井両替店を使うことになりますが」

手代は、渡世人ではなく大店の番頭を相手にするような物言いになっていた。

「熱田に届きさえすれば、それでいい。三井を使うことで、あんたのほうになにか障《さわ》りでもあるのか」

「障りはございませんのですが……」

手代があとの言葉を言いよどんだ。

「どうした。歯切れがよくねえな」

恒吉の物言いが変わった。手代が慌《あわ》てて目を合わせた。

「尾張の熱田でございますと、ひとたび三井の京店に送り、そこから熱田に逆戻りする手順になります」

「熱田に店はねえのか」

「金のシャチホコが自慢だてえのに、尾張の殿様のお膝元に高利貸しはいねえのか」

恒吉は両替商を、わざと高利貸しと言った。手代が顔をゆがめたが、恒吉は相手にしなかった。

恒吉はいま、七千両を遠州屋にあずけている。遠州屋は、一年に一分（一パーセント）の預かり賃を恒吉から徴収した。

七千両の一分は七十両だ。腕のいい大工が一年に稼ぐのが、せいぜい十両である。遠州屋は恒吉のカネを預かるだけで、大工七人分の口銭を取った。

しかも預かったカネは、年に一割から一割八分の高利で大名や大店に貸し付けた。恒吉から七十両を取った上、一割五分で貸し付けたとすれば、利息が千五十両手に入る。遠州屋は、七千両を預けてくれる恒吉という上客がいることで、預かり賃と利息で、一年に千百二十両もの儲けを手にするのだ。

両替商を恒吉が高利貸しと言うのも、無理はなかった。

「あいにく、尾張にはてまえどもとかかわりのある両替商はございませんので」

恒吉の顔を見ながら、手代は小さな声で答えた。

「なきゃあ、しやあねえ。だがよう遠州屋さんよ……」

恒吉の目が光を帯びている。この目で睨《にら》みつけられたら、若い者は座っていても腰を浮かした。

「江戸のカネを京に送って、そこから熱田に戻すとなりゃあ、手間がかかる」

「ごもっともでございます」

「さぞかし、両替屋の口銭もたけえんだろうな」

「てまえが申し上げようとしたのも、そのことでございまして」

手代が膝を恒吉のほうに詰めた。

「てまえどもから三井に為替取組を頼むお代が、二千両でございますと……」

持参した袋から帳面を取り出した手代は、為替の取組口銭を調べた。

「五両でございます」

「ほかにもいるのかよ」

「あとは三井の江戸店から京店までの為替が十両、京店から尾張までが三両でございますので、締めて十八両の為替代が入り用でございます」

手代は日ごろから大店相手に、為替のやり取りに手馴れているらしい。十八両の為替代を、さらりと口にした。恒吉に睨まれたときの怯《おび》えは、すっかり消えていた。

「軽く言ってくれるが、ゼニを尾張に送るだけで十八両も取るてえのは、両替商は随分と強気な商売だぜ」

「さように申されましても……」

「いいさ。あんたを責めても始まらねえ。口銭がかかるてえのは分かったが、幾日ありゃあ届くんでえ」

「三井は月に三度の為替便がございますので、いまからですと、六月十五日には京に届きます」

「なんでえ。十日以上も先じゃねえか」

「お急ぎでございましたら、別誂《べつあつら》えの便を仕立てることもできますが、それですと一段とお高くついてしまいますので」

手代と話しているうちに嫌気がさした恒吉は、とりあえず二千両を明日の八ツ（午後二時）までに箱崎町に届けるようにと言いつけた。為替は、次の便が出る十日の前日までに決めることにした。

伊勢杉陣左衛門は、約束通り七ツ（午後四時）に顔を出した。今回の恒吉と伊勢杉との取引に、晋平はかかりがない。ふたりの顔つなぎをしただけである。

それでも晋平は、陣左衛門に同道して顔を出した。梅雨で仕事がはかどっていないことに加えて、大きなカネの取引がなされる場に居合わせたかったからだ。

話がまとまれば、伊勢杉は五分の口利き代を支払うといっている。四千両の五分だと二百両の大金である。

そんなカネを丸ごとは受け取る気はなかった。が、幾らかでも受け取るからには、話がまとまる場には同席したかった。

「カネを送るのが、こんなに難儀な仕事だとは思ってもみなかった」

約定を取り交わす前に、恒吉は両替商との掛け合いの顚末《てんまつ》を話した。

「遠州屋さんは、親分に気を使っているんでしょう。うちの両替商の口銭よりも、お安くすんでいるようですから」

口銭を聞かされた陣左衛門が、十八両は安いと言った。

「為替というのは、そんなに大変なのかね」

「遠国との取引が増えれば増えるほど、カネのやり取りは難儀になります」

諸国の山元と取引のある木場の材木商とは異なり、伊勢杉は熊野相手がほとんどだ。それでも為替は大変だと聞かされて、恒吉は考え込んだ。

「黙って四千両を出せば、倍に増えると考えたおれが了見違いだった」

恒吉は、あらためて四千両を用立てることを請け合うと口にした。それを聞いて、伊勢杉は安堵《あんど》の吐息を漏らした。

「カネの使い道を、もう一度聞かせてくれ」

陣左衛門は持参した帳面を恒吉に示した。

新たに熊野から買い付ける杉が、一本二両二分で七百本。この代金が千七百五十両である。

熱田湊から江戸湾までの廻漕代が、一本二両で千本。廻漕代が二千両だ。

あとは江戸湾から向島までの、いかだを曳《ひ》くはしけ代、いかだ乗りの手間賃などで、およそ五十両。

都合、三千八百両が掛りとして入り用だった。向島の吉野とは一本十両で話がついており、前金二千両はすでに受け取っていた。

千本の杉が無事に届けば、八千両が手に入る。陣左衛門が口にした、儲け四千両というのは間違いなさそうだった。

「費えは三千八百両だと言うが、為替代だの、尾張までひとが出向く路銀だのは、どうなっているんだ」

渡世人の口から細かなことを問い質《ただ》されて、陣左衛門は驚き顔を向けた。

「それらの細かな費えは、うちの商いのなかでやり繰りします。親分にご心配いただかなくても結構です」

「話の始まりでは、おれもそう思っていた。あんたに四千両を渡して、目が出りゃあ倍に増えると、甘いことを考えてたさ」

陣左衛門を真正面から見詰めた。大店のあるじは、目を逸らさずに受け止めた。

「カネをあんたに預けることに変わりはないが、おれもこの仕事にはしっかりかかりを持たしてもらう。両替商の話ひとつ聞いても、ゼニを送るだけでも大仕事だ。違うかね、伊勢杉さん」

「うちには毎日のことですから、考えてもみませんでしたが……親分には、その通りでしょう」

「まさに、その通りさ。こんな大仕掛けの仕事を甘く見たら、かならずしくじる」

「それで親分は、どうなさいますので」

「うちの者を、尾張に差し向ける」

「それはまことのことなので？」

恒吉が目の光を強くした。

「渡世人は軽いことは言わねえ。ゼニを出すと言やあ出すし、ひとを差し向けると言やあ、かならずそうする」

「ご無礼を申しました」

陣左衛門が詫びを口にした。

「四千両を稼ぐのは、江戸まで材木が無事に届けばこそだ。あぐらをかいて座っているだけでは、うまく運ぶものも障りが生ずるというものだ。違うかね?」

恒吉の言い分に、陣左衛門は一言もなかった。わきに座った晋平は、恒吉の言葉を胸に刻みつけているようだった。

「それで、旅立ちはいつにすればよろしいんで?」

「幾日あれば、おまえは支度が調《ととの》うんだ」

「五日くだせえ。その間で、しっかり尾張までの身支度をすませやす」

「分かった。道中手形は、伊勢杉があさってまでに用意するそうだ」

恒吉が徳利を差し出した。無言で暁朗が受け止めて、尾張に出向く話が決まった。

八

道中手形が下されるのが、六月七日と決まった。伊勢杉の小僧が六月六日の昼過ぎに、暁朗にそれを伝えてきた。

尾張熱田を行き帰るとなれば、どれほど短くても三十日はかかる。しかも暁朗の帰り道は、杉の丸太を曳航《えいこう》した大和船である。

つつがなく旅が進めば、熱田湊の出帆は六月下旬になりそうだった。それより早いと、まだ梅雨が居座っているし、遅くなれば野分に襲いかかられる。

安泰な船旅には、六月下旬がもっとも適していた。

五尺七寸（約百七十三センチ）の上背がある暁朗は、ありものの道中合羽《どうちゅうがっぱ》や長着などの数がない。できあいの品を買うには、背が高すぎた。

江戸から尾張は長旅である。支度をしっかり調えておかなければ、道中でどんな災難に遭うかもしれない。しかも、組をあずかる代貸の旅である。

若い者はしゃかりきになって、暁朗の旅支度を手伝った。

「道中合羽を仕立てるなら、日本橋の内山が図抜けてるてえ話でさ」

「振り分けの葛籠《つづらこ》は、浅草のあにいが、ひと回り大きなものが便利だてえやした」

「履物は、代貸が履きなれたものを四、五足はよけえに持ってかれたほうが、楽に旅ができるようですぜ」

入れ替わり立ち替わり、若い者が仕入れた話を伝えにきた。だれもが代貸の道中安全を願って、拾い集めてきた話である。

いちいち聞くのは億劫《おっくう》にも思えたが、暁朗は顔には出さずに礼を言った。

旅立ちを控えて、組のだれもが忙しく立ち働いている六月六日。相変わらずの梅雨空のなか、芝神明《しばしんめい》の吉川組から呼び出しがかかった。

「あっしに顔を出せてえことでやすが、行ったほうがようがしょうね」

「長居をすることはない。長太郎にあいさつだけしてきてくれ」

あいさつには出向けと指図された暁朗は、七日の朝に顔を出す段取りを組んだ。

吉川組は、増上寺の大門をくぐったわきの神明町に宿がある。恒吉と兄弟分の貸元から呼び出されては、不義理はできなかった。

呼び出された用向きが分かっていない暁朗は、組の半纏《はんてん》を羽織って出向いた。組半纏なら、祝儀・不祝儀どちらでも失礼がなかったからだ。

所帯だが、渡世人の町の格としては、箱崎よりも神明が上だ。

吉川組は、間口二間《けん》の小さな宿である。土間から声を投げ入れても、若い者が出てこなかった。

「ごめんなすって」

三度目の呼びかけで、やっと若い者が顔を出した。

「どちらさんで?」

出てきた男は、板の間に突っ立ったままで問いかけてきた。

忙しいさなかに呼び出されて、暁朗は胸のうちで苛立《いらだ》っていた。それに加えて、若い者の行儀がなっていない。

「この半纏を見ても、だれがきたかが分からねえのか」

半纏の襟元《えりもと》と背中には、長い茎のあやめが二本描かれている。あやめの恒吉の組半纏だというのは、渡世人ならだれでも知っているはずだった。

「あっしにゃあ分かりやせん」

板の間に立ったままの男が、無愛想な声で返事をした。

「そうかい。そいつあ気の毒だ」

暁朗は土間から若い者を睨みつけた。

「こちらの長太郎親分から、つらあ出してくれと使いがきたんで顔を出したが、半纏の柄も読めねえやつに出てこられたんじゃあ、おれも笑っちゃあいられねえ」

暁朗の目が細くなった。

「おれがだれだか分かるてえなら、親分に取り次いできな。それができねえなら、おれはけえるが、どっちにするよ」

「おれには、あんたがだれだか分からない。親父に用があるなら、さっさと名乗ってくれ」

「親父だと？」

「親父でわるいか」

若い者はすっかり喧嘩腰になっていた。

「長太郎さんに息子がいるてえのは、いまのいままで知らなかったぜ」

「それがどうしたよ。用があるなら、さっさと言いな」

暁朗にいどみかかるように、若い者があごを突き出した。暁朗の我慢が切れた。

「てめえみてえな不出来なガキが、長太郎さんの息子のわけがねえだろう。おめえはどこの騙《かた》りもんでえ」

上背のある暁朗が、目を細くして本気で怒鳴った。板の間の男がびくっと肩をふるわせた。さらに怒鳴りつけようとしたとき、廊下の奥から長太郎が歩いてきた。

背丈は五尺二寸の小柄な男だが、目方は二十四貫（九十キロ）もある。長太郎は足を動かすのも難儀そうだった。

「だれが怒鳴ってるかと思ったら、おめえさんか。構わねえから上がれ」

長太郎は若い者の無作法を叱《しか》りもせず、なにごともなかったかのように、暁朗を部屋に招き入れた。

「明日は山王様だ。若いのはみんな出払っていて、おめえさんに構うことができねえ。茶も出せねえが、勘弁してくれ」

長太郎の言うことを聞いて、暁朗はこれが貸元かと胸のうちで呆《あき》れた。

長太郎は吉川組の二代目である。当人が恒吉とは兄弟分だと言いふらしているのは、恒吉の名前は貸元衆のなかでも通りがよかったからだ。

町の格では神明よりも格下だが、貸元の器量は、長太郎と恒吉とでは比べ物にならなかった。ふたりは兄弟分ではない。吉川組先代が、恒吉と長太郎の三人で酒を呑んだに過ぎなかった。

先代には借りのある恒吉は、長太郎が貸元の器ではないと分かっていても、先代への義理から相手を立てて付き合ってきた。

呼び出しを受けたら、できる限り出向いた。が、恒吉のほうから長太郎に声をかけるのは皆無だった。

暁朗がこうして呼び出しに応じているのも、恒吉が長太郎を粗末には扱わないがゆえだった。しかし恒吉は、こころを許しているわけではない。

暁朗にはそのわけが、組をたずねてみて分かった気がした。

長太郎を前にして物思いを巡《めぐ》らしていたが、相手から呼びかけられて目を戻した。

「今度、うちの組で無尽講《むじんこう》を組むことにしたんだが、あやめのは助《す》けてくれるだろうな」

「助けてえのは、どうすることなんで？」

「そりゃあ、いろいろあるだろうが……」

長太郎が長火鉢のふちに、太った身体を預けてよりかかった。

「さしずめは、おめえさんところの客を、うちの無尽講に加えるというところだ」

「うちの客を、ですかい」

「おれがそう言ったんだ。なぞることはねえ」

長太郎が唇をなめた。長虫のように、細くて長い舌だった。

「客をどうこうするてえのは、あっしに返事ができる話じゃありやせん」

「そんなことは承知だ。おめえに訊《き》いているんじゃねえぜ」

「持ち帰りやして、親分に伝えさせてもらいやす」

「伝えるだけじゃあ、ガキの使いでことが足りる。代貸のおめえさんを呼んだのは、あやめのに、おめえさんからしっかり言い聞かしてくれてえことだ」

話しながら、長太郎の両目がちょろちょろと動いた。そのさまが、いかにもずるそうに見えた。

「あっしがうちの親分に言いきかせるだなんて、そんな大それたことはできやせん」

「そうかい……仲間内じゃあ、そうは言ってねえぜ。あやめのが飛びついた話のケツを拭きに、おめえさんが尾張にまで旅するそうじゃねえか」

「なんでそんな話をされるんで」

相手が貸元だというのを忘れて、暁朗が声を大きくした。長太郎は格別気をわるくした様子も見せず、仲間内で交わされている話というのを暁朗に聞かせた。

あやめの恒吉が、木場の材木商を乗っ取ろうとして、八千両の大勝負に出た。熱田湊の杉を買い占めて、木場の杉商人を干上がらせようと企《たくら》んでいる。

ところが江戸に材木を送る手立てが見つからず、熱田の廻漕問屋に泣きを入れた。近々、恒吉の代貸、暁朗が熱田に出向いて、江戸までの杉の廻漕を掛け合うらしい。

この博打に、恒吉は身代《しんだい》を賭けている。しくじったら、あやめの組は潰《つぶ》れる。暁朗を筆頭にした若い者たちは、尾張での掛け合いを上首尾に終わらせるために、血眼《ちまなこ》になって旅立ちの備えをしている……。

これが渡世人の仲間内で交わされているという、話のあらましだった。長太郎が言うことだけに、どこまで本当かは分からない。

が、恒吉から尾張行きを指図されたのは、わずか三日前の夜である。長太郎の話には幾つも大きな誤りがあったが、まことに近いことも言い当てていた。

「あやめのは、今度の材木話に有り金そっくり突っ込んでるだろうが」

長太郎が決めつけを口にした。半端に言い返すと、ことを余計にこじらせそうだと判じた暁朗は、黙って聞き流した。

長太郎は、暁朗が認めたと取り違えた。

「材木話をしくじって組が潰れるまえに、うちにくるなら迎えてもいいぜ」

長太郎がまた唇をなめた。さきほどよりも、舌の色に赤味が増していた。

「うちの無尽講にいい客を回してくれたら、わるいようにはしねえ。そこんところを、しっかり考えてくれ」

「話てえのは、これで仕舞いですかい」

長太郎の丸顔が、何度も上下に動いた。

「まだ朝が早いが、山王祭がすぐだ。おめえさんさえよかったら、うちのせがれと一緒に酒でもやりねえな」

長太郎が手を叩くと、さきほどの男が突っ立ったまま部屋に入ってきた。暁朗を見ても、あいさつもしない。長太郎もそれをたしなめないでいる。

暁朗は、辞去の言葉を口にしないまま立ち上がった。長太郎の息子は、暁朗の肩までしかなかった。

「先行きが楽しみでやすね」

嫌味を言ったのに、長太郎は言葉のままを真に受けた。

「うちにくれば、いずれはあんたのあたまに立つ男だ。大事に可愛《かわい》がってやってくれ」

「失礼しやす」

暁朗は長太郎と目を合わせず、さっさと吉川組を出た。

旅立ちを控えて忙しいときに、唾を吐きたくなるような話を聞かされた。腹が立って仕方がなかったが、収穫もあった。

このたびの材木廻漕と尾張行きの話が、すでに貸元衆の間で取り沙汰されている。

長太郎と話したことで、これを知ることができた。貸元の多くは長太郎と同じように、ことが成就《じょうじゅ》しないと思っているだろう。

恒吉がどれほど真剣に廻漕と対峙《たいじ》しているか、暁朗は分かっていた。それをおもしろおかしく取り沙汰されるのは、業腹《ごうはら》きわまりなかった。

たとえ四千両を失っても、組が潰れることはない。が、しくじったら、長太郎たちの思う壺《つぼ》である。

箱崎町への帰り道を歩きながら、暁朗はなにがあっても成就させると、もう一度肚をくくった。

船のこと。材木のこと。道中のこと。熱田から江戸までの海路のこと。

きっぱり思いを定めたら、このたびの一件で自分の知らないことが幾つも見えてきた。

旅立ちまでの短いなかで、できる限り備えをするぜ……。

梅雨の中を歩く暁朗の歩みが速くなった。

九

六月十日は、きれいに晴れ上がった。梅雨明けはまだだが、晴れた空に向かって昇る朝日は、すでに夏の強さがあった。

「出かけるぜ」

晋平の合図で、嘉市たち四人が伊豆晋の土間に勢揃いした。待ちに待った晴れ間である。差配連中は、尾張町の地べたの具合を確かめに行く段取りだ。晋平は永代橋の西詰で陣左衛門と落ち合うことになっていた。

四千両を受け取ったその日のうちに、陣左衛門は約定通り二百両を晋平に差し出した。

「これは多すぎやす。せめて半金にしてくだせえ」

晋平が受け取りを固辞《こじ》したら、陣左衛門は背筋を張って目に力を込めた。

「恒吉親分が言われたことを、晋平さんも一緒に聞いたはずだ」

「もちろん聞きやした。だからこそ、受け取れないと言ってやす」

「それはあんたの聞き方がわるいからだ」

陣左衛門はぴしゃりと撥《は》ね付けた。

「おそらくあんたは、あぐらをかいて座ったままではことが成就しない、あぶく銭は入ってこないということを言いたいんだろう」

「その通りです」

恒吉と陣左衛門とを引き合わせただけで、二百両のカネを手にするのは、大変な了見《りょうけん》違いに思えた。

「あたしはそうは思わないし、親分も自分が言ったことを取り違えられたら迷惑だろう」

「どこをあっしが取り違えてますんで」

「あんたがこの二百両を、あぶく銭だと思っていることだ。あたしにしてみれば、二百両でも安いと思っている」

陣左衛門は、遠州屋の為替と預かり賃の話を始めた。

「親分は、為替の仕組みを呑み込んだことで、このたび暁朗さんを尾張に差し向けようと決めたはずだ」

「そうは言ってなかったと思いやすが……」

晋平は陣左衛門の言い分に異を唱えた。

「口でどう言ったかを、あたしは話したいんじゃない。ものごとの仕組みを、あんたに伝えているんだ」

一年七十両の預かり賃を取る代わりに、遠州屋は火事からも盗賊からも、カネを守らなければならない。そのための蔵は、厚さ一尺五寸もあった。それだけではなく、三井両替店は、地べたを掘ってカネの仕舞い場所を拵《こしら》えている。

七十両を払う代わりに、客はなにがあっても安心だと思えるのだ。火事と盗賊が怖い商人には、一分の預かり賃は安いものだった。

為替も同じである。十八両の口銭と引き換えに、江戸から尾張まで、二千両のカネをかならず運んでくれるのだ。

もしも両替商がいなければ、命がけで二千両を運ばなければならない。重たくて目立つ千両箱ふたつを運ぶには、ひとりでは無理だ。カネを運ぶ道中の怖さと、入り用な路銀を思ったら、十八両で済めば破格に安い買い物と言えた。

晋平の口銭もまったく同じことである。

大川に身投げしそうだった陣左衛門は、晋平と出会ったことで四千両の用立てが受けられた。

晋平が陣左衛門を顔つなぎしたことで、恒吉は四千両の儲けが手にできるかもしれない話にかかわることができた。

座ったまま待つのではなく、代貸を尾張まで差し向けるのは、ことの成就をより確かなものにしたいがためである。

カネを稼ぐには、さまざまな汗の流し方がある。晋平は二百両を受け取ることで、ことが上首尾に運びますようにと、江戸湾に材木が届くまで祈り続けるだろう。それゆえに、あぶく銭ではなくなる……。

木場の材木商らしい目の高さで、陣左衛門は物事のことわりを聞かせた。

晋平は得心《とくしん》し、おのれの不明を陣左衛門に詫びた。

「暁朗さんが旅立つ朝は、高輪大木戸《たかなわおおきど》までふたりで見送ろう」

「がってんでさ」

晋平が力強く答えた。その見送りの朝は、梅雨の谷間となって見事に晴れ上がった。

日本橋のたもとに着いたときには、すでに暁朗が待っていた。江戸から東海道を上る旅人の多くは、日本橋を渡って旅立とうとした。

久々に晴れ上がった朝である。橋のまわりは旅支度に身を固めた旅人と、見送りのひとでごった返していた。

「しっかり運んできやすから」

日本橋で見送られると思っていたらしく、暁朗は旅立ちのあいさつを口にした。

「高輪まで送らせてもらいますから」

暁朗は、笠《かさ》を取ってあたまを下げた。

恒吉とは、昨夜のうちに旅立ちの盃を交わしていた。日本橋までついてきているのは、組の若い衆のみである。

「それじゃあ、遅くならねえうちに」

晩朗の肩には、大きな葛籠《つづらこ》が振り分けになっている。見た目にも、旅支度に抜かりはなさそうだった。

高輪大木戸には、五ツ前に着いた。夏の陽が品川沖の空を昇っていた。

「どうぞお達者で」

陣左衛門が、伊勢杉の屋号が刷られたポチ袋の餞別《せんべつ》を差し出した。暁朗は両手で受け取り、首から吊るした巾着《きんちゃく》に納めた。

「道中で使ってくだせえ」

晋平が手渡したのは、銅《あかがね》でできた矢立《やたて》（携帯の筆記用具入れ）だった。ていねいに磨き上げた矢立は、朝の光の中で鈍く輝いた。

暁朗は矢立を帯に差し、深々とあたまをさげてから大木戸に向かった。

朝の光に向かって暁朗が歩いている。

木戸の手前で振り返ったとき、晋平には銅の矢立が光ったように見えた。

十

享保二年六月十日に江戸を発《た》った暁朗は、日に十里（約四十キロ）を歩いた。空模様に恵まれたことで果たせた、一日の道のりである。

西に向かうにつれて、各宿場は梅雨《つゆ》明けを迎えていた。道中ふたつの難所、箱根越えも大井川の渡しも、つつがなく乗り切ることができた。

江戸出立《しゅったつ》から十二日後の、六月二十二日の八ツ（午後二時）過ぎに、暁朗は熱田《あつた》宿《じゅく》の木戸をくぐった。

こんなにでけえ宿場だったのか……。

宿場の木戸を見て、暁朗はたじろいだ。

宿場が大きいということは、熱田湊《みなと》もそれ相応の賑《にぎ》わいがあるあかしだ。町が大きいからといって、暁朗は気後《きおく》れしたりはしない。たじろいだのは、廻漕にも材木にも、おのれがいかに素人《しろうと》であるかをわきまえているからだ。

こんなでけえ宿場を抱えた湊で、どんな掛け合いをやりゃあいいんでえ……。

肝が据《す》わっているはずの暁朗が、木戸をくぐった先で足をぴくぴくっと引きつらせた。

宿場の大きさに合わせたのか、旅籠《はたご》が両側に並んだ道幅も、五間（約九メートル）はありそうに見えた。

旅人が押しかけるには、八ツではまだ時分が早すぎた。ずらりと軒を並べた旅籠の前には、客引きも出ていなかった。

広い道を行き交っているのは、得意先に夕餉《ゆうげ》の材料を届ける荷馬車と、担ぎ売りである。降り注ぐ夏陽が、宿場の地べたを焦《こ》がしていた。それでも顔が涼しく感ずるのは、熱田湊からの潮風が強いからだろう。

気を取り直した暁朗は、目当ての旅籠を探して宿場のなかへと足を進めた。

江戸を発つ前に、日本橋の周旋屋《しゅうせん》、野川屋新兵衛に熱田宿の手配りを頼んでいた。

「宿は小さくていい。長逗留《ながとうりゅう》になるから、部屋は二階の物干し場のわきにしてくれ」

野川屋が手配りしたのは『三河屋喜兵衛』という屋号の旅籠である。

三河屋は、宿場の中ほどにあった。

「長旅、おつかれさんでしたあ」

言葉の尻を長く引いて、女中が暁朗を出迎えた。すすぎを済ませて案内されたのは、暁朗の指図した通りの客間だった。

障子窓を開くと、正面に熱田湊が遠望できた。物干し場は、部屋の左手である。

宿に泊まって、もっとも怖いのは火事である。物干し場が近くにあれば、万一のときには屋根伝いに逃げ出すことができる。野川屋は、暁朗の頼みにしっかりと応《こた》えていた。

杉の廻漕を始めるまでに幾日かかるかは、熱田の天気次第である。長逗留となるのが分かっていた暁朗は、伊勢講の連中があまり投宿しない旅籠をと、注文を付け加えていた。

野川屋は、この注文にもきちんと応じていた。

三河屋は二階に客間が四部屋しかない、小さな所帯の旅籠だった。

部屋の左には、勝手口に通じる狭い階段がある。その奥の突き当たりはかわやだった。

二階の造りをひと通り確かめてから、暁朗は振り分けの葛籠《つづらこ》を開いた。廻漕問屋に払うカネは、江戸の両替商を通じて為替で送金を済ませていた。

路銀の入った金袋、祝儀を詰めるポチ袋、それに着替えの下帯と、ひとえの唐桟《とうざん》を取り出したあと、葛籠を押入れに仕舞った。

夏場の旅に合わせて、出発前に薄手の道中合羽《がっぱ》を誂《あつら》えていた。合羽と笠とを壁に掛けていたとき、宿の番頭があいさつに顔を出した。

「三河屋の番頭、喜作《きさく》と申します」

喜作は宿帳を持参していた。

「長旅でお疲れでございましょうが、宿帳を最初に……」

帳面と矢立とを番頭が差し出した。宿帳は受け取ったが、矢立は自前の品を使うからと言って断わった。

旅立ちの朝、晋平から餞別《せんべつ》として受け取った銅《あかがね》の矢立である。ここまでの宿場の宿帳には、すべてこの矢立を用いてきた。

「見事なお品でございますなあ」

番頭が感心した。

「すまねえが、あとでいいから墨壺に墨を足しといてくだせえ」

記帳を終えた暁朗は、筆を仕舞い直した矢立を番頭に預けた。

「かしこまりました」

帳面と矢立を手にして、番頭が立ち上がろうとした。

「ちょいと待ちなせえ」

葛籠から取り出しておいたポチ袋を、番頭に手渡した。あやめが描かれている、別誂えのポチ袋だ。

番頭は両手で押し頂いた。袋の重さを感じ取ると、顔色が動いた。

「無作法を承知で、この場であらためさせていただきます」

番頭がポチ袋の中身を、手のひらで受けた。八枚の二朱金がこぼれ出た。十六朱、小判一両に相当する金貨だ。

「これほどの心づけを頂戴《ちょうだい》いたしましても、てまえどもでは、大したおもてなしができませんので」

「気にすることはねえ。杉の廻漕次第で、どれだけの長逗留になるか分からねえんだ。あいさつ代わりに収めてくだせえ」

「杉の廻漕でございますか……」

部屋を出ようとしていた番頭が、宿帳をわきに置いて座り直した。

「江戸の周旋屋は、そのことを伝えてはいなかったらしいな」

「うかがっておりませんです。そうすると、お客様は江戸まで船でお帰りになりますんで？」

「そうなるだろうさ」

暁朗は変わらぬ調子で番頭に応じた。

熱田湊には、桑名《くわな》までの渡し船があった。遠浅の海を七里渡る船だが、海を怖がる旅人は陸路を取って佐屋《さや》に出た。

『曇り空　憶病風が佐屋へ吹き』

土地の者はこう川柳《せんりゅう》に詠《よ》んで、船旅を怖がる旅人をからかった。それとは逆に、船で大海原に出て行く船乗りを、こころから敬《うやま》った。それだけ熱田湊の住民は、海とかかわり深く暮らしていた。

　暁朗が江戸まで廻漕船で杉を運ぶと知って、番頭の様子が変わった。

「てまえどもは小さな旅籠ですが、あるじはこの土地の生まれでございます。廻漕にかかわることでご用がございましたら、お役に立てるかと存じます」

　喜作はきれいな江戸弁を話した。暁朗がそれを問うと、若いころは二十年ほど江戸京橋に奉公していたと答えた。

「喜作さんさえよけりゃあ、今夜は酒でも一緒にやりやせんかい」

「ありがとう存じます。喜んでお相伴させていただきましょう」

　一両の心づけを大事そうに仕舞うと、軽い会釈《えしゃく》を残して番頭は部屋を出た。

　ふうっと大きな息を吐き出して、暁朗は窓の敷居に腰をおろした。潮風が、頬《ほお》を撫《な》でて通り過ぎた。

　熱田宿に着いてから、暁朗が初めて心地《ここち》よさそうな顔つきになっていた。

　箱根を越えたことがない暁朗には、熱田は皆目《かいもく》不案内な土地である。うまいめぐり合わせで、江戸と熱田の両方に通じた番頭と出会った。それに安堵して、表情が穏やかになった。

明日からは湊の廻漕問屋との、きつい掛け合いが始まる。賭場の代貸を務める暁朗には、ひととの談判は御手《おて》の物だった。

しかし材木の廻漕と、杉の目利きについてはまるで素人である。詰めに入れば、渡世人の気合で乗り切る気でいた。そう思うかたわらで、材木をまるで知らない自分に、うまい掛け合いができるのかと、胸の奥底には不安を抱えていた。

ここまでの道中で、何度も気が滅入《めい》りそうになった。その都度、おのれの手で頰をひっぱたいて気合を入れてきた。

ところが熱田宿の大きさを目の当たりにしたときには、大きなため息を吐き出した。

宿場の中ほどに建つ三河屋で足をすすいだときも、暁朗はまだ気持ちが萎《な》えていた。

宿場が大きいのは、ここが尾張藩のお膝元であり、伊勢参りの旅人で常に賑わっているからだ……こう考えて、暁朗は気分のうっとうしさを払いのけようとした。

二階から遠望する湊の賑わいを見て、またもや気持ちが沈んだ。

どうすりゃあいいんでえ……。

悶々《もんもん》としながら道中合羽を掛けていたとき、番頭が顔を出した。話してみると、江戸にいたという。年のころは五十そこそこだが、所作はきびきびしている。

渡世人は縁起《えんぎ》かつぎである。

げんなりと気分が滅入っていたとき、江戸と熱田の両方に明るい番頭に出会えた。

このことに、暁朗は大きなツキを感じた。

夕食のあと、番頭と差し向かいで酒を酌《く》み交わす段取りである。暁朗はその場で、材木には素人だと正直に明かす気でいた。

こっちが正味で頼んだら、あの男なら力を貸してくれる。

ひとの目利きに長《た》けている暁朗は、わずかに交わした話し合いを通して、喜作の人柄のよさを感じ取っていた。幾日逗留するにしても、路銀の備えは充分である。

いざとなりゃあ、材木の目利きを雇えばいい。それにも喜作さんは、力を貸してくれるにちげえねえ。

さまざまに思案を巡らせているうちに、宿場に着いたときのうっとうしさがきれいに消えていた。

「おきゃくさあんよう、湯の支度ができてますからよう……」

階段の下から、女中が大声で知らせている。立ち上がった暁朗は、手拭いを肩にかけて階段に向かった。

「江戸のお客様から何度も聞かされていましたが……そんなに大きな橋でしたか」

元禄《げんろく》十一（一六九八）年に架けられた永代橋の様子をつぶさに聞いて、喜作は何度も感慨深そうな声を漏らした。

「あっしが暮らしておりやす箱崎町は、永代橋からすぐでやすから」

「そうか。暁朗さんは、箱崎町に暮らしておいでしたなあ」

宿帳を見て分かっていたらしく、喜作は箱崎町の町名も、なつかしそうに口にした。

「それでまた、どういうわけで暁朗さんが杉を江戸まで廻漕されますので？」

「あっしの稼業の見当は、喜作さんにはついておりやすでしょう」

番頭の問いに、暁朗は答えではなく、別の問いかけで応じた。

「宿帳には仲買人と書いておられましたが」

そうではないだろうと、喜作の物言いが語っていた。

「半端な遠慮はいりやせん。思った通りを言ってくだせえ」

「それなら申しましょう」

盃を膳に戻した喜作は、渡世人だと思いますがと言い当てた。

「それもおそらくは、代貸さんといったところでしょう」

喜作の答えを、暁朗も盃を戻して正面から受け止めた。

「さすがは旅籠の番頭さんだ。おみそれしやした」

暁朗はなぜそれが分かったのかと、問いを続けた。

「あの祝儀の切り方は、堅気のひとには真似《まね》ができません」

暁朗を見る番頭の目が、相手を称《たた》えるような色を浮かべていた。

「当節は世知辛《せちがら》くなりましてなあ。うちのような小さな旅籠では、ひとりあたま四文もいただければ上々でございますから」

喜作が苦笑いを浮かべた。

熱田宿に泊まる客は、伊勢参りの団体客か、熱田湊に用のある商人のいずれかがほとんどである。

商人も伊勢講の参詣《さんけい》客も、ぎりぎりの路銀で旅を続ける者が多かった。ゆえに宿への心づけも、限られた額となった。

三河屋の宿賃は一泊二食つきで、八十文である。ただしこれは部屋に定員で泊まったときの宿賃だ。暁朗のように、相部屋ではなくひとり占めで使うときには、八十文に定員数を掛けた宿賃を求められた。

ひとり四文の心づけは、宿賃の五分（五パーセント）だ。江戸の旅籠は一割の心づけが相場であることを思えば、四文は確かに少なかった。

そんななかで、暁朗は一両の祝儀を切った。一両五貫文で換算すれば、実に千二百五十倍の心づけである。

たとえ暁朗が二十泊したとしても、相場の六十倍を超える、途方もない心づけだ。

一両が詰まっていたポチ袋に、いかに喜作が驚いたかが分かる。

「しかもお客様は、一両の祝儀を格別に気負った様子もなく、てまえに渡されました。あれほどの金高を、顔色も変えずにやり取りするのは、堅気衆では無理です。渡世人のなかでも、あたまに立つ方でなければ、あの息遣いで祝儀は切れません」

喜作の眼力に、暁朗は正味で感心していた。

「お見通しの通り、あっしは箱崎町の貸元、あやめの恒吉の組で、長らく代貸を務めておりやす」

暁朗の答えを聞いて、喜作は得心したうなずきを繰り返した。

「熱田をおとずれやしたのは、もう先《せん》にも言いやしたが、熊野杉を江戸まで廻漕するためでやす」

代貸は口が堅いのが身上《しんじょう》である。

暁朗ももちろんそうだ。しかし喜作を前にしたいまは、ことの細部まで聞かせてもいいと判じていた。

酒を酌み交わし始めたときに、喜作はおのれの口で、ここまでの来《き》し方《かた》を話していた。それを聞いたがゆえに、暁朗は熊野杉廻漕のすべてを話す気になっていた。

寛文《かんぶん》五（一六六五）年生まれの喜作は、今年で五十三歳である。

延宝《えんぽう》五（一六七七）年、十三の春に江戸に奉公に出た喜作は、三十二までの二十年間、お店《たな》勤めをした。

三河商人の江戸店《えどだな》、西村屋の丁稚《でっち》小僧から手代としてである。西村屋は、尾張特産の檜《ひのき》仲買の大店だった。

明暦《めいれき》三（一六五七）年の大火事をきっかけにして、江戸は一から新たに町造りを始めた。尾張の西村屋が江戸に出店を出したのも、明暦三年のことである。

大火事のあと、江戸の町は日に日に大きく膨らんだ。町造りのために、諸国からひとが集まってきたがゆえである。喜作が丁稚小僧として西村屋江戸店に奉公にあがったのは、商いが急ぎ足で伸《の》していたからだ。

新しい町を造るなかで、公儀は江戸城に物資を運び込むために、数多くの堀を掘った。大川につながる堀もそのひとつで、幾つも架けられた橋のひとつが京橋だった。

水運に恵まれた京橋には、材木商が集まった。西村屋も、そのなかの一軒である。小僧時代から目端《めはし》の利いた喜作は元禄六（一六九三）年に、二十九歳で手代三番組の組がしらに取り立てられた。

西村屋と堀をへだてた対岸には、当時の江戸でいきなり伸《の》し上がってきた、紀伊國屋文左衛門の材木置き場があった。

「成り上がりの紀文ごときに、商いで後《おく》れは取らない」

商いで紀文の手代と競ったときには、喜作はことのほか燃え立った。そして檜の注文については、一度も紀文に負けなかった。

そのまま奉公を続けていれば、遠からず手代総代から番頭へと昇進できただろう。

熱田宿の三河屋は、喜作の親戚筋にあたる旅籠である。元禄十（一六九七）年の正月早々、熱田宿で大火事が起きた。

ひと晩火が消えなかった火事は、翌朝未明に旅籠のあらかたを焼き尽くして鎮火した。

熱田は、尾張藩お膝元の大事な宿場である。旅籠の数は、東海道五十三次の宿場のなかでもっとも多い二百四十八軒もあった。

五十三次の旅籠の数をならせば、およそ五十五軒である。東海道で二番目に大きな宿場は桑名宿だが、ここの旅籠は百二十軒だ。

いかに熱田が大きな宿場であるかは、旅籠の数からもうかがえた。

三河屋を建て直すとき、喜作を在所に帰して欲しいとあるじは懇願《こんがん》した。事情を察した西村屋の尾張本店は、江戸店差配に喜作の帰国を命じた。

元禄十年の三月以来、喜作は三河屋の番頭を務めている。

永代橋が架橋されたのは、喜作帰国の翌年、元禄十一年のことだ。帰国してから一度も江戸に下っていない喜作は、永代橋がどんな橋かを知らなかった。

「そういう次第だったんですか」

暁朗の話を聞き終わった喜作は、廻漕する杉が七百本だと知って深い息を吐き出した。

「その数を廻漕するとなれば、半端な問屋では請け負い切れないと思いますが……」

「伊勢杉さんは、大野屋正三郎という問屋だと言っておりやす」

「それなら安心だ」

廻漕問屋の名を聞いて、喜作が顔つきを明るくした。

「大野屋さんは、熱田でも図抜けた問屋です。百石の廻漕船だけでも、五十杯を抱えているると言われておりますから」

「そんな数の船が、湊に泊まっておりやすんで？」

「熱田は遠浅な湊ですから、船は沖合いに錨《いかり》を打って泊まっています」

「だとしたら、船積みはどうしやす」

「潮の按配《あんばい》を見て、湊に引き込みます」

「そんなに、潮の満ち干《ひ》が大きいんでやすか」

「上げ潮と下げ潮では、四尺（約百二十センチ）は違います」

喜作は手を広げて、四尺の幅をこしらえて見せた。

「それだから伊勢杉さんは、大潮を目指して船積みをして欲しいと言ってやしたんでやしょうか」

「大潮のときには、さらに二尺の潮が上がります。それだけあれば、杉の丸太でも充分に船積みできるでしょう」

言ったあとで喜作は、手を叩いて女中を呼んだ。

「潮ごよみを持ってきなさい」

熱田宿には、潮の満ち干が書かれた暦が備わっていた。女中が帳場から持ってきた暦の表紙には、『享保二年熱田湊潮暦』と太い筆文字で書かれていた。

喜作は暦をめくって、六月と七月の潮の加減を確かめた。

「次の大潮は七月七日です。七夕《たなばた》様の夜が、熱田湊の大潮ということだが……それまでに手配りを終えられますかなあ」

六月は小の月で、二十九日までだ。明日から掛け合いを始めて七月七日に船出するためには、正味で十三日しかない。

廻漕にも杉の目利きにも素人の暁朗には、十三日という日数が、多いか少ないかの判断もつかなかった。

「杉がすべて湊に届いていれば、十三日あれば充分でしょうが……」

喜作の物言いには、首尾を危ぶむような調子が含まれていた。それを感じ取った暁朗は、なにか障りがあるかとたずねた。

「材木に埋まっている熱田湊でも、七百本もの荷が届けば、かならず宿場にも聞こえてきます」

「喜作さんは、聞いていねえんで？」

「あいにくですが、いまのいままで、耳にした覚えはありません」

「そうでやしたか……」

冷やし酒の徳利から、暁朗は手酌で盃に注いだ。酒がぬるくなっていた。

十二

六月二十三日、暁朗は三河屋で初めての朝餉《あさげ》を摂《と》った。

湊が近いことで、膳には一夜干しの干物が載っていた。喜作が指図したのか、干物は焼き立てだった。アジの開きに下地を垂らすと、ジュジュッと美味《うま》そうな音を立てた。

小鉢には、割ったばかりの生卵が入っている。三河屋の裏庭で放し飼いにしているにわとりが、今朝産んだばかりの卵だ。黄身がぷっくりと膨らんでいるのが、活きのよさのあかしだった。

小鉢に下地を落としているとき、女中が飯と味噌汁を運んできた。

「番頭さんが、たっぷり食って精をつけてくれってさあ」

女中は炊き立ての飯を、大き目の茶碗によそった。椀のふたをとると、三河名産の八丁味噌の香りが立ち上った。

味噌汁の具は、遠浅の浜で獲《と》れるアサリだ。夏場の貝は、から一杯に身が詰まっていた。

賭場は夜通しの稼業である。組で代貸を務めているときの暁朗は、目覚めるのが五ツ半（午前九時）と決まっていた。前夜の酒が残っていることが多く、朝飯はほとんど食べない暮らしだ。

ところがいまは、晩飯よりも朝飯が好きになっている。江戸から熱田までの道中で、暮らしぶりがすっかり変わっていた。

「にいさん、卵をもうひとつどうだね」

女中は近在の農家の女房らしい。気取りのない物言いで勧められて、暁朗は卵も飯もお代わりをした。

今日は大事な掛け合いの初日である。

喜作がこころを砕いて調えさせた朝餉をきれいに平らげて、暁朗は身体の奥から気力が満ちてくるのを感じた。

熱い焙じ茶を飲み終えると、身繕《みづくろ》いを始めた。ひとえの唐桟《とうざん》には、宿の女中が鏝《こて》をあててくれている。暁朗は江戸から持参した、こげ茶色の献上帯《けんじょうおび》を形よく締めた。

江戸の三井両替店から、京を経て熱田に送金した為替《かわせ》の受け取りを紙入れに納めて、支度が終わった。

階段を下りると、喜作が待っていた。

「上首尾を祈っております」

「そいつあ、なによりの後押しでさ」

喜作に礼を言ってから三河屋を出た。

熱田宿は、今日も上天気だった。宿場から湊までは、伝馬町《てんまちょう》を通り抜けておよそ半里（約二キロ）の道のりである。

暁朗は宿場を西に歩いて、床屋に入った。宿場には三軒の髪結《かみゆ》い床《どこ》があるが、一番腕がいい店を昨晩喜作が教えてくれた。

『髪結い床　銀次郎』

床屋の入口に、屋号を描いた長さ一尺ほどの看板がかけられていた。朝の五ツ半（午前九時）で、店に客はいなかった。

「いらっしゃい」

あるじは暁朗と同年代に見えた。背丈は五尺三寸ほどで、暁朗と並ぶと肩のあたりまでだった。

「ひげと髷《まげ》を、きれいにしてくんねえ」

「お客さんは江戸の方で？」

物言いを聞いたあるじは、暁朗が江戸者だと察したようだ。軽くうなずいて暁朗が腰掛に座ると、あるじは手際よく髷の結い直しを始めた。

かみそりと鋏《はさみ》の使い方が小気味よい。そして余計なことを話しかけてこない。髪結いと髭剃《ひげそ》りを終えたとき、暁朗はすっかりこの店を気に入っていた。

「二十文いただきます」

暁朗は文銭の持ち合わせがなかった。

「しばらくは、この宿場にとどまることになる。前払いてえことで、こいつを受け取ってくんねえ」

銀の小粒をひと粒手渡した。江戸の相場だと、八十二文前後の見当である。

「気に入っていただけたんで？」

「番頭さんに勧められてきたんだが、てえした腕だ。ここにいる間は、毎朝通わせてもらうぜ」

あるじの両目が、嬉しそうにゆるんだ。

「これから湊に出てえんだが、どっちに行けばいいかおせえてくんねえな」

「お安いことです」

あるじは暁朗と連れ立って、店の外に出た。

「この道をまっすぐ西に行けば、大きな辻にぶつかります。それを左に折れて、南部新五左衛門という本陣を通り過ぎれば、あとは道なりに湊に出られますから」

「ありがとよ」

暁朗は教えられた道を歩き始めた。

夏の陽が少しずつ高くなっていた。聞かされた辻を左に曲がると、正面の突き当りに破風《はふ》造りの本陣が見えてきた。

熱田宿は、東海道や美濃街道などの陸路と、桑名に渡る海路とが交わる宿場である。参勤交代で江戸に向かう大名のほとんどは、この熱田宿に滞在した。

それゆえ、宿場には二軒の本陣が設けられていた。正面に見えている南部新五左衛門と、伝馬町の森田八郎右衛門の二軒である。

その二軒のほかにも、脇本陣が六軒あった。

熱田までの道中で、暁朗は何軒もの本陣を見てきた。が、正面に見えている南部本陣は、道中のどの建物よりも立派に思えた。

宿場の格は、本陣で決まると言われている。南部本陣の豪壮な造りを間近に見た暁朗は、あらためて下腹に力を込めた。

これほどの格の宿場を控えた廻漕問屋なら、さぞかし気位が高いだろうと察したからだ。

大きく息を吸い込んでから、南部本陣の前を通り過ぎた。道がゆるやかな下り坂になっている。本陣の敷地を過ぎたら、目の前が大きく開けた。

正面に、熱田湊が広がっていた。

遠浅の海に、夏の陽が降り注いでいた。まださほどに高くない夏日だが、勢いは強い。海は陽を照り返して、まばゆく輝いていた。

海には二十杯を超える百石船が見えた。喜作が昨夜聞かせてくれた通り、錨《いかり》を打ってとまっているのだろう。どの船も帆を畳んでいるが、帆柱は空に向かって突き立っていた。

海の手前は広大な材木置き場である。湊までまだ五町（約五百五十メートル）を残しているのに、積み上げられた丸太は、木の皮までも見えそうだった。

何百人もの職人やら仲仕《なかし》やらが、材木置き場全体に散らばって働いている。遠目でも、きびきびした動きが見て取れた。

あの連中が相手かよ……。

本陣を見たときに集めた気力を、暁朗は坂道の途中でいま一度確かめた。気後れした気にならないのは、喜作と出会えたからだった。

でえじょうぶだ、相手に不足はねえ。

しっかり腹をくくってから、暁朗は歩き始めた。

坂道を下り切ったところに、見た目にも美しい白木の浜鳥居が建っていた。これをくぐれば、いよいよ熱田湊である。

鳥居の手前で立ち止まった暁朗は、唐桟の襟元を合わせ直した。

鳥居をくぐった先には、船番所が建っていた。番所の壁には、袖搦《そでがらみ》・突棒《つくぼう》・刺股《さすまた》の、捕り方道具三種が立てかけられている。

わざと人目につくように立てかけることで、騒ぎが起きるのを防ごうということらしい。こんな工夫が入用なほどに、材木置き場で働く職人や仲仕連中は、気が荒いのだろう。

船番所の隣には、熱田湊の船会所《ふなかいしょ》が設けられていた。桑名への渡し船の船賃を、ここで払う定めである。会所の土間では、数人の客が船待ちをしていた。

江戸にも渡し船は幾つもある。が、これほど大きな会所はどこにもなかった。

海を七里渡る船は、渡し船というよりは、立派な船旅ということだ。会所の普請がそのことを暁朗に教えていた。

番所と会所を通り過ぎた先に、材木置き場が広がっていた。

杉、檜、樫《かし》、椹《さわら》。

陽を浴びた丸太が、それぞれの香りをあたりに撒《ま》き散らしている。空は高く晴れ渡っていたが、空気は木の香りでむせ返っていた。

働いている職人の多くは、木綿のひとえをもろ肌脱ぎにしている。だれもが首には手拭いを巻いており、ひたいには汗押さえの鉢巻を締めていた。

涼しげに唐桟を着て、素足に雪駄《せった》を履いている暁朗は、材木置き場では場違いな身なりだった。

「忙しいところをすまねえが、大野屋さんがどこだか、おせえてくんなせえ」

通りがかった仲仕に、廻漕問屋の場所をたずねた。広すぎて、問屋の建っている方角の見当がつけられなかった。

問われた仲仕は、暁朗の身なりを上から下まで舐めるように見た。そして手にした手鉤《てかぎ》で、西の方角を指し示した。

暁朗を見る目つきが険しい。あたかも、場違いなよそ者は早く出ていけと言わんばかりである。

「ありがとよ」

礼を言うと、ふんっと鼻を鳴らして暁朗から離れた。

西に向かって歩く暁朗をさえぎるかのように、丸太が山に積まれていた。

二丈（約六メートル）の高さに井桁《いげた》に組んだ、松の山が七つある。そのわきには、強い香りを放つ檜が山積みにされていた。

暁朗は職人の動きの邪魔をしないように、気遣いながら大野屋へと急いだ。目の前に廻漕問屋の平屋が見えてきたときには、暁朗のひたいには何粒もの汗が、玉になって浮かんでいた。

十三

六月二十二日から熱田宿に逗留《とうりゅう》を始めて、すでに五日が過ぎていた。

六月二十六日も、朝早くから晴れた。

たっぷり朝飯を平らげるのも、五ツ半に床屋に向かうのも、すっかりお定まりになっている。

「今朝は少し、髪の長さを詰めましょう」

床屋の銀次郎に言われて、暁朗は任せたぜと返事をした。が、それは生返事だった。

銀次郎が使う鋏の音を聞きながら、暁朗は二十三日からのことを思い返していた。

「失礼だが、おたくさんに木の良し悪しが読めますので？」

六月二十三日の朝。

一言二言話しただけで、大野屋の手代は暁朗が材木の素人だと見抜いた。

「いや、まるっきりできねえ」

半端な嘘をつくと余計にことを面倒にすると、暁朗は判じた。業腹《ごうはら》な思いを抑えつけて、材木にも廻漕にも素人だと答えた。

「わざわざ足を運んでいただいてご苦労ですが、伊勢杉さんはどんな了見なんでしょうかなあ」

手代の物言いには遠慮がなかった。

「しかも廻漕船に一緒に乗るなどは、命知らずの話です。遠州灘の揺れ方には、玄人《くろうと》の船乗りでも往生するんですから」

手代は『玄人の船乗り』に、一段と力を込めた。

「命知らずかどうかは、おれに任せておいてくれ」

低い声で言い切ったら、渡世人の凄みを感じたらしく、手代がうっと息を詰まらせた。

「廻漕賃は、江戸の三井両替店が熱田への送金を済ませている。これがその受け取りだ」

晩朗から手渡された受け取りを見て、手代はカネの心配はないと得心したようだった。

「熊野の杉は、届いているのかよ」

「まだです」

手代が即座に答えた。

「まだとは、どういうことなんでえ。来月七日の大潮は目の前じゃねえか」

「途中の川が水涸《みずが》れで、いかだで海に出すのに手間取っていたんです」

「間に合うんだろうな」

「なんとかできると思いますが」

「手代さんよ」

腰掛に座っている晩朗が、手招きで手代を呼び寄せた。

立ち上がって詰め寄るよりも、静かな声で相手を呼び寄せるほうが効き目がある。

それを晩朗は、賭場の仕切りで会得《えとく》していた。

気位の高い素振りを見せてはいても、所詮《しょせん》は問屋の手代である。渡世人の本性を見せつけられて、及び腰で近寄った。

「おれはガキの使いで、熱田まで出てきたわけじゃねえ。命がけの仕事をこなすために、なげえ道中を歩いてきたんだ。なんとかだの、思いますだのと、半端な物言いは聞きたくねえ」

言葉を切ると、手代を光る目で睨みつけた。

「七日の大潮には船出ができるよな」

「…………」

「よく聞こえねえ。もういっぺん聞かせてくんねえ」

「…………」

「そうかい、できるてえんだな」

「なにも言ってはおりません」

「そんなこたあねえ。おれの耳には、間に合うとあんたが請け合ったように聞こえたぜ」

言葉を詰まらせた手代には構わず、暁朗は腰掛から立ち上がった。

「おめえさんが口にした通り、おれは材木にも廻漕にも素人だからよう。首尾よく運ぶように、力を貸してくんねえな」

言い置いて問屋を出ようとした。はっとわれに返った手代が、暁朗のたもとを引いて呼び止めた。

「なんでえ」

「どちらにお泊まりでしょう」

「三河屋さんだ。用があるなら、いつでもつらあ出してくれ」

脅《おど》しを利かせて問屋を出た。何人もの手代が暁朗の背中を、突き刺すような目つきで睨んでいた。

以来今朝まで、問屋からはなにひとつ言伝《ことづて》が届いてこない。暁朗は毎日、材木置き場に顔を出している。が、問屋には出向かなかった。

初日の掛け合いは、思い描いた通りの成り行きだった。そして暁朗は、こわもてで手代を脅した。

この次に顔を出すときは、やさしい物言いで手代を持ち上げる心積もりをしていた。それをするには、まだ早かった。

材木置き場の外れには、三軒の桶屋《おけや》が店を構えていた。暁朗は二十三日から昨日まで、三日続けて職人の働きぶりを眺めて過ごした。

初日はうさんくさげに暁朗を見ていたが、三日目には職人のほうから話しかけてきた。暁朗が、サイコロの振り方を伝授してやったからだ。

桶屋の職人たちは、昼飯を食べ終わると仲間内でサイコロの手慰《てなぐさ》みを始めた。暁朗が見ていても平気だったのは、髷と身なりを見て遊び人だと察したからだろう。

初日の二十三日は、口を挟まずに見ていた。二十四日の昼は、暁朗も遊びに加わった。賭けると言っても、職人の遊びだ。二文、三文の小さな賭けだった。

サイコロを振る親は、順繰りに回ってきた。丁半の目を当てる単純な賭けである。

職人たちは、ぎこちない手つきで壺を振った。

箱崎町の賭場で、五両、十両の博打を仕切る暁朗には、サイコロの目はやすやすと読めた。適当に勝ち負けを続けたあと、五回続けて目を当てた。

三日目の昨日は、職人たちが暁朗に目を読むコツを教えてくれとせがんだ。

「そいつはできねえ」

きっぱり断わったあと、サイコロの振り方を伝授した。

「これを会得《えとく》すりゃあ、おれでも目が読めなくなる」

教えたのは、賭場の若い者に稽古をさせている壺振りの基本形である。

目が読めなくなるというのは偽りだったが、職人たちは信じ込んだ。職人が順繰りに壺を振り始めたら、暁朗はわざと逆目に賭けて、百文差し一本をきれいに負けた。

それですっかり親しくなった。

置き場で交わされるうわさは、桶屋の耳にも届いている。

昨日の昼休みが終わったとき。

熊野の杉は、二、三日のうちに熱田湊に届きそうだと、博打で勝った職人が暁朗の耳元で教えてくれた。

「今朝はまた、ずいぶんとご機嫌がよさそうですね」

髷を結い終わった銀次郎が、暁朗の肩に落ちた髪の切れ端を叩《はた》きながら話しかけた。

「銀次郎さんは、正直かんなてえ道具を知ってやすかい？」

「初めて聞きました。なんですか、それは」

「桶屋の職人が、味噌やら醤油やらのでけえ桶をこさえるとき使う、途方もなくでけえかんなでさ」

暁朗は昨日の午後、桶屋でそのかんなを見せられた。長さが一間（約百八十センチ）もある、大型のかんなである。

地べたに置いたかんなの上を、大樽造りに用いる木を滑らせて削るのが、正直かんなの使い方である。桶屋の職人は、一枚の板を削って見せた。

「そんなことを見せてくれるとは、随分と暁朗さんにこころを開いたようですね。いったい、どんな話を職人たちとされたんで？」

サイコロの振り方を伝授したとは、とても言えなかった。暁朗は笑ってごまかして床屋を出た。

昨日職人から聞いた話がまことなら、明日かあさってには熊野の杉が湊に届く。そのうわさを聞かせてくれたのは、正直かんなを使って見せてくれた職人である。

正直かんな……いい名めえじゃねえか。

かんなの名前に、暁朗は縁起のよさを感じていた。湊に向かいながら、何度も「正直かんな」と、口の中で繰り返した。

十四

六月二十七日も、熱田は日の出から晴天に恵まれた。

暁朗が熱田宿の旅籠《はたご》、三河屋に投宿して五日目の朝である。長逗留の客に気を使って、三河屋は朝夕二度の献立を工夫した。

さりとて、出す品には限りがある。暁朗の好みということで、干物と生卵は毎朝欠かさず膳に載った。

尾張は地鶏の美味《うま》い国だ。鶏肉は煮ても焼いても絶品だが、卵も美味い。炊き立ての飯に、醤油を垂らした卵をかけるだけで、暁朗はどんぶり一杯の飯を平らげた。

朝飯を食べ終わるのが五ツ（午前八時）ごろである。

三河屋を定宿とする客の多くは、江戸から京に上る商家の手代と、伊勢から江戸に出向く伊勢商人たちだ。東海道を上る者も、江戸を目指して下る旅人も、出立《しゅったつ》は宿場の木戸が開く六ツ（午前六時）過ぎがほとんどだった。

宿を早出することで、日のあるうちに歩く道のりを延ばすのだ。熱田宿の旅籠は、どこも日の出前から奉公人総出で、客の朝飯の支度を進めた。

部屋数がさほどに多くない三河屋でも、朝の六ツ過ぎはだれもが忙しく立ち働いた。朝飯を終えた客は、泊まり賃の勘定を済ませて六ツ半（午前七時）までには旅立った。

暁朗が朝飯を食べ始めるのは、客が出払ったあとである。五ツには朝の騒動も一段落つき、奉公人も番頭も気が抜ける。

暁朗が朝飯を食べ終わるころを見計らって、喜作が二階に上がった。朝餉《あさげ》を終えた暁朗と、茶飲み話をするためだ。いまでも江戸をなつかしんでいる喜作には、暁朗から聞くいまの江戸の様子は、なによりの茶飲みの添え物となった。

二十七日も、五ツの鐘が鳴り終わったときには、喜作は暁朗と向き合っていた。喜作はぬる目の茶が好きである。分厚い湯呑みに注《つ》いだ焙じ茶を、冷ましてから持参した。

三河屋の裏庭には、数本の梅の木がある。時季になると、毎年小ぶりの実をつけた。その梅を漬けたものが、喜作の茶菓《さか》代わりだ。

皿に盛った七、八粒の梅干を、喜作は暁朗にも勧めた。カリカリッと音を立てて梅干をかじり、焙じ茶を飲むのが六月二十三日からの決まりごとになっていた。

ひと通り話したあとで、暁朗は銀次郎の店で月代《さかやき》とひげをあたってもらう。これもまた、いまでは朝の決まりごとだった。

ところが二十七日の朝は、いつも通りには運ばなかった。喜作が二階に上がってくるなり、廻漕問屋の大野屋から使いの者がたずねてきた。

来客を告げられた暁朗は、唐桟《とうざん》の前を合わせ直して階段をおりた。たずねてきたのは、大野屋の小僧だった。

「手代の藤次郎さんから、書付を言付《ことづ》かってきました」

小僧が一通の書状を差し出した。美濃国が近い熱田は、廻漕問屋でも奢《おご》った紙を使っていた。

「返事はいるのかい」

「それは……」

小僧が口ごもった。

「指図を受けねえまま、出てきたてえわけか」

図星をさされた小僧は、うろたえて顔を伏せた。

「ちょいと待っててくんねえ。この場で読むからよ」

暁朗が書状を開いた。紙は立派だが、書かれていたのはわずか二行の、金釘流《かなくぎりゅう》の下手くそな文字だった。

『熊野からの杉は、六月晦日《みそか》に熱田に運び込まれる段取りです。

熱田湊大野屋手代　藤次郎』

杉の到着予定日が書かれていた。

桶屋の職人から、二、三日のうちには杉が到着しそうだと、暁朗は昨日耳打ちされた。廻漕問屋の手代の書状が、職人の言ったことを裏打ちしていた。

六月晦日に届くなら、七月七日の大潮の船出もむずかしくはない。暁朗は大きく安堵した。目元がゆるんだのを、土間に立つ小僧が見詰めている。

「藤次郎さんに、分かったと伝えてくれ」

ぺこりとあたまを下げた小僧は、暁朗の返事を胸にしまって三河屋を出ようとした。それを引き止めた暁朗は、音を立てて二階に駆け上がった。

戻ってきたときには、四枚の一文銭を手にしていた。

「こいつあ駄賃だ」

四文あれば、江戸なら大福もちがひとつ買える。小僧は目を輝かせて駄賃を受け取った。

小僧が帰ったのと入れ替わるようにして、喜作が二階から下りてきた。

「熊野の杉が、晦日には届くてえことを伝えてきやした」

暁朗は、いま受け取った大野屋の書状を喜作に手渡した。一読した喜作は、顔を引き締めて暁朗を見た。

「いよいよ、始まりですな」

「へい」

暁朗の目にも、力がこもっていた。

「七日までには、幾らも日がありません。暁朗さんに異存がなければ、杉の目利きをひとり、手配りしましょう」

「そいつぁ、ありがてえ」

暁朗があたまを下げて、ぜひよろしくと頼み込んだ。

「常滑《とこなめ》の湊に暮らす男です。呼び寄せるには、飛脚便を仕立てるしかないが、それでもよろしいか」

「もちろんでさ。そのおひとの、目利きの手間賃も喜作さんにおまかせしやす」

「そうだ、それをまだ話してなかった」

喜作が暁朗のそばに身体を寄せた。

「目利きの腕がいいだけに、その男の謝金は安くない。杉五十本につき、二分が入り用です」

熊野からの杉は七百本だ。五十本につき二分なら、七百本の吟味《ぎんみ》で七両の勘定になる。喜作の言う通り、安い謝金ではなかった。

しかし杉の吟味が暁朗にできない以上、目利きの達人を雇い入れるしかない。あやめの恒吉からは、入り用な費《つい》えにカネは惜しむなと言われていた。

「七両で七百の吟味ができりゃあ、安いもんでさ。よろしくおねげえしやす」

謝金を暁朗が吞んで、話がまとまった。

二階に戻ったあと、着替えを済ませて旅籠を出た。まだ早朝なのに、日差しはすでに強い。朝日が、宿場の地べたをカラカラに乾かしていた。

この上天気が、杉を廻漕するときも続いてくれりゃあ御《おん》の字だが……。

晴天が続くように、野分《のわけ》が来ないようにと念じつつ、暁朗は床屋ではなく、材木置き場の桶屋に向かった。

昨日、ここのあるじから木の読み方を教わる約束をもらっていた。喜作が杉読みの達人を手配りしてくれることになったが、暁朗も少しは木を分かっておきたいと思っている。

俄《にわか》仕込みで覚えたところで、どうなるものでもない。しかし大野屋の手代の手前、ずぶの素人のままではいたくなかった。

桶屋の前に立ったとき、職人たちは大忙しで仕事に励んでいた。なかのひとりが、暁朗に気づいた。

サイコロの振り方を教えて以来、職人たちは暁朗との隔たりを大きく詰めている。愛想笑いは浮かべなかったが、親しげな顔を見せて桶屋のなかに手招きした。

「親方は裏の仕事場にいるぜ」

職人が鐁《せん》（板を湾曲した形に削る、桶屋のかんな）を手にしたまま、仕事場の奥を示した。店の土間に入った暁朗は、あたりに満ちた木の香りに鼻を動かした。

職人が削っているのは、いずれも杉の分厚い板だ。その板を、鐁を用いて小気味よく削っている。

サイコロを振っているときはただの男たちだが、道具を手にしている今は、年季の入った玄人《くろうと》の動きを見せた。

両手で鐁を握り、立てかけた杉板の上部から、一気に刃を引き下ろす。杉板が削られて、紙よりも薄い木屑《きくず》が手元に落ちた。

腕のいい職人ならではの、無駄のない動きである。暁朗はしばらく職人の働きぶりに見入っていた。

「突っ立ってねえで、こっちに来ねえ」

できればもっと見ていたかったが、桶屋の親方に呼ばれて奥に入った。表から見たときには分からなかったが、桶屋の奥には二十坪ほどの庭があった。

庭の隅には十本の、杉の大木が積み重ねられている。丸太だけではなく、すでに板に挽《ひ》かれた二十枚近い杉が、壁に立てかけられていた。

「木の読み方を教わりにきやした」

桶屋の親方にあたまを下げた。職人の親方に対する礼儀である。

「待ってたぜ」

親方の吾助《ごすけ》が、墨壺から手を放した。吾助は杉板に墨を打っているさなかだった。

「どうでえ、杉の目利きは見つかったかい」

吾助は若い時分に、銚子の醤油樽造りの親方の下で修業をしていた。十歳から二十二年間も、銚子で暮らしている。四十七のいまになっても、吾助には銚子の職人言葉が身に染みついていた。

「番頭さんの手配りで、常滑から来てもらえそうです」

「常滑か……」

土地の名を耳にして、吾助が大きくうなずいた。

「さすがは喜作さんだ、手配りに抜かりがねえ」

「常滑のひとてえのは、そんなに目が利きやすんで」

「名めえは伊蔵《いぞう》さんというひとだが、熊野の杉でも吉野の杉でも、伊蔵さん以上に目利きできるひとはいねえ」

吾助がきっぱりと請け合った。

吾助が拵《こしら》える樽の多くは、酒樽である。熱田の近在には何軒もの、造り酒屋があった。

酒樽造りに使うのは、吉野杉と決まっていた。吉野杉は木がやわらかく、板と板との合わせ目がぴたりとふさがる。

この杉で拵えた樽なら、酒がにじみ出ることがなかった。しかも杉の香りが酒に移り、美味《うま》さを引き立てた。

毎年、熱田神宮に奉納する酒五十樽分は、格別に木を吟味した。吾助も杉の目利きにはうるさい男だが、奉納する樽だけは伊蔵に杉を選んでもらった。

「伊蔵さんが引き受けてくれるなら、おれが余計な知恵をつけることもねえ」

すべてを伊蔵に任せたほうがいいと言って、吾助は教えることを取りやめた。

「ですが親方、あっしも素人なりに木を覚えておきてえんでさ」

廻漕問屋の手代に甘く見られるのは我慢ができないと、正直に伝えた。

「気持ちは分かるが、そいつは了見違いだ」

吾助は若い者に言いつけて、仕事場からサイコロを持ってこさせた。職人たちが手《て》慰《なぐさ》みに使うモノである。

「このサイコロの出来はどうだ」

暁朗に手渡されたのは、ドロを固めただけの安物だった。

「親方には言いにくいが、これは安物でうちらの稼業では使えねえ代物《しろもの》でさ」

賭場で使うのは、象牙《ぞうげ》か鹿の角《つの》、もしくは鼈甲《べっこう》を削って拵えた上物だ。暁朗は、紙入れから、二個のサイコロを取り出した。お守り代わりに持ち歩いている、象牙の品である。それを吾助の手のひらに載せた。

「あっしらが使うのは、唐土《もろこし》（中国）からへえってきた象牙なんで」

「そうだろうさ。おれが了見違いだと言うのは、このことだ」

吾助はサイコロを返したあとで、暁朗を見詰めた。

庭には、威勢のいい朝日が降り注いでいる。

しかし吾助の目が光っているのは、顔に陽を浴びているせいではなかった。

「おれたちには、サイコロの良し悪しは分からねえ。その場しのぎに、教わったばかりのことを口にしても、あんたのような玄人にかかったら、一発で底の浅さがばれる」

木はもっとむずかしい、と吾助は続けた。

中途半端に知ったかぶりを言っても、手代は陰で嗤《わら》うだけだ。そんなことをするよりは、本物の目利きを連れて行くほうが、はるかに廻漕問屋には効き目がある。

常滑の伊蔵なら、ここの材木置き場で名を知らない者はいない。問屋も仲仕も、伊蔵には一目置いている。

そんな男を雇い入れたということで、暁朗に対する見方も変わってくる。三河屋の喜作だからできたことで、伊蔵は安易にひとに雇われる男ではないからだ。

万一のために木の読み方を教えようとしたが、伊蔵が目利きを引き受けたなら、半端な知恵は邪魔になるだけだ……。

これが吾助の言い分だった。

暁朗にも、心底から得心できる話だった。

賭場がなによりも嫌う客は、分かったような振舞いに及ぶ、素人の『半チク者』である。

そんなことは百も承知のはずなのに、暁朗は手代に甘くみられたくないばかりに、半チク者になろうとしていた。

もっと気持ちを落ち着けねえと、大恥をかくだけでは済まねえ……。

暁朗は下腹に力を込めた。

桶屋の庭に咲くあさがおに、打ち水がされている。朝日を浴びて、赤い色が際立って鮮やかに見えた。

十五

「あんたはもう、伊勢杉さんのうわさは耳にしたか」

「ああ、聞いている」

「あれだけの身代が、どうしてまた……」

「熊野杉をあらかた流されたんだ。そんな目に遭ったら、どんな大店《おおだな》でも、ひとたまりもないだろう」

「ひとごとじゃないね。くわばら、くわばら」

「縁起でもないことを言いなさんな。木場の連中が痛い目に遭うのは、言ってみれば天罰のようなものだ」

「大きにそうだった」

晩朗が桶屋の親方に了見違いを戒《いまし》められた、六月二十七日の昼過ぎ。

江戸では京橋河岸《がし》の材木商ふたりが、尾張町の蕎麦《そば》屋で顔を見合わせた。ふたりは京橋・日本橋の材木商の寄合に向かう手前で、蕎麦屋で腹ごしらえをしていた。

この寄合には、大川東側の材木商は加わっていない。材木の扱いでは木場のほうが桁違《けたちが》いに大きくなっていたが、材木商の興《おこ》りは京橋河岸である。暖簾《のれん》に対する誇りと、身代が大きくなる一方の商売敵《がたき》への嫉妬《しっと》から、大川西側の材木商は木場を目の敵にした。

伊勢杉が危ないというわさの火元は、日本橋材木町の杉問屋、大沢屋である。

大沢屋は公儀作事の受注を当て込んで、土佐から二千本の杉を買い入れた。土佐藩大坂留守居役の筋を使い、差し渡し一尺（直径約三十センチ）の杉を一本二朱（八分の一両）という、破格の安値で仕入れた。

伐り出したのは、土佐城下から東に十里入った、馬路《うまじ》村の杉である。この山は、藩みずからが監督しており、杉の質の良さも抜きん出ていた。

しかし馬路村は、人里から遠く離れていた。伐り出したあとの搬送《はんそう》には、山道が狭くて荷馬車が使えなかった。

村には安田川が流れていた。この川の河口は、安田村の海に注いでいる。ところが雨の多い土佐は、すぐに川が暴れ川と化した。

川を使って木を運び出そうとしても、流れが激し過ぎて、地元のいかだ乗りでは扱い切れなかった。

そんなわけで、木には恵まれていながらも、馬路村の杉にはほとんど値がつかなかった。

その話を土佐藩大坂屋敷に出入りする業者から聞き込んだ大沢屋は、あるじの儀兵《ぎへ》衛《え》当人が大坂まで出向き、藩の留守居役と直談判《じかだんぱん》した。

二十万石の土佐藩は、もちろん江戸にも上・中・下の三屋敷がある。しかし材木と米のことは江戸ではなく、大坂屋敷が取り仕切った。それゆえの、上方詣《かみがたもう》でだった。

留守居役に顔つなぎされた儀兵衛は、余計な前置きを言わず、馬路村の杉を二千本仕入れたいと申し出た。

「その話で、江戸からこられたのか」

馬路村の杉が欲しいという、酔狂な材木商が江戸から出向いてきたと知り、留守居役は驚いた。

「伐り出したあとが難儀なのを承知の上か」

儀兵衛は、顔色も動かさずにうなずいた。

「目通し一尺の杉を、山渡しで一本あたり、二朱で買わせていただきます」

儀兵衛の指値は、熊野や吉野の杉に比べれば桁違いの安値である。しかし山の木は、伐り出せてこその値打ちである。

どれほど良質の杉でも、運び出しができなければ一文の値打ちもない。

それを見越しての、儀兵衛の指値だった。

差し渡し一尺の値打ち物の杉が、二千本で二百五十両。他の山では話にならない安値だ。それでも大坂留守居役は、申し出のあった値を吟味した。

「山から安田川の川べりまでは藩が責めを負うということで、監督料の五十両を上乗せせぬか」

材木代と合わせて、都合三百両である。江戸まで無事に廻漕できれば、途方もない儲けを生み出す仕入れ値だ。

留守居役および勘定方差配の気が変わったら、よだれの出そうな旨《うま》い商談が元も子もなくなってしまう。儀兵衛は無駄な駆け引きをせず、即座に受け入れた。

大坂からの帰途、儀兵衛は木曾《きそ》に立ち寄った。妻籠《つまご》村の杣《そま》とは、大沢屋先代からの付き合いである。

「土佐の馬路村という山奥から、目通し一尺の杉二千本を運び出したい。腕のよい川《かわ》並《なみ》（いかだ乗り）を世話してくれないか」

儀兵衛の頼みを聞き入れた杣は、十人の川並を揃えた。いずれもが、木曾川から尾張熱田湊まで材木運びのできる、腕利きのいかだ乗りばかりだ。

土佐から江戸までの材木廻漕は、大坂と熱田を経ての航路と決めた。そのための廻漕問屋は、江戸の業者に手配りさせた。

天候にも恵まれたことで、二千本の杉は、わずか五十三本を流されただけで、残りは木を傷《いた》めもせずに江戸に着いた。

享保元年八月のことである。

材木は届いたが、思いもかけない計算違いが生じた。享保元年五月一日に将軍の座についた八代吉宗は、徹底した倹約令を敷いた。そして公儀が予定していた架橋などの作事を、すべて取りやめると宣言した。

大沢屋は青ざめた。

山渡しの値は破格に安かったが、川並の費えと江戸までの廻漕代が一本あたり四両二分にもなっていた。これだけで九千両の出費である。

日本橋や京橋には、二千本の杉を寝かせておく場所がなかった。仕方なく、向島村の外れに三千坪の空き地を借りて、そこに杉を積み上げた。これにもまた、川並やら仲仕やらの費えがかかった。

享保元年八月末、大沢屋は二千本近い杉の在庫と引き換えに、一万両に届くほどの出銭をする羽目になった。

しかし明けて享保二年の一月に、大沢屋には追い風が吹いた。尾張町と京橋が丸焼けになったからだ。

向島に杉を積み上げていた大沢屋は、火事にも遭わず、大量の杉の在庫を有していた。

「焼け出されたひとには気の毒だが、うちにとっては千載一遇《せんざいいちぐう》の好機だ。いままでの出銭を取り戻すためにも、目一杯強気の商いに励みなさい」

番頭に尻を叩かれた手代は、だれもがあごを突き出して商談の座敷に座った。

「一本十両などと、ご冗談でしょう」

手代は大工の棟梁《とうりょう》を鼻先であしらった。

「うちのは目通し一尺の、土佐の杉です。廻漕賃だけでも、一本七両もかかっています」

大火事のあとは材木相場が跳ね上がる。二千本近い在庫を背にして、大沢屋は一本十五両なら売ってもいいと強気に出た。

土佐杉は京・大坂が得意先で、江戸にはほとんど出回ってはいなかった。名が通っているのは秋田か熊野、吉野である。上質の熊野杉でも、差し渡し一尺五寸、長さ二丈で九両から十両が相場である。

いかに火事のあとの品薄とはいえ、名を知られていない土佐杉一本が十五両は高過ぎた。それでも材木がないために、客は不承不承ながらも大沢屋から買った。二百本ほど売れたとき、江戸近在の常陸《ひたち》や相州、伊豆などから大量の杉が入荷した。熊野や吉野のように大木ではなかったが、長屋普請に用いるには充分である。大沢屋の強欲な商いぶりに嫌気がさしていた客は、こぞって他の材木商から買い入れた。杉の質が少々わるくても、施主《せしゅ》は文句を言わずに受け入れた。

大沢屋は千七百本以上の杉を抱えたまま、六月を迎えた。

向島の材木置き場の借り賃は、坪当たり年に一朱である。賃料の支払いは、六月末が定めだった。

「空き地を売って欲しいという申し出が、方々から舞い込んでくる。だれもが江戸市中の火事には、こりごりしているんだろうさ」

地主は来年には明け渡して欲しいと、強く迫った。

百八十七両もの賃料を払う大沢屋の番頭は、地主が帰ったあとで大きな舌打ちをした。

どこかに手早く売りさばけないものかと、手代たちは江戸を走り回った。なかのひとりが、向島吉野の普請の話を聞き込んだ。

「木場の伊勢杉さんが、熊野杉を請け負ったそうですが、あらかた伊豆沖で流しました。あらたな仕入れができず、明日にも潰れそうだとうわさされています」

手代の話を確かめたところ、おおむね的を射たうわさだった。番頭はすぐさま、手代がしらを伊勢杉に差し向けた。

「うちには土佐杉が二千本近くあります。そちら様さえよろしければ、お回ししてもよろしいのですが……」

すぐに勘定を払ってくれなくても、来年六月の決済で結構ですと、手代が言葉を加えた。

熊野杉に限った注文であるため、伊勢杉は申し出にまるで気を動かさなかった。相手を見下したような手代の物言いにも、伊勢杉の番頭は業腹《ごうはら》な思いを抱いた。

「うちは熊野からじかに買い付けます。せっかくのお申し出だが、その気はありません」

番頭はきっぱりと断わって追い返した。

大沢屋の番頭は、伊勢杉の応対を逆恨《さかうら》みした。土佐杉が一向にはけないことにも苛立っていた。ひとを使って伊勢杉の内証を調べさせたら、相当カネに詰まっていることが分かった。

「やはり、内証は火の車じゃないか。熊野からじかに買い付けるなど、ぬけぬけとよくも言えたものだ」
怒りを募《つの》らせた番頭は、出入りの目明しを通じて、伊勢杉の内証が危ないというう
わさを流した。
日本橋や京橋の材木商は、そのうわさを好んで広めた。川向こうの商売敵のわるい
うわさは、蜂蜜よりも甘い味がした。
暁朗が桶屋の仕事場で、職人の手元に見とれていたとき。
江戸ではじわじわと、伊勢杉のわるいうわさが広まっていた。

十六

六月二十八日も、暁朗は昼過ぎから桶屋にいた。職人の鑯《せん》使いや木合わせの技が巧
みで、どれほど見ても、見飽きることがなかった。

一番驚いたのは、木に竹釘《たけくぎ》を打ち込むための穴あけだった。

「そいつあ、なんてえ道具なんで」

職人が手にした道具がめずらしく、仕事途中の男に問いかけた。

「暁朗さんは、これを見たことがねえんですかい」

毎日仕事場に顔を出す暁朗は、すっかり職人たちと打ち解けている。暁朗より年下の者はあにいと呼び、年長者は暁朗さんと呼びかけた。

年上でもさんづけで呼びかけるのは、暁朗が鮮やかな手つきで壺を振って見せたからだ。職人たちは江戸の渡世人の、それも賭場を仕切る代貸には一目置いていた。

「見たことがねえもなにも、樽造りを見るのが初めてなんでさ」

箱崎町に桶屋は二軒あった。しかし大きな樽を拵える職人は、町内にも、近所の町にもいなかった。

「こいつには、ぶち錐《きり》てえ名がついてる」

手を休めた職人が、道具を暁朗に手渡してくれた。

太い錐の先が、ふたつに割れていた。柄《え》じりを玄翁《げんのう》でぶっ叩くと、小気味よく木に食い込んでいく。そのとき、錐と同じ太さの穴をあけた。

錐の先は、砥石《といし》で毎日磨き上げられている。気をつけて触れないと、やわらかな指の腹を傷つけそうだ。

玄翁で叩かれ続けている柄じりは、硬い樫《かし》で出来ていても平らに潰れていた。

「ぶち錐てえのは、ずいぶん変わった名じゃねえですか」

「木の筋をぶち切って、丸い穴をあけるからさ。職人の道具は、こむずかしいことは言わねえ。どれも分かりやすい名めえばかりよ」

ぶち錐を受け取った職人は、床の隅に寝かせたままの、正直かんなを指差した。これも先日初めて見た道具である。かんなを動かして木を削るのではなく、木を動かして削るかんながあるのを、暁朗は熱田の桶屋で初めて知った。

「あっしももう少し若けりゃあ、こちらの親方に弟子入りしてえところでさ」

追従《ついしょう》ではなしに、暁朗は正味で思った。

「歳《とし》なんざ、どうでもいいさ。あんたがその気なら……」

職人の声が、湊で湧き上がったどよめきに押し潰された。桶屋の前を、仲仕連中が湊に向かって駆け抜けた。

「なにが起きたんだ」

ぶち錐を板の間に置いて、職人が店の外に出た。仲仕を摑《つか》まえて問い質《ただ》したあと、急いで店に駆け戻ってきた。

「暁朗さんの杉が届いたらしいぜ」

「明後日と聞いてやしたが……」

職人にあたまを下げてから、暁朗は湊に向かおうとして雪駄《せった》をはいた。

「いきなり行っても、分からねえだろう」

奥から吾助が顔を出した。

「あんたの大事な杉が着いたんだ。おれも付き合うぜ」

吾助はすでに半纏《はんてん》を羽織っていた。桶屋から湊までは、およそ七町（約七百七十メートル）である。わきを駆け抜ける仲仕には構わず、吾助と暁朗はゆっくりと歩いた。

なにを見ても動じない修練を積んできた暁朗だが、湊でいかだを見たときには、息遣いが荒くなった。熱田湊の海が、杉のいかだで埋まっていた。

縦四本の杉を横五列に組んだ杉丸太のいかだが、四人の川並に操られている。いかだひとつで幅が七尺五寸（約二・三メートル）で、長さが十丈（約三十メートル）もある。見た目には大きいが、たかだか二十本の杉でしかなかった。

七百本の杉は、このいかだが三十五も連なることになる。海が杉で埋もれていても不思議はなかった。

川並が湊に向かって、四本の太い綱を投げた。受け取った仲仕たちが、息を合わせて引き始めた。

二十本の杉の丸太が、岸に向けて手繰《たぐ》り寄せられてくる。間近で見ると、差し渡し一尺五寸の杉は、途方もなく大きく見えた。

あの杉を全部、江戸まで運ぶのか……。

責めを負っている仕事の大きさを知って、暁朗は息が詰まりそうになった。

「あんたも、どえらいことを引き受けたもんだなあ……」

桶屋の親方が、ぼそりと漏らした。

午後の強い日差しが、斜め上の空から照りつけている。

綱を引く仲仕衆は、身体中から汗が噴き出している。そのさまを見守る暁朗も、ひたいに汗を浮かべていた。

いかだの群れを見て、暁朗は顔から血の気が引いている。あたかも、ぶち錐でわき腹に穴をあけられたかのような顔つきだった。

十七

享保二年六月二十八日に、熊野からの杉が熱田湊に届いた。七百本の杉を目の前にして、暁朗が言葉を失った、その同じ日。

夏日が材木置き場に降り注ぎ始めた、五ツ半（午前九時）過ぎごろ、伊勢杉に来客があった。

薄物のこげ茶色の羽二重《はぶたえ》に、同色の献上帯、夏足袋《たび》の身なりである。客は向島の料亭吉野の帳場頭《がしら》だった。背丈は五尺五寸（約百六十七センチ）で、目方は十三貫半（約五十一キロ）の痩《や》せた男だ。

当人は口にしなかったが、しわのない真っ白な顔つき、青々と手入れの行き届いた月代《さかやき》を見て、陣左衛門はこの男が女将《おかみ》の息子であると察した。

「折り入っての話で、女将が七月一日の八ツ（午後二時）に、こちらにうかがうと申しておりますのですが……」

形は、陣左衛門の都合はどうかと訊いている。しかし実際のところは、この日で定まっているも同然の口ぶりだった。

「ご用があるなら、てまえのほうから向島にうかがいましょう」

一万両の杉の注文をもらった客先である。陣左衛門は即座に応じた。

「女将は、自分のほうから出向くと申しておりますので」

女将が伊勢杉に顔を出すことを、相手は譲る気がなさそうだ。

陣左衛門は、用向きをたずねもせずに受け入れた。きかずとも、およそのことは察していた。

帳場頭は出された茶に口もつけず、言伝《ことづて》を伝えると座敷から立ち上がった。

座っていたのはわずかな間だった。しかし、客間の造作、床の間の軸、欄間の透かし彫り、さらには畳の縁から座布団にいたるまで、伊勢杉の客間の拵《こしら》えを、抜かりのない目で見極めていた。

客が帰ったあと、陣左衛門は客間の縁側に腰をおろした。煙草盆《たばこぼん》を引き寄せると、好みの刻み煙草をキセルに詰めた。

煙草は尾張町の菊水屋から、十日に一度、小さな茶箱に詰めた物を納めさせている。商いが瀬戸際に立たされていても、煙草のぜいたくはやめなかった。

火をつけて、一服を旨《うま》そうに吸い込んだ。ふうっと吐き出した煙が庭に流れて、盛りを過ぎたあじさいの株の上に漂い流れた。

吉野の女将がわざわざ向島からたずねてくるわけは、ただひとつしかないと陣左衛門は判じた。

瓦版《かわらばん》に刷られたことの真偽を、確かめにくるということだ。

江戸の方々で、とりわけ向島界隈《かいわい》では、伊勢杉がいけないということが、取り沙汰されていた。それも単なるうわさだけではなく、瓦版に刷られていたのだ。

話の出所には、しっかりと見当がついていた。江戸で土佐杉を一手に扱っている、大沢屋である。

わるいうわさは足が速い。

しかも大沢屋がカネとひとを遣って振り撒《ま》いている話は、幾つかのことで的を射ているのだ。

どうしたものか……。

思案を続ける陣左衛門は、新しい煙草を詰め始めた。

去年の五月一日に八代将軍の宣下《せんげ》を受けた吉宗は、矢継ぎ早に作事の取り止めを指図した。御金蔵の底が見えそうになっていたからだ。

そのあおりを受けて、大沢屋は手持ちの杉の売りさばき先を失った。向島に材木置き場を借りている大沢屋は、土地の者から料亭吉野が離れ三棟と、母屋二棟の普請を考えていることを聞き込んだ。

手代は吉野に出向く前に、千本もの杉を請け負ったという伊勢杉に売り込みをかけた。しかし伊勢杉の番頭から、きっぱりと断わられた。

大沢屋は引き下がらなかった。なんとしても杉をさばきたくて、伊勢杉の内証を探らせた。結果を伝える書面には、伊勢杉が七百本もの杉を流失させたと記されていた。

「あそこの内証は、火の車じゃないか」

大沢屋の番頭は、吉野への売り込みを手代に指図した。

「てまえども大沢屋は、常日頃から千本を超える杉を置き場に抱えております」

大沢屋の手代は、吉野から四町（約四百四十メートル）しか離れていない置き場に、いまでも千七百本の杉がありますと胸を張った。

「どちらの材木商よりも、てまえどものほうが、お得な値で納めさせていただきます。すでに江戸にございますので、納期も確かでございます」

手代は伊勢杉の名前は出さなかった。が、杉千本なら、いまでも置き場に積み重ねてあると言い切った。そして同じ向島に杉があることで、吉野までの横持ち（運搬）代もお得ですと畳みかけた。

「さようでございますか」

ひと通りの話を聞いてから、女将は大沢屋の手代に焙《ほう》じ茶を勧めた。これは申し出を断わるときの、吉野の作法である。

大店からの売り込みを受けたとき、吉野は相手の言い分をひと通りは聞いた。いつなんどき、店の客になるやも知れない相手である。話を聞きもしないで断わることを、吉野の女将はしなかった。

さりとて、持ち込まれる話をすべて受け入れることはできない。売り込み側と料亭との思惑《おもわく》が合致したときには、女将は別間に相手を案内して、商談の煮詰めを始めた。

断わるときには、聞き終えたあとで熱々の焙じ茶を供した。

どれほどていねいな物言いで断わったとしても、言葉では角が立つし、売り込み相手の体面をも傷つけることになる。

焙じ茶を出すことで、断わりを告げずに済んだ。吉野の女将が編み出した断わりの作法は、取引を求める大店の間に知れ渡っていた。

ところが売り込みの功を急《せ》いた大沢屋の手代は、その作法をわきまえないまま女将との商談に臨んでいた。

「おいしいお茶でございます」

焙じ茶に場違いな世辞を言った。女将が眉《まゆ》をひそめたが、手代には通じなかった。

「それで……」

茶を膝元《ひざもと》に戻した手代は、追従笑《ついしょう》いを女将に向けた。

「てまえどもの杉は、いかがでございましょう。こちらさまにも、ご損のないお話と存じますが」

大沢屋から買うほうが得だと、手代は押し付けがましい駄目押しをした。

「あいにくですが、うちは熊野杉しか使う気はありません」

女将は、にべもない口調で応じた。

「大沢屋さんの杉がいかほどかは存じませんが、すでに木場の伊勢杉さんにお願いしてございます」

手代の鈍さが癇《かん》に障《さわ》った女将は、つい伊勢杉の屋号を口にした。大沢屋の手代が、わけありげな薄笑いを浮かべた。

「それはてまえも承知しておりますが、七百本もの杉を流されたとあっては、代わりの手配りもさぞかし難儀でございましょう」

今度のことがもとで、伊勢杉さんは身代を潰すかもしれませんと、手代が言い放った。

「お仲間のことをわるく言うようでは、大沢屋さんの、お里のほどが知れます」

女将は先に立ち上がり、手代を座敷から追い出した。

「もしも杉が揃いませんでしたら、いつでもてまえどもが納めさせていただきます」

手代は、しぶとく売り込みの言葉を言い残して帰って行った。

その日を境に、大沢屋は息のかかった瓦版屋に刷らせて、おもに向島界隈で売らせた。『木場の材木屋伊勢杉は、熊野の杉を七百本も下田沖で流失した。一本十両で請け負った杉をあらたに買い入れるには、七千両のカネがいる。身代を叩き売ったとしても、七千両のカネは作れない。高利貸しに泣きついたが、融通を断わられた。さあ、伊勢杉の行く末や、いかに……』

材木商は、江戸でも大尽《だいじん》で通っていた。

十九年前の元禄十一年に、紀伊國屋文左衛門は、上野寛永寺根本中堂建立《こんりゅう》の材木を請け負った。そのとき、五十万両ものカネを儲けたと、江戸中でうわさになった。

以来、材木商は大尽だというのが、江戸町民に知れ渡った。ひと晩に、大工の手間賃十年分のカネを遣うという材木商は、町民の憧《あこが》れでもあり、やっかみの的でもある。

その材木商が、身代を潰しそうだというのだ。町民の多くは伊勢杉を気の毒に思うよりも、金持ちが没落することを胸のうちでは望んでいた……。

陣左衛門当人は、うわさだの瓦版だのは、まるで気にしていなかった。箱崎町のあやめの恒吉の手配りを、身体の芯から信頼しているからだ。

今日は六月二十八日。そろそろ、熱田湊には熊野杉が到着しているころだ。

江戸までの廻漕に付き添う代貸の暁朗を見送ったとき、陣左衛門は胸の奥底に熱いものを感じた。暁朗は文字通り、廻漕に命をかけていると、はっきり感じ取れたからである。

恒吉との談判には、肚《はら》をくって臨んだ。ひとたび引き受けたあとの恒吉は、桁違《けたちが》いのカネを約束通りに調えた。

カネを用意しただけではない。物事の成就《じょうじゅ》を確かなものとするために、配下の代貸を熱田湊に差し向けた。

材木の目利きには、まるで素人の渡世人である。それを分かったあとも、陣左衛門は恒吉への信頼を、いささかも損なうことはなかった。

高利貸しと渡世人。

ともに世間の嫌われ者である。このたびの熊野杉流失騒動で、陣左衛門は金貸しと渡世人の両方にかかわりを持った。

高利貸しとの話は流れた。相手の言い分を呑む気になれなかったからである。話は流したが、高利貸しの言うことは本気にした。

互いの言い分が折り合っていたならば、高利貸しはカネを融通したはずだと、陣左衛門はいまでも思っている。

口にしたことを守るということでは、渡世人も同じだった。どれほどの蓄えがあるかは分からないが、あやめの恒吉は熱田湊の廻漕問屋に二千両ものカネを為替《かわせ》で送金した。

商人《あきんど》のなかには、口約束を平気で破る手合いがごまんといた。おもてづらでは親しみを見せながら、陰に回ると足を引っ張る。世の中で真っ当だと思われている大店が、背筋が寒くなるような阿漕《あこぎ》な振舞いに及ぶのだ。

大沢屋もその口だと、陣左衛門は断じた。

そんな相手が仕掛けてきたうわさのばら撒《ま》きなど、陣左衛門には屁でもない。

思案を続けていたのは、あやめの恒吉に迷惑を及ぼさないためには、どうするかということである。

幸いにも、恒吉が杉仕入れの費《つい》えを肩代わりしていることまでは、瓦版は触れていなかった。もしもことが知れたら、渡世人が乗っ取りを企てたと、別の話が広がりかねない。

さりとて、ひとの目利きに長《た》けた料亭の女将相手には、中途半端な話は通じない。

どこまで、女将にまことを話せばいいか。

思案を続けるなかで、陣左衛門は七服の煙草を吸っていた。

八服目を詰めてから、煙草には火をつけずに縁側から立ち上がった。

八服とは、末広がりで縁起がいい。

ひとり言をつぶやいてから、外出《そとで》の身支度を始めるために、手を叩いた。

すぐさま奥付きの女中が、磨き込んだ檜《ひのき》の廊下を駆けてきた。

十八

七月一日の八ツの鐘とともに、吉野の女将が伊勢杉に着いた。

向島でも名の通った、老舗《しにせ》料亭の女将である。地元の駕籠《かご》宿で誂《あつら》えた、黒塗りの宝《ほう》泉寺《せんじ》駕籠に乗ってきた。

町駕籠では最上の拵《こしら》えで、駕籠の上部には屋根がついている。夏日のなかでも、駕籠舁《か》きはお仕着せを着ていた。

帳場頭の息子の歳から判じても、吉野の女将は五十路《いそじ》をとうに超えているはずだ。しかし、ひとえの黒紋付を着こなした姿は、小柄ながらも背筋がぴしっと伸びていた。

髪は艶々《つやつや》と黒く、細くて黒い眉と漆黒《しっこく》の瞳、それに薄く引かれた口の紅が、色白の顔を引き立てている。

駕籠舁きが女将に代わって、おとないを投げ入れた。女将のおとずれを聞かされていた小僧が、土間の隅で立ち上がった。

店先で檜の板を吟味していた手代も、板を元に戻して襟元《えりもと》を合わせ直した。

女将が店先に立つと、小僧と手代を控えさせて、番頭みずからが土間に下りた。

「あるじから言付《ことづ》かっております」

番頭が先に立って、女将を奥玄関へと案内した。玄関内では、髪を結《ゆ》い直したお仕着せ姿の奥女中が、三つ指をついて出迎えた。

伊勢杉の奥には、十畳、十二畳、二十畳の三つの客間があった。唐の国伝来の山水画が掛けられた十二畳間が、最上の客間である。女中は女将を、その部屋に案内した。

床の間の座を空けて、陣左衛門が待ち受けていた。女将はこだわりなく、山水画を背にして座った。

「毎日、お暑いことで……」

陣左衛門が口を開くなり、蟬時雨《せみしぐれ》が流れ込んできた。

木場には丸太だけではなく、元禄時代に植えられた杉や欅《けやき》、銀杏《いちょう》が枝ぶりも豊かに茂っている。蟬には格好の木で、夏場は毎日、朝から日暮れまで鳴き通した。

暑さは厳しいが、木立を抜けてくる風は、昼間でも木の香りに満ちている。それに加えて、伊勢杉は店先で大鋸《おが》挽き職人に、檜の薄板を挽かせていた。

木立と檜の、ふたつの香りが重なり合っている。日差しは強くても、十二畳の客間は木の香りに包まれて心地よかった。

女中は茶ではなく、井戸水で冷やした麦湯《むぎゆ》を出した。湯呑みの周りには露が結ばれており、暑い盛りには見た目にも涼やかだ。

女将は手を添えて湯呑みを持ち、軽く口をつけた。

「おいしい麦湯ですこと」

宇治《うじ》でも駿河《するが》でも、上煎茶を飲み慣れているはずの老舗料亭の女将が、麦湯を正味で褒《ほ》めた。

深川は、江戸開府のあとで造られた埋立地である。深井戸を掘っても、得られる水は塩辛くて飲料には適さなかった。

それゆえに、深川の住人は水売りから毎日、飲料水を買って暮らした。伊勢杉も同じである。一荷《いっか》（約四十六リットル）五文の値で、毎日六荷を買っていた。

道三堀《どうさんぼり》の銭瓶橋《ぜにがめばし》たもとの水道の余水口《よすいぐち》からこぼれ落ちる水を、水船で深川まで運んできただけである。水道とはいっても、神田川上流から流れてくる、いわば川水だ。

雨降りが続いたあとの水は濁り、味が大きく落ちた。夏場は水の傷みが早く、朝に買った水が日暮れどきには、においを発した。

女将に供した麦湯は、江戸の外れの等々力《とどろき》村の渓谷《けいこく》で汲んだ湧き水である。この水は一荷が一貫文（千文）もしたが、透き通った味は格別である。

深川の料亭や茶の湯の宗匠《そうしょう》が買い求める水を、陣左衛門は女将に供する麦湯のために仕入れていた。

冷たい麦湯が、ほてった身体を心地よく冷やしたようだ。黒紋付のたもとから瓦版を取り出したときも、女将は穏やかな顔つきを崩さなかった。

「伊勢杉さんは、この瓦版に見覚えがありますか」

陣左衛門と女将の真ん中に置かれた刷り物が、風を受けて端がひらひらと動いた。手を伸ばした陣左衛門は、瓦版を膝元に引き寄せた。が、目を落とすことはしなかった。

「もちろん知っております」

静かな声だが、迷いのない物言いだ。

「書かれているのは、まことですか」

「偽りとまことの、両方が書かれています」

女将から目を逸《そ》らさず、陣左衛門は淀《よど》みなく答えた。

女将は湯呑みに手を伸ばし、麦湯の残りに口をつけた。飲み干してから、陣左衛門に目を戻した。

「偽りのことをうかがっても、詮無《せんな》いことです。ここに書かれているなかで、まことだけを聞かせてください」

歳とも思えない、張りのある声音である。潤《うるお》いのある黒い瞳は、揺るぎなく陣左衛門を見詰めていた。

「七百本を下田沖で失ったことと、高利貸しに融通を断わられたということです」

伊勢屋に借金を申し込んだことを、陣左衛門は隠さなかった。

「それで伊勢杉さんは、杉の代金の工面はつきましたのですか」

女将の物言いが、わずかに詰問《きつもん》調子に変わっている。相手の両目を真正面から見詰めて、陣左衛門はきっぱりとうなずいた。

女将の目は得心していなかった。

「この瓦版には、杉七百本の代金が七千両と書かれています。これはわたしの買値で、見事にあっています。買値がすべて仕入れ代金とは思いませんが、それでも相当額であることは間違いないでしょう」

「その通りです」

「何千両もの工面が、それほど簡単につくとは、わたしには得心できません」

きつい話をすることで、女将は喉《のど》が渇いたらしい。言葉を区切って、膝元の湯呑みに目を落とした。が、さきほど飲み干して空である。

陣左衛門が、小さく手をふたつ叩いた。間をおかずに麦湯が運ばれてきた。

女将は、ひと口つけてから話に戻った。

「一本十両の買値を知っている者は、わたしと、連れ合いと、帳場頭の三人だけです。瓦版売りに杉の買値を漏らした者は、わたしの方にはおりません。こんな大事が瓦版売りに漏れることにも、わたしは伊勢杉さんに不安を覚えます」

「漏らした者は、大沢屋の手代です」

陣左衛門が断言した。ただし、なぜそれが分かったかは口にしなかった。

恒吉の手の者が動いて、裏が取れたことである。どんな訊き方をしたのかは、陣左衛門はあえて恒吉にたずねなかった。

陣左衛門の目を見て、漏らしたのが伊勢杉ではないと、女将も得心したようだ。しかし杉代金の工面がついたことには、まだ納得していなかった。

立ち上がった陣左衛門は、居室から手文庫を提《さ》げて戻ってきた。女将の見ている前で手文庫を開き、一枚の紙を取り出した。

熱田湊の廻漕問屋宛に組んだ、二千両の為替《かわせ》の控えである。金額の左下には、三井両替店の黒色の印形《いんぎょう》が押されていた。

手にとって控えを見た女将は、初めて得心顔になった。

「伊勢杉さんの言われたことを、すぐに呑み込まずに失礼をいたしました」

女将は気持ちのこもった詫《わ》びを言った。

「高利貸しから融通を断わられた、千両の桁《けた》の話です。女将が不審に思われても、当たり前のことです」

陣左衛門は静かな目で女将を見た。

「このたびの杉代金を肩代わりしてくれたのは、箱崎町の貸元です」

陣左衛門は、おのれの口でカネの出所を明かした。渡世人から出たカネと聞いても、女将は顔色を動かさない。カネの素性を明かした陣左衛門のほうが、座り心地のわるそうな顔になった。

「箱崎町の貸元の、お名前を聞かせていただけますか」

「もちろんです」

あやめの恒吉だと、名を明かした。

六月二十八日に恒吉の元をたずねた陣左衛門は、吉野の女将にどこまで話していいものかと相談した。

「あんたが困らねえんなら、おれの名を口にしてもいい」

恒吉はカネの素性を明らかにすることを、あっさりと呑んだ。

「料亭の女将相手に、余計な見栄だのたわごとだのは禁物だ。吹かし（嘘）だと分かっていても、神妙な顔で聞くだろうが、二度とそいつを信じたりはしねえ」

渡世人のカネが動いていると知ったときの、女将の顔が見ものだぜと、恒吉は笑った。

「おれの名を明かすも明かさないも、あんたの胸三寸に預ける」

陣左衛門との話し合いを閉じる手前で、恒吉は為替の控えを出してきた。

「これを見せれば、女将もゼニに心配がねえことは得心するだろう」

箱崎町からの帰り道、陣左衛門は恒吉の名を出すかどうかを決めかねていた。永代橋を東に渡ったとき、女将の様子を見てその場で決めるということに落ち着いた。

「あやめの親分なら、わたしもよく存じ上げています。あちら様が伊勢杉さんの後見なら、わたしも大きに安心です」

「なんと……」

思いもよらないことを聞いて、陣左衛門があとの言葉を呑み込んだ。

杉の代金の肩代わりを頼んだときも、二十八日に相談に出向いたときも、恒吉はただのひと言も、吉野の女将を知っているとは口にしなかった。

いま目の前で、女将は恒吉をよく知っていると言った。その口調には、親しみと敬《うやま》いがこもっている。

しかも恒吉が後見なら、安心とまで言い切った。女将と恒吉との間に、どんなかかわりがあるのかは分からない。吉野の女将は、そのことに触れる気はなさそうだ。

陣左衛門は、いまさらながらに、貸元の口の堅さを思い知った。

「渡世人のカネが動いていると知ったときの、女将の顔が見ものだぜ」

遠くを見るような目つきになっている女将を見つつ、陣左衛門は恒吉が口元をゆるめている顔を思い描いていた。

十九

七月二日も、江戸は朝から夏日に焦《こ》がされた。四ツ（午前十時）の鐘が流れたときには、尾張町の路地に寝そべっていた犬が、日陰を求めてのろい動きで起き上がった。

ひとも動物も草木も、照りつける夏日に音《ね》を上げた。焼け跡が日ごとに片づくにつれて、尾張町大通りの両側では、仮の店が商いを始めた。

店とは言っても、蔵普請の土台が決まるまでは、丸太と葦簀《よしず》を組み合わせただけの、粗末な造りである。

夜明けとともに京橋の借り蔵から商品を運んできては、屋台に並べる。日暮れ前には、それをまた京橋まで運ぶという商いである。

そんな仮の店でも、方々から買い物客が集まってきた。尾張町の老舗《しにせ》が商う品物には、それほどに間違いがなかった。

蔵の土台造りは天気に恵まれたことで、大きくはかどった。壊しが専門だった伊豆晋組だが、いまではすっかり造りの技を身につけている。

大槌《おおづち》使いの数弥《かずや》は糸巻きを手にして、基礎の石組みの寸法出しに励んでいた。糸の張り方を誤ると、土台の四方がいびつになってしまう。

単純な仕事に見えたが、数弥はひたいに汗を浮かべていた。流れ落ちる汗が目に染みるらしく、何度も手でまぶたの周りをこすった。

糸に染みた墨が、数弥の両手を汚している。

「おめえ、目に隈取《くまどり》ができてるぜ」

数弥の顔を見て、孔明《こうめい》が笑い転げた。

「いつまでも笑ってねえで、あにいの手拭いを貸してくれ」

糸巻きを地べたに置いた数弥が、孔明を見ながら口を尖らせた。

「あいよう」

首に巻いた手拭いを外し、孔明が手渡した。だれもが汗を浮かべているが、機嫌はすこぶるいい。

うんざりするほどの暑さでも、仕事が気持ちよくはかどっているからだ。

貸した手拭いを取り戻した孔明は、基礎組みに使う石を取りに石置き場に向かった。

毎日、深川の石置き場から、平田舟で運ばれてくる石は、小さな物でも四十貫（百五十キロ）はあった。

四人掛かりで三原橋《みはらばし》の船着場から運んだ石を、寸法に合わせて石工が砕いた。槌音が調子よく響いていることで、普請場のだれもが仕事のはかどり具合を知った。

雑賀屋《さいかや》の敷地にも、石置き場の槌音は聞こえた。が、話に夢中になっている雑賀屋庄右衛門《しょうえもん》と晋平の耳には、堅い音は届いていなかった。

「こんだけ晴れてるのに、ほんとうに野分がくるんですか」

晋平が低い声で庄右衛門に問いかけた。庄右衛門から聞かされたことに得心していないのが、晋平の声の調子にはっきりと出ていた。

「そのひとがここにくるから、あんたがじかに問えばいいだろう」

晋平の問い方に、気をわるくしたらしい。庄右衛門が頬を膨らませた。雑賀屋三代目は、相変わらずのわがままぶりである。晋平はまともには取り合わず、庄右衛門が口にした男があらわれるのを待った。

男の名は、吉崎天佑《よしざきてんゆう》。

西は土佐から東は陸奥《むつ》まで、諸国を歩き回る空見師《そらみし》（気象予報士）だ。晋平はまだ会ったことはないが、空見の技に抜きん出ていると、庄右衛門は大層な入れ込みようだ。

すでに五十五歳の高齢だが、いまだに諸国を歩き回っているという。雑賀屋先代からの付き合いで、庄右衛門もこどものころから天佑を知っていた。

庄右衛門と晋平が気まずそうに向かい合っていたとき、真っ黒に日焼けして、木箱を抱えた天佑があらわれた。

半袖の木綿の上着に、筒が太くて裾口《すそぐち》の狭い軽衫《かるさん》風の袴《はかま》をはいている。日焼け顔と、総髪の白髪とが、黒白の対比を拵えていた。

眉毛も白いが、空を凝視する両の瞳は黒く、清らかに透き通って見える。立ち上がった晋平は、思わず先にあたまを下げた。

「天佑です。蔵造りのかしらですな」

庄右衛門から聞かされていたらしく、天佑は晋平の生業《なりわい》を分かっていた。

「伊豆晋組の晋平と申します」

五尺五寸の晋平よりも、天佑は二寸は背が高い。名乗りながら、晋平は相手を見上げる形になった。

「野分が幾つもくると申しても、あんたは本気にせんじゃろう」

天佑が笑いかけた。ひとの気持ちをほぐす、こどものような笑い顔である。図星をさされた晋平は、返事に詰まった。

「この上天気続きだ、にわかには信じられぬのも無理はない」

敷地に置かれた卓に向かった天佑は、木箱を卓に載せてふたを開いた。

丸い器の縁《ふち》に、十二支の方位が描かれている。器の真ん中から伸びた軸に、先が赤く塗られた細い針が一本乗っている。天佑が箱の向きを変えても、赤い針が示す方位は動かなかった。

「これは船乗りが航海に用いる按針箱《あんじばこ》だ」

天佑は箱の向きを何度も変えて、赤い針先がぶれないことを晋平に確かめさせた。

「赤い針先が示すのが、マキタ（北）で、反対側がマハヤ（南）だ。船乗りは日の出とともに卯《う》の方位を天道に向けて、マコチ（東）とマキタが正しいことを確かめる」

按針箱の使い方を説きながら、天佑は赤い針先を『子《ね》』に合わせた。南を示す

『午《うま》』の位置が、品川の海に向いている。東を示す『卯』は行徳《ぎょうとく》の海を指しており、西を意味する『酉《とり》』が御城を示した。

御城が西と教えられて育った晋平は、按針箱の不思議さに見とれた。

「天気はよいが、南の空にこのところいやな雲が何度も見える。これは、野分が西から襲ってくる前兆だ」

天佑がきっぱりと言い切った。

西から野分が……。

按針箱と、それを自在に操る天佑の所作を見て、晋平は空見を信じる気になっていた。熱田湊にいる暁朗は、これから船出を迎えることになるのだ。

熱田からの途中には、海の難所で知られた遠州灘が待ち構えている。

西から野分がくると思い始めた晋平は、眉間《みけん》に深いしわを寄せた。

二十

三河屋の番頭が飛脚便で呼び寄せた伊蔵は、七月一日の夜に熱田湊に出向いてきた。

背丈は五尺（約百五十二センチ）と小柄だが、肉置《ししお》きが凄かった。太っているわけではないが、座敷に座ったときの股引《ももひき》は、ふくらはぎの布が張り裂けそうに膨らんでいた。

晩朗と伊蔵の顔つなぎは、三河屋番頭の喜作が行った。

「道中を急がせてわるかったが、なにしろ七日の大潮には船出を控えているもんでね」

喜作はくだけた物言いで、伊蔵に話しかけた。ふたりの間柄を、暁朗はなにも聞かされていない。が、徳利をやり取りするさまを見て、長い付き合いだと察した。

喜作とは言葉を交わす伊蔵だが、あいさつのあとは、暁朗にはなにも話しかけない。盃を干す合間に、時おり暁朗に向ける目には、親しみの色はまるでなかった。

ふたりを引き合わせた喜作は、伊蔵の愛想のなさが気がかりらしい。話の穂先を暁朗に向けようとするが、伊蔵はまるで乗ってこなかった。

暁朗も、自分から話しかけることはせず、喜作のあしらいに任せていた。

伊蔵は酒好きだった。

「あとは手酌で、好きにやらせてもらおう」

背丈は小柄だが、声は野太くて通りがいい。しかし話をするのは、さほどに好きではなさそうで、自分から喜作に話しかけることはしなかった。

伊蔵は常滑《とこなめ》の在に暮らしている男だと、喜作から聞かされていた。しかし口数の少ない伊蔵が話す言葉は、江戸弁に近かった。

喜作も江戸弁を話す男だ。ふたりの言葉のやり取りには、宿場で飛び交っている熱田訛《なま》りはなかった。

三本の一合徳利を空にしてから、伊蔵は初めて暁朗を正面から見た。

「あんた、長い船旅をやったことはあるか」

暁朗に向かって伊蔵が最初に発したのは、船旅のわきまえの有無を問いかける言葉だった。

「ありやせん」

暁朗は正直に答えた。

「杉の目利きはどうだ」

盃を手にしたまま、伊蔵は問いを重ねた。

「まったくの素人でやして」

「木が読めないということかね」

「皆目、見当もつきやせん」

暁朗の答えを聞いて、相手を見詰める伊蔵の目つきが一段と鋭くなった。

「暁朗さんは賭場の代貸だと、あんたに手紙で知らせたはずだが」

間に立った喜作が、伊蔵の様子が険しいのを見て合いの手をはさんだ。

「それは読んだが、おれの耳で確かめたい」

暁朗を見詰める目つきを、伊蔵はゆるめない。暁朗も伊蔵から目を逸らさなかった。

見詰め合うというよりは、睨み合いである。先に目を逸らしたのは伊蔵だった。

「熱田から江戸までの船が、遠州灘を越えるのは、あんたも知ってるだろう」

「何度も聞かされやした」

「どんなだと、言われたんだ」

「ことによると、高さ二丈（約六メートル）もある、壁みてえな波が船に食らいつい
てくるてえ言われやした」

「そんな波を、あんた、見たことはあるか」

「ありやせん」

「丸太を曳く船を見たことはあるか」

「ありやせん」

「どれもこれも、あんたの答えは無い無い尽くしだな」

伊蔵が大きな舌打ちをした。

晩朗はここまで、相手の愛想のなさに我慢を重ねてきた。しかし面と向かって舌打ちをされたことで、顔色が変わった。

「なにか、文句がありそうだな」

晩朗の顔つきを見て、伊蔵のほうから問いかけてきた。

「喜作さんの顔つなぎでやすから、あっしは黙って聞かせてもらいやしたが、舌打ちをされたんじゃあ、放ってはおけやせん」

晩朗の目が、凄みをはらんでいた。行儀のわるい若い者を、ひと睨みでおとなしくさせる目つきである。喜作の面子《メンツ》を思って我慢を続けていただけに、それが切れたいまは両目が怒りで燃え立っていた。

「言うじゃないか」

伊蔵はまるで動じていなかった。

「放っておけないから、どうしようというんだ。膳を引っくり返して出て行くか」

伊蔵は言葉で相手の怒りを煽《あお》り立てた。わきに座った喜作が、正座した膝をもぞもぞと動かした。

晩朗は大きく息を吸ってから、ゆっくりと吐き出した。

「それはできやせん」

怒りをたぎらせながらも、口調は落ち着いていた。

「あっしは杉の目利きはできやせんから、伊蔵さんにお願いするほかはねえ。半端にケツをまくるつもりはねえんでさ」

目の前の膳をわきにどけた暁朗は、自分の徳利を手にして伊蔵の膳の前ににじり寄った。

「あっしの物言いが足りねえなら、どうかこの酒で勘弁してくだせえ」

正座した暁朗が、徳利を差し出した。

伊蔵は相手の目を見詰めたまま、盃で酒を受けた。一気に呑み干すと、暁朗に差し出した。

暁朗は畳に徳利を置き、伊蔵の盃で酒を受けた。そして、ぐびっと音を立てて注がれた酒を干した。

暁朗が盃を空けたのを見届けてから、伊蔵も正座に座り直した。

「喜作さんから聞いているだろうが、おれの目利き賃は安くない」

「うかがっておりやす」

「おれは、おのれの命をかけて目利きをやる。だから安売りはしない。あんたはどうだ」

「問われたことが、呑み込めやせんが……」

暁朗は半端な答えを返さず、素直に問いかけた。

「あんたの親分は、杉の廻漕に途方もないカネを遣っている。そうだろうが」

「言われる通りでさ」

「その親分から廻漕を任されたあんたは、本気で命をかけているか」

「かけておりやす」

暁朗は迷いなく言い切った。

「あんたの目を見れば、おれもそうだろうと思う。思うが、あんたは大きな了見違いをしているぞ」

暁朗の顔色が大きく変わった。

「どこが了見違いか、おせえてくだせえ」

「その調子だと、まだ気づいていないようだな」

「へい」

伊蔵の目を見詰めたまま、暁朗が答えた。強い目つきだが、目の光からは怒りが消えていた。

「あんたの顔は日焼けしているが、身体からは潮のにおいがしない。おれが腹を立てたのは、そのことだ」

手酌で一杯干してから、伊蔵は話を続けた。

「あんたが船にも杉にも素人だというのは、喜作さんの手紙に書いてあった。あんたの人柄には間違いがないから、ぜひとも力を貸してほしいと言ってきた。だからおれも常滑から出てきた……」

伊蔵の物言いに、ぬくもりの調子が含まれていた。

熱田から江戸までの海路《かいじ》には、季節にかかわりなく荒れる海の難所がふたつあった。ひとつは遠州灘で、もうひとつは下田湊の近海である。伊勢杉陣左衛門が杉を流失させたのも、下田湊のそばだった。

『江戸の渡世人が、熱田から江戸まで七百本の熊野杉を廻漕する。ところがその当人は、杉の目利きにはずぶの素人だし、廻漕にも明るくない。人柄には間違いがない男ゆえ、ぜひとも力を貸してやってほしい』

旅籠《はたご》で多くの客を見ている喜作は、人柄の吟味《ぎんみ》には厳しい。そして、気安くひとに頼みごとをする男ではなかった。

その喜作が、わざわざ飛脚を仕立てて手助けを頼んできた。手紙を受け取るなり、伊蔵は在所を出て三河屋に駆けつけた。

ところが顔つなぎされた暁朗は、どこから見ても渡世人でしかなかった。顔つきも身体も引き締まっており、やわな男には見えない。

が、熱田宿に到着してすでに九日を過ぎているというのに、潮のにおいがまるでしなかった。それを知った伊蔵は、暁朗が海をなめていると断じた。

江戸と熱田とを何度も行き来する船乗りでも、荒れた海では船酔いに苦しむという。まして長い船旅をしたことのない渡世人なら、船酔いで身体が動かなくなるのは目に見えていた。

伊蔵は、杉の目利きに命をかけている。たとえ一本でも目利き違いをおかしたら、その場で髷《まげ》を落とす覚悟を決めていた。

それほどに気を張り詰めて、杉の目利きをする伊蔵には、暁朗の振舞いが甘く映った。

なぜ海に出ないのか。

湊には、幾らでも船がある。船頭に頼めば、沖に出て波と風の凄さを身体で覚える手伝いをしてくれるだろう。

杉の目利きは、玄人《くろうと》に任せておけばいい。

暁朗がいましなければならないのは、海の怖さを身体で覚えることだ。長い船旅は、根性と気合だけで乗り切れるほど甘くはない。

船出の日まで、一日でも多く海に慣れておくこと……。

なによりも先にこれをやるのが、暁朗を信じてすべてを託した、あやめの恒吉に応えることだ。

海の怖さを知ろうともせず、ただ命をかけると言っても、それは言葉だけのことだ。

日の出から日没まで、ひたすら海に出る。そして船酔いに苦しみながらも、それを乗り越えるために身体を鍛える。

それをやってこそ、江戸までの廻漕に命をかけるということだ……。

「あっしが了見違いをしておりやした」

伊蔵にたしなめられて、暁朗は初めておのれの甘さに気づいた。

「船出までは幾日もありやせんが、明日《あした》っから海に出やす」

伊蔵の膳の前で、暁朗は深々とあたまを下げた。やぶ蚊が羽音を立てて飛び回っていたが、暁朗は追い払うこともせず、おのれの了見違いを恥じていた。

二十一

七月二日の熱田湊は、大きな朝日が海の彼方から昇る晴天で明けた。

六ツには宿場の大木戸が開かれて、旅人も熱田の町を好き勝手に動くことができる。

夜明けを待ちかねた暁朗は、宿場が明るくなるなり、素早く身支度《みじたく》を調え始めた。

真新しいさらしを肌に巻き、鹿革の鞘《さや》に収めた匕首《あいくち》をさらしにはさんだ。下帯も新しいものを下《お》ろした。

薄手の股引にわらじ、あとは雨合羽を用意して、身支度を終えた。

朝飯は、一階の流し場わきの板の間に調えられていた。暁朗が板の間に座ると、伊蔵と喜作が連れ立って入ってきた。

「湊には廻漕問屋の船とは別に、漁船などが何杯もいます。そこで掛け合ってみればいい」

炊き立ての飯を口にする暁朗に、喜作が湊のあらましを聞かせた。喜作は口で言うだけではなく、半紙に湊の絵図を描いていた。

「助かりやす」

半紙を股引のどんぶり（小袋）に納めた暁朗は、飯のあとの番茶を飲み干してから三河屋を出た。雨合羽と、茶の詰まった竹の吸筒《すいづつ》を手に提げて、わらじのひもを結んだ。

宿場の木戸を出て熱田湊への坂道に差しかかったのは、六ツを四半刻ほど過ぎたころだった。陽はまだ空の低いところにあるが、まっすぐに届く朝の光は、夏の尖った暑さをはらんでいた。

「おう、暁朗あにい……」

材木置き場の近くで、桶屋の通い職人が暁朗に声をかけてきた。

「今朝はまた、ずいぶんと早いんじゃねえですかい」

毎日のように顔を合わせているうちに、職人は暁朗の江戸弁を真似しはじめている。が、熱田訛りが抜けておらず、妙な話し言葉になっていた。

暁朗は笑いかけただけで返事をせず、湊に続く分かれ道の根元で職人と別れた。

喜作は漁師にも船宿にも、もちろん多くの知り合いがいる様子だった。しかし暁朗は、顔つなぎを頼むことはしなかった。

江戸にいるときの暁朗なら、安易に頼みごとをすることは断じてなかった。借りを作って負い目を抱えるのは、賭場を預かる代貸のすることではないとのわきまえからだ。

ところが熱田では違った。

顔見知りがひとりもおらず、しかも七百本の杉丸太を江戸まで運ばなければならない。肝の据《す》わった暁朗だが、心細さからは逃《のが》れられなかった。

そんな心持ちでいただけに、ひとの親切、気配りを示されると、つい甘えた。親切を受けたり、頼みごとをしたりを繰り返すなかで、獣のように研《と》ぎ澄まされた渡世人の本能が鈍くなっていた。

昨夜、伊蔵からきつい調子でたしなめられて、暁朗は深く恥じ入った。それゆえ、海に乗り出す船の手配りを喜作には頼まなかった。

暁朗の気持ちを汲み取った喜作は、余計なことを言わずに湊の絵図を渡してくれた。湊まで二町（約二百二十メートル）の辻に差しかかると、潮の香りと、魚の生臭いにおいが強くなった。

喜作の絵図では、辻を東に折れて坂道を下れば漁師の集落で、西に折れれば船大工と船宿が軒を連ねることになっていた。

辻に立って思案をめぐらせた暁朗は、漁師の集落に向かい始めた。

熱田の沖では、いまの時季はイカの夜釣りが盛りである。釣りを終えた漁師たちは、夜明けには湊に戻ってくる。船を掛け合うには、船宿よりも漁師のほうがいいと判じてのことだった。

晩朗が見当をつけた通り、湊には多くの漁船が舫《もや》われていた。どの船も帆柱が立っているだけで、大きな帆は畳まれている。船の姿が、漁を終えたあとだと告げていた。

喜作の絵図には、漁師の名前が書き込まれている。集落のとっつきの宿には、源治郎と記されていた。

威勢のいいなめえだぜ。

晩朗は、源治郎の宿の前で立ち止まった。

玄関の両側には、網だの浮き球《だま》だのが積み上げられている。見るからに漁師の宿だが、他とはなにか様子が違って見えた。

源治郎の宿に声を投げ入れる前に、晩朗は順に他の漁師宿も見て回った。ひと回りしたあとで、違いに気づいた。

玄関の両脇に漁具が積み重ねられているのは、どの宿も同じである。が、源治郎のところは網も浮き球も竿《さお》も、きちんと整理されていた。

竿は一本ずつ、同じ幅で立てかけられている。そのために、竿を納める木枠が造られていた。浮き球は太い釘に提げられていたし、網は一枚ずつ、仕切り代わりに古い茣蓙《ござ》が挟まれていた。

宿は方々が傷《いた》んで、張り出した軒の端が傾きかけている。しかし漁具は見事に整頓《せいとん》が行き届いていた。

暁朗は下腹に力を込めて、腰高障子戸越しにおとないの声を投げ入れた。一度の呼びかけで、内側から女の声が返ってきた。

障子戸には、心張り棒がかかっていなかった。気の荒い漁師の集落に忍び込むような、間抜けな盗人はいないのだろう。

「なんか用かね」

顔を出したのは、真っ黒に潮焼けした漁師の女房だった。

「こちらは、漁師の源治郎さんの宿でやしょうか」

「そうだが……あんたはだれね」

「江戸からきやした、暁朗と申しやす」

「江戸って……熊野杉を江戸に運ぶってのは、あんたでねえか」

「あっしでやす」

漁師の女房の耳にも、杉の廻漕のうわさは届いていた。江戸者を間近に見るのは、漁師の集落ではまれらしい。女房は暁朗の用向きを訊《き》く代わりに、足元から髷《まげ》の先までを遠慮のない目で見回した。

「だれがきたんだ」

土間の奥から男の声がした。

「あんたに用があるって……江戸もんが来てるがね」

女房が答えると、戸口まで男が出てきた。暁朗と同じぐらいの背丈だが、肉置きは大きく違っていた。

下帯だけの身体は、胸板が分厚く盛り上がっている。二の腕は、こどもの太ももほどに太く、だらりと下げていても力こぶが見て取れた。

「源治郎さんでやすね」

「おれだが、あんた、江戸のひとかね」

暁朗が答える前に、女房が熊野杉を廻漕に出向いてきた男だと口をはさんだ。

「あんたのことなら、置き場の仲仕から聞いてるがよう、おれに用かね」

「折り入っての頼みがありやして」

戸口で向かい合わせに立ったまま、暁朗は用向きを伝えた。

江戸への船旅に慣れるために、七日の出船までの間、漁船に乗せてもらいたい。できれば波の荒い沖に出て、思い切り揺れる船で、身体をいじめておきたい……。

静かな口調で頼んでいる途中で、源治郎は暁朗の口をさえぎった。

「いまはイカ釣りで手一杯で、あんたに付き合うひまはねっから」

源治郎の答えは、にべもなかった。

断わられるのを覚悟のうえで掛け合いにきた暁朗は、源治郎の目を見つめてねばった。

「あんたも分からねえ男ずら」

源治郎が胸板を反《そ》らせるようにして、外に出てきた。

「おれは漁師だでよう、魚取りに身体を張ってるだ」

「あっしも命がけでやす」

源治郎に詰め寄られても、一歩も退かずに踏みとどまった。

「話だけでも聞いてくだせえ」

「だったら、ここでやれ」

下帯一本の源治郎が、通りで腕組みをした。手に提げた合羽と吸筒を地べたに置き、暁朗はことの次第を隠さず、正直に話した。

船の長旅はやったことがない。

荒れる海の怖さも、船酔いも知らない。

杉の丸太を曳《ひ》く船がどんなであるかは、一度も見たことがない。

伊蔵がいみじくも言い当てた通り、知らない知らないの無い無い尽くしである。が、昨夜とは異なり、いまの暁朗は海の怖さをなにも知らないという、わきまえはできていた。

知らないことは知らぬとせよを、あやめの恒吉から叩き込まれていた。

箱崎町の賭場に出入りするのは、日本橋大店のあるじや木場の材木屋旦那衆、それに水道橋の水売り元締めなどの、いずれも大きなカネを動かし慣れた客である。

そんな連中を相手にして、半端な知ったかぶりを口にしたら、たちまち底の浅さを見抜かれてしまう。

知らないことを正直に言えば、ひとは喜んで教えてくれる。が、一度でもわけ知り顔を見せると、見抜いた相手は二度と正味の付き合いをしなくなった。

源治郎を相手に、海も船も、なにも知らないおのれをさらけ出した。隠し立てをしないことで、廻漕に命をかけていることを訴えた。

「なかに入るべ」

話を聞き終えた源治郎は、暁朗を宿に招きいれた。

「夜釣り明けで、今日は船を出せねっからよう。一日減って気が急《せ》くだろうが、明日っからやるべよ」

源治郎が引き受けたときには、七月の陽が漁船の帆柱を焦がしていた。

二十二

暁朗が初めて漁船で海に出る朝は、空模様が前日とはまるで違っていた。

「のっけから海の機嫌がよくねえが、あんた、平気かね」

「このほうが、あっしにはお誂《あつら》えでさ」

沖合いに向けて、地べたに落ちた木の葉を舞い上げる強い風が吹いていた。

「きついが、しゃんめえべ」

暁朗の決意のほどは、源治郎もしっかりと汲み取っている。鈍色《にびいろ》の空の下で、源治郎は帆を張った。

風を捕らえた一畳大の帆三枚が、舫《もや》い綱を引きちぎらんばかりに大きく膨らんだ。

「なんも、こんな海に出ることねえべさ」

綱をほどく女房が、源治郎に向かって口を尖らせた。

「いらねこと言ってねえで、とっとと綱をほどけ」

源治郎が女房を叱りつけた。

「なんかあったら、あんたを恨むかんね」

綱をほどき終えた女房は、暁朗をきつい目で睨みつけた。

「ばかこくな。なんもあるわけねえずら」

源治郎が笑い飛ばした。女房が綱から手を離すのを見て、源治郎が帆の向きを変えた。

風に押されて、船は見る間に船着場から遠ざかった。

「沖に出すぎると、帰りが難儀だ。あんたは、船が揺れてれば、それでいいずらよ」

「へい」

暁朗の返事を、強い風が沖合いに向けて運び去った。

湊の入り江を出ると、波がいきなり牙を剥《む》き出しにした。白波が立つほどの強風である。船は前後に大揺れを始めた。

源治郎は巧みに舵《かじ》と帆の向きを操り、わざわざ大揺れするように漁船の向きを変えた。

「あんたは舳先《へさき》に座ってろ」

「がってんだ」

「近くを見てねえで、海の果てを見るのがコツだでよう」

「がってんだ」

沖に出た当初は、揺られながらも暁朗は力強く返事をした。しかし四半刻《しはんとき》（三十分）も経たないうちに、声が出なくなった。

なにかしゃべろうとすると、胃ノ腑が騒いで、旅籠で済ませた朝飯が口のなかに逆流してくる。

「我慢しねで、そっくり吐くずら」

「がってん……」

返事の途中で、暁朗はしたたかに吐いた。何度も続けるうちに、胃ノ腑が空になった。それでも気分がわるく、身体はなにかを吐こうとする。

海に出て半刻を過ぎたころには、苦い胃液しか出なくなっていた。

そんな暁朗を見ながらも、源治郎はあいかわらず、船が揺れるようにと向きを変え続けている。

大丈夫かと、問いかけもしない。それを言うのは、暁朗の誇りを傷つけることになると、源治郎はわきまえていた。

「これを飲むだ」

源治郎が竹の吸筒を放り投げた。

「女房が煎じた、どくだみだ。にげえが、胃ノ腑が落ち着くからよう」

暁朗は礼を言おうとしたが、言葉が出なかった。受け取った吸筒の栓を抜き、吸い口を口に当てた。源治郎が言った通り、ひと口含むと口のなかが苦さでしびれた。苦いのを我慢して、無理やり飲み込んだ。

いままでにも増して胃ノ腑が大暴れをして、飲み込むなり吐いた。

「やめねで、二、三度繰り返せ」

「がってんだ」

苦しいなかで、暁朗は精一杯の声で返事をした。そして、どくだみを飲んでは吐くことを続けた。
二、三度ではおさまらなかったが、六度目で胃が根負けして落ち着いた。
ふうっと息をついたとき、舳先から波が暁朗に向かってぶつかってきた。

押し寄せる波の高さは、たかだか半丈（約一・五メートル）ぐらいのものだ。その程度のうねりでも、船は上下に大きく揺れた。

風の加減で、漁船が湊に向いた。

遠くに見えている材木置き場が、見えたり、見えなくなったりを繰り返す。

船の舳先が上向いたときには、陸地の眺めが消えて空しか見えなくなった。下りの揺れでは、波が漁船に飛び込んでくる。暁朗は雨合羽ではなく、源治郎から借りた蓑《みの》を着ていた。

暁朗が持参した合羽をひと目見るなり、そんなものは役にたたないと言って、源治郎が取り上げた。代わりに出してきたのが、漁師が海で着る蓑だった。

目が細かに詰まっているのに、着てもさほどに重たくはない。長年使い込まれて、方々に塩のあとがこびりついた蓑である。

物は古いが、玄人の着る蓑は拵《こしら》えが違っていた。強くぶつかってくる波を浴びても、身体のなかには染み込んでこない。しかも蒸れもしないのだ。

顔も手もずぶ濡れだったが、波しぶきを浴びても暁朗は苦痛に思わなかった。

海に出てから一刻が過ぎたとき、重たかった空から雨が落ち始めた。風の向きが変わり、海から陸に向かって吹き始めた。

「この風だと、うねりがもっと高くなる」

このあたりで湊に帰るかと、源治郎が目で問いかけた。

「ここいらでけえらねえと、危ねえことになりやすかい」

どくだみの煎じ薬が効いた暁朗は、しゃべることができるようになっていた。

「そんなことはねえ」

源治郎はそれ以上を言わず、船をうねりに向けた。

風が強くなり、半丈のうねりが倍に高まった。船の揺れは倍では収まらず、三倍近くになっている。

舵の利きがわるくなり、帆の向き加減だけで源治郎は船を操った。

「命綱を身体に巻きつけろ」

源治郎が、舟板に縛り付けた命綱を示した。暁朗は素早く蓑を脱ぎ、綱を腰に巻きつけた。綱で縛るのは、賭場の仕事で慣れている。暁朗の手つきを見て、源治郎が感心した。

その直後に、一丈半はありそうな大波が舳先から飛び込んできた。まばたきする間もなく、暁朗の身体が波にさらわれた。

助けようにも、源治郎は帆から手が離せない。命綱が張っているのを確かめて、船の向きを変えた。

横波に押されて、船が流れた。間のわるいことに、流された側に暁朗がいた。船がまともに暁朗にぶつかった。

風がさらに強くなっている。源治郎は暴れる帆を力一杯に摑《つか》み、船の向きを変えた。

大波が船をもてあそんでいる。舳先が下りになったとき、ぐったりとした暁朗が見えた。

「暁朗、聞こえるか」

源治郎が大声で呼びかけた。が、暁朗から返事はない。命綱が一杯に張り詰めているのは、暁朗が流されているからだ。

源治郎は船端を見た。舵の後方に暁朗の姿が見えた。左手で帆を掴んだまま、源治郎は命綱を手繰り寄せた。

気を失った暁朗を引っ張るのは、並の力ではできない。源治郎の右腕に、太い血筋が浮かび上がった。

源治郎は、奥歯を軋《きし》ませながら命綱を引いた。一尺刻みで、暁朗が引き寄せられた。

船端まで引き戻したとき、源治郎は帆から手を離し、両手で命綱を掴んだ。

風が帆の向きを変えた。

船がぐるっと回った。源治郎の身体が船端から飛び出した。が、暁朗を掴んだ。

右に左にと、激しく漁船が動いている。

うおお……。

雄叫《おたけ》びをあげて、源治郎が暁朗を引き上げた。揺れる船の上で、暁朗の胸と胃ノ腑のあたりを強く押した。

口から海水を吐き出して、暁朗が薄目を開いた。

「陸《おか》にけえるか？」

問われた暁朗は、首を左右に振った。


七月五日の夜。

喜作、伊蔵、暁朗の三人が酒を酌み交わしていた。

「明日もやるのか」

「船出まで、あと一日だけでさ。源治郎さんが、付き合ってくれるてえいいやすから」

「そうか……」

あとの言葉の代わりに、伊蔵は盃を暁朗に差し出した。三河屋の盃ではなかった。

有田焼の盃で、船の絵が描かれている。帆の部分が赤絵だった。

「有田の山に入ったとき、陶山《とうざん》神社で授かったお守りの盃だ。神様の守りがいるのは、おれよりもあんただ。遠慮をしないで受け取ってくれ」

「いただきやす」

暁朗は両手で押し戴《いただ》いた。

「六百三十本まで、吟味ができた。どの杉も、物は確かだ」

三河屋の盃を干す伊蔵は、初めて暁朗に笑いかけていた。

二十三

享保二年七月六日。未明の熱田宿は、空を星が埋めたおだやかな天気だった。

前夜は伊蔵からもらった赤絵の盃で、暁朗は四合の酒を呑んだ。

源治郎の船で船乗り稽古の日が続き、七月に入ってからは酒をほとんど呑んでなかった。盃は航海安全のお守りだと言われて、暁朗は一合徳利四本を空けた。

久々に味わった酒は、喜作が特別に仕入れた灘酒だった。酒を注ぐと、盃の内側で赤絵の帆が鮮やかに浮かび上がる。灘の澄んだ酒は、帆柱をひときわ美しく見せてくれた。

四半刻（三十分）もかけずに暁朗は四合を空けた。伊蔵も喜作も、同じ調子で徳利を空にした。

斗酒《としゅ》を呑んでも平気なはずの暁朗が、昨夜は四合で酔った。身体のしこりがほぐれる、心地よい酔い方だった。

身体が欲しがった酒ゆえに、七ツ半（午前五時）前に目覚めたときは、すっかり酒が抜けていた。

布団の上で身体にひとつ、大きな伸びをくれた。引き締まった暁朗の身体から、ボキボキッと骨が鳴った。

稽古続きで、身体の方々がきしむのだ。腕を大きく振り回したら、両腕の付け根からひときわ大きな音が立った。

夜明け前で、部屋はまだ真っ暗である。手探りで、枕元の煙草盆《たばこぼん》を引き寄せた。起きぬけの一服の美味さは、灘の銘酒といえどもかなわない。

が、一夜を過ぎた盆には、種火が残っていなかった。いつもの暁朗なら、夜のうちに種火をもらい、灰をかぶせて朝の一服に備えた。

昨夜、心地よく酔って部屋に帰ったあとは、そのまま下帯一枚になって夏掛けをかぶった。そして、種火の補いを忘れた。

火がないことには、一服が吸えない。火付け品は、道中用具を納めた葛籠《つづらこ》に入っていた。しかし夜明け前の暗い部屋で、火付け石を打ち合わせるのは億劫《おっくう》だった。

目覚めの一服が吸えなくて、暁朗が舌打ちをしたとき、階下の台所から、物音が聞こえてきた。

飯炊きの支度が始まった音だった。

暁朗は煙草盆を持って立ち上がった。下帯一枚の裸だが、宿のなかは真っ暗だ。だれかに廊下で出会う気遣いもない。早く種火が欲しい暁朗は、なにも羽織らずに部屋を出た。

廊下には明かりがなく、まだ闇に近い。暁朗が締め上げた白木綿の下帯が、ぼんやり見えるだけだ。その下帯が、大きく膨らんでいた。

小便が溜まっているだけではなかった。

七月に入ってから昨夜まで、船乗り稽古に追われた暁朗は色ごとから遠ざかっていた。灘酒に身体をほぐされたことで、暁朗の男が元気を盛り返していた。

飯炊きは、三河屋裏の農家の娘が手伝いにきている。世慣れた飯炊き女ならともかく、年若い娘に膨らんだ股間を見せるわけにはいかない。

暁朗は二階のかわやで小便をした。いきり立っていた一物《いちもつ》が、おとなしくなった。下帯をしっかり締め直してから、手探りで階段を下りた。

「おはよう、娘さん」

日の出前の土間は、まだ真っ暗だ。へっついの中で炎を上げている薪《たきぎ》の赤い火が、唯一の明かりだった。

暗い板の間から声をかけられても、娘は驚かなかった。暁朗の声を聞き覚えていたからだろう。

「今朝はまた、えらくはええずら」

火吹き竹を握ったまま、娘が応えた。

「煙草盆の火種を切らしちまってね。すまねえが、種火をひとつつくんねえな」

「おやすいことずら。板の間に煙草盆を置いてくだっせ」

娘は消炭《けしずみ》ばさみでへっついをかき回し、手ごろな大きさの薪のかけらをつまんだ。

土間の明かりは、燃え立つ薪の炎だけだ。赤い火が、娘の横顔を照らしだした。

毎朝、暁朗は娘から炊き立ての飯をよそってもらった。気立てのよい娘だとは思っていたが、顔をつぶさに見たことはなかった。

へっついの赤い火に浮かんだ顔は、唇が肉厚で、意外にも鼻筋の通った器量よしだった。土間にしゃがんだ娘は、夏場の薄物を着ている。尻の丸みと豊かな胸とが、木綿の長着を通してくっきりと形を描き出していた。

思いもよらなかった娘の色気に接して、暁朗が息を呑んだ。いきなり下帯が膨らんだ。

慌《あわ》てて股間を隠そうとして、暁朗は手に提げた煙草盆を板の間に置いた。火種を手にした娘と、まともに目が合った。

娘は火種を煙草盆の種火入れに移そうとして、前かがみになった。棒立ちのままの暁朗は、娘を見下ろした。へっついの赤い光が、娘の胸元にまで届いている。木綿の長着の胸元から、娘の豊かな乳の谷間がのぞき見えた。

暁朗は、ゴクッと小さな音を立てて生唾《なまつば》を呑んだ。その音が娘の耳に届いた。

「土間におりなせ」

娘が暁朗の右手を摑んで、板の間から土間におろした。そのまま台所を出ると、裏の畑にいざなった。

夜明けには、まだ四半刻の間がある。空には夏の星が散っていた。

「初めて見たときから、おら、にいさんのことが気になってただ」

娘がしがみついてきた。土臭いにおいのなかに、年頃の娘ならではの青臭さと、けだものの牝《めす》が発する、誘い込むようなにおいが感じられた。

「おら、生娘《きむすめ》ではね。好きにしていいずら」

娘の手が、下帯の膨らみをまさぐっている。暁朗の分厚い胸板に、娘は胸を押し付けた。熟す前の桃のような、固さを残したやわらかい胸である。

「おめえ、ほんとうにいいのか」

「江戸のひとに、してもらいてえ。にいさん、明日は江戸に帰るずら……」

月のものが終わったばかりだから、なかに出しても構わないと、娘が耳元でささやいた。暁朗の我慢が切れて、一物がはがねの硬さになった。

畑の隅に、空の四斗樽《しとだる》が置かれていた。暁朗が腰をおろし、娘が長着の裾《すそ》をまくりあげて暁朗にまたがった。

唇を重ねたら、娘の口から杉の皮の香りがした。

「にいさんの船路が無事だように、毎朝、皮さ嚙《か》んで祈ってただ」

暁朗は胸が熱くなり、娘の唇を強く吸った。暁朗の背中に回された娘の手に、強い力がこもった。唇を重ねたまま、ふたりは強く抱き合った。

宿の者に気づかれぬように、娘はあえぎ声を押し殺している。そのさまが、暁朗の男をさらに固くした。

したたかに果てたものが、娘のなかに噴出した。娘は動きをとめて、身体の奥深くまで呑み込んだ。

「おら、おすみって名前だ」

「いいなめえだ。器量よしのおめえに、ぴったりだぜ」

「にいさんは、あけろうずら」

暁朗は答えの代わりに、おすみの唇をもう一度吸った。杉の香りが暁朗の口に移った。

「江戸に着く日まで、おら、熱田の神様ぜんぶに暁朗さんを守ってくれって、毎朝お願いするだ」

抱き合ったふたりの頭上で、夜明け前の星のひとつが江戸に向かって流れ去った。

朝飯はいつも通りに、明け六ツから始まった。

「おめえ、顔色がいいぜ」

炊きたての飯に生卵をかけつつ、伊蔵が暁朗に笑いかけた。

「明日の船出を控えてその顔色ができるのは、大したもんだ。さすがは、代貸だけのことはある」

伊蔵はいつになく、朝飯の場で言葉を重ねた。話しながら、時おりおすみに目を移した。おすみは知らぬ顔をしようと努めているようだが、目の動きがどぎまぎしていた。

伊蔵がおすみに笑いかけた。相手をいつくしむような、情のこもった目である。

伊蔵さんにはお見通しだ……。

暁朗は茶碗を箱膳に戻した。両手を膝に載せて、黙っていてくれることへの礼を目で伊蔵に伝えた。

うなずき返した伊蔵は、茶碗の飯に箸をつけた。

立ち上がって土間におりたおすみは、一歩ずつかみしめるような歩みで、土間から裏の畑に出て行った。

二十四

江戸への船出を翌朝に控えた、七月六日。

熱田湊は夜明けとともに、にわかに賑《にぎ》わいを見せ始めた。

湊にだいだい色の朝日が届き始めると、夜明けを待っていた無数の船が一斉に湾を行き交い始めた。

大きな帆船は、伊勢湾のなかで荷物運びをする、不知波船《いさばぶね》である。暁朗が乗り込んで、江戸まで杉を曳航《えいこう》する弁才船《べざいせん》よりは小ぶりだが、それでも百石から三百石の荷を運ぶ。

弁才船とよく似た帆船だが、船首に突き出した『一本水押《みおし》』(先端の水きり材)の後には、弁才船にはない切り込みがあった。

風を受け止める木綿の帆は、高さがおよそ一丈半(約四・五メートル)だ。夜明けの湊は凪《なぎ》に近かったが、それでも帆は微風を捕らえて大きく膨らんでいた。

帆柱の根元では水主《かこ》(水夫)がふたりがかりで、風を探して帆の向きを変えている。朝日を浴びると、使い込まれた木綿が薄い肌色に輝いた。

不知波船のわきを、客を鈴なりに乗せた渡海船《とかいぶね》が走り抜けた。

東海道の本道は、熱田から次の桑名宿までは海上七里(約二十八キロ)を船で渡ることになる。これが七里の渡しである。

江戸の渡し舟とは異なり、海上を走る船は拵《こしら》えも堂々としていた。大川の渡し舟とのなによりの違いは、熱田の船には大きな帆柱が立っていることだ。

「渡し舟だてえからよう、てっきり船頭が棹《さお》と櫓《ろ》を使うと思ってたぜ」

「ちげえねえ。あれじゃあ、まるっきり船じゃねえか」

上方を目指す旅人が熱田湊で大型の渡し船を見て、声高に江戸弁を交わした。

「おれは海が苦手なんだよ。船で海を七里も行くなんてのは、まっぴらだぜ」

船着場まできた旅人が渡し船に乗るのをいやがり、仲間に向かって声を荒らげた。

「ばか言うねえ」

年かさの男が、ぐずる男に詰め寄った。

「陸《おか》伝いに行くには、佐屋街道を一日がかりで歩く羽目になる。この船なら、二刻（四時間）眠ってるだけで連れてってくれるてえんだ。船着場まできて、ガキみてえにぐずってるんじゃねえ」

先達《せんだつ》役の年長者にきつい調子で叱られて、口を尖らしていた男が地べたを見た。

「ここには船番所があってよ、船の手入れをしっかり見張ってるずら。あんさん、案ずることはねって」

同じ船に乗る地元の年寄が、しょげた江戸者に話しかけた。

陸路を一日がかりで桑名に向かうよりは、七里の渡しに乗船したほうがはるかに道中は楽だ。船を利用する旅人が多く、四十人乗りの大きな渡し船が、朝の湊には三杯横付けされていた。

「あんさんよう、熱田宿が寝覚めの里って呼ばれてるのを知ってっか？」

いまだに乗船を得心していない男に、もう一度土地の者が話しかけた。

「聞いたことはねえ。なんたって、ゆんべ着いて、ひと晩寝ただけだからよ」

「だったら、覚えとくがいいずら。桑名から船に乗った客は、船のなかでのんびり寝て、目が覚めたら熱田だって……そんで、ここが寝覚めの里だ。しんぺえしねで、船に乗って寝るずらよ」

年寄にさとされているうちに、また一杯の船が船着場を離れた。おだやかな風を受けた渡船の帆が、朝日を照り返している。海は青く、海面は穏やかだ。

船は音も立てず、海を滑りながら湊を出た。船端に並んだこどもたちが、乗船待ちの客に向かって手を振った。どの子も、目一杯の笑顔である。

ぐずっていた男も、肚《はら》を決めたらしい。渋い顔のままながらも、仲間の元に戻った。

朝飯を終えた暁朗と伊蔵は、連れ立って湊に出ていた。明日の船出を控えた材木置き場で、杉の積み込み具合を確かめるためだ。

四ツ（午前十時）を過ぎれば船乗り稽古の仕上げで、源治郎と海に出る手はずになっている。

材木置き場の仲仕や人夫は、伊蔵に一目を置いていた。すれ違うたびに、連中は伊蔵にあたまを下げた。そのさまを見て、暁朗はあらためて伊蔵の目利きのほどを知った。

船着場では、次の渡し船を待つ旅人や土地の者が、長い列を作っていた。

湊には、大小さまざまな形の船が舫《もや》われている。見慣れない一杯の船を見て、暁朗が問いかけた。

「あれは瀬取船《せどりぶね》だ」

伊蔵は、聞きなれない名を口にした。初めて耳にした暁朗は、一度では船の名が聞き取れなかった。

「なんのことでやすか……その、せといぶねてえのは」

「せといじゃない、せどりぶねだ」

暁朗の聞き違いを正したあと、伊蔵は瀬取船へと歩き出した。朝日を浴びる伊蔵の背を見ながら、暁朗があとを追った。

伊勢湾を行き来する船のなかで、一番小さな船が瀬取船だ。大川を行き交う猪牙舟《ちょき》に形が似ており、土地の者は艀《はしけ》、橋船《はしぶね》とも呼んでいた。

瀬取船は帆走はせず、櫓を使って海を走る。そして陸と船との間を行き来して、船荷の積み降ろしを担った。大型の弁才船が湊に入るときには、決められた停船場所まで船を曳航《えいこう》したりもする。

が、暁朗が目にした瀬取船は、荷の積み下ろしに使われている様子は見えなかった。

船いっぱいに、野菜が山積みになっている。

荷の重さで、船の喫水が海面ぎりぎりにまで下がっていた。

「おめえさんが言ったのは、この船のことだろう」

積荷を満載した船の前で、伊蔵が暁朗に振り返った。

「そうでやす。こんな船は、大川では見たこともねえもんで……」

「そりゃあそうだ。この船は、熱田湊ならではの売船《ばいせん》だ。おれも熱田以外の湊では、見たことはない」

伊蔵に手招きされて、暁朗は陸から売船をのぞき込んだ。遠目には野菜の山積みにしか見えなかったが、船には何十もの品がきちんと整理して積まれていた。

「売船は、弁才船などの廻船を相手に、海の上で商売をする小船だ」

伊蔵が積荷を指差しながら、商いの品目をひとつずつ口にした。

樽に入った飲み水、醤油、酢、酒。

朝取りしたばかりの野菜は、まだ葉に朝露が残っていた。露がキラキラと輝き、見た目の瑞々《みずみず》しさが際立っていた。

売船のなかほどには、薪《まき》と炭とが小山を築いていた。長さの揃った薪は、陸から見てもたっぷり脂《やに》をふくんでいるのが分かる。

「船で使うのは、火力の強い赤松だ。あの薪なら、少々波をかぶっても、脂が塩水を弾き返す。長旅の船には、欠かせない薪だ」

明日からの船旅では、あんたも散々世話になるだろう……伊蔵は、弁才船に乗ったことがあるような物言いをした。

「売船は、物を売るだけじゃない。船乗りの汚れ物の洗濯まで引き受けてくれる」

「そんなことまで……」

感心した暁朗が、ふうっと吐息を漏らした。

「上方から江戸に向かう廻船は、競い合って熱田湊に入りたがる。そのわけのひとつは、熱田には売船がいるからだと言われている」

「たしかにそうでやしょう。洗濯物を引き受ける小船なんざ、江戸といえども聞いたことがありやせん」

初めて見た売船がめずらしくて、暁朗は船から目が離せなくなった。一緒に船を見ていた伊蔵が、なにを思ったのか、陸から船に飛び乗った。

暁朗よりもはるかに年上の伊蔵だが、船に乗り移ったときの身のこなしは軽い。あたかも、年季の入った船乗りのような動きだった。

伊蔵は船の勝手が分かっているかのように、積荷をかき分けて船尾に向かった。薪の山に差しかかったとき、船尾から船頭が出てきた。

「なんだ……あんた、熱田に来とったんか」

「もう幾日も前だ」

「そうか。わしは昨日まで、仕入れで桑名に行っとったもんでの。あんたが来とると分かっとったら、もっと早く帰ってきたずら」

船頭と伊蔵は顔なじみのようだ。暁朗には構わず、ふたりはしばらく雑談を続けた。

話に区切りがついたところで、伊蔵が船頭に小声で問いかけた。

「もちろん、あるずら。それを持ってねえと、売船とは言えねって」

船尾に戻った船頭は、手にふたつの品を抱えて戻ってきた。

ひとつは七寸角の木箱で、もうひとつの品はわらじである。ふたつの品を手にして、伊蔵は陸に戻ってきた。

「いささか値が張るが、あんたはこれを買ったほうがいい」

伊蔵が差し出したのは、空見師の吉崎天佑が晋平たちに見せた『按針箱《あんじばこ》』だった。

「七両と値は高いが、この針を見ていれば船がどの方角に走っているかが分かる」

按針箱の針は、どこにいても子《ね》（真北）を指し示す。

「あんたが乗り込む廻船には、もちろん按針箱は備え付けられている。それでもあんたが自分でこれを持っていると分かれば、船乗りの目が違ってくる」

慣れない船旅だからこそ、そばに按針箱を置いておけと伊蔵は言った。もとより、伊蔵の指図に逆らう気のない暁朗である。

「宿にけえって、七両を持ってきやす」

駆け戻ろうとした暁朗を、カネはあとでいいと伊蔵が呼び止めた。

「それよりも、これを足に合わせてみろ」

暁朗は地べたの上で、伊蔵から受け取ったわらじに履《は》き替えた。底がざらざらして、歩くと妙な具合である。

「なんだか、足がひっかかるようでさ」

「底に猪《しし》の皮が張ってある。陸では歩きにくくて当たり前だ」

わらじの底は、びっしりと剛毛の生えた猪の皮製だった。毛は固くて、手で撫でると痛みを覚えた。

「そのわらじを履けば、濡れた甲板でも滑らずにすむ。按針箱はあんたに買ってもらうが、猪皮《ししがわ》わらじはおれからの餞別《せんべつ》だ」

伊蔵が笑いかけてきた。

朝飯の場でおすみに見せたのと同じような、慈愛に満ちた目になっていた。

二十五

七月七日は五節句のひとつ、七夕《しちせき》である。

初代家康時代からの慣わしとして、江戸城では七夕祝賀を執《と》り行う。参列する大名各家の中間《ちゅうげん》は、まだ空に月星が見えるころから鍛冶橋《かじばし》御門前に参集した。

大名出仕の折り、少しでも御門近くに乗り物をとめさせるための場所取りである。公儀が許した場所取りの中間は、家格にはかかわりなく、一家あたり五人だ。

この日出仕する大名は、およそ二百七十家。場所取り中間は千三百人を超えた。大名各家は、どこも屈強な中間を選《え》りすぐって差し向けた。

中間は、持参した縄を五間（約九メートル）四方に張り巡らせた。この縄の内が、大名の陣地である。出仕する大名は乗り物をこの陣地に乗り入れて、入城の順番を待つわけだ。

「縄のうちに、入ってくるんじゃねえ」

「ばかやろう、うちが先に張った縄だ」

大名家に奉公はしていても、中間は町人である。場所取りをする者は、互いの物言いに遠慮がなかった。

幕閣につらなる大名は別の御門から入城したが、平大名は門に近い家からの順である。鍛冶橋御門前の陣取りは、平大名には面子《メンツ》をかけたいくさも同然だった。

中間はだれもが、家紋の描かれた提灯《ちょうちん》を手にしている。中間ひとりにつき、一張りの提灯だ。陣取りを競う怒鳴り声に合わせて、千三百張り以上の提灯が揺れた。

七夕朝の鍛冶橋御門前広場では、毎年、この騒ぎが繰り返された。

日の出にはまだ一刻（二時間）以上も間がある、七日の同じころ。伊勢杉陣左衛門の材木置き場も、鍛冶橋御門前と同じようにひとが群がっていた。

とはいっても、騒動を起こしているわけではない。虎ノ門金刀比羅宮《こんぴらぐう》参詣のための、支度を進めるひとの群れである。

置き場では、かがり火が焚《た》かれていた。燃え盛る火が、夜明け前の暗がりを追い払っている。伊勢杉の半纏《はんてん》を着た若い衆は、賄《まかな》いの者が炊き上げる飯の支度を手伝っていた。

置き場の空き地には、焚き口四つの大きなへっつい三基が並んでいる。それぞれに五合炊きの釜と、大鍋が載っていた。

「夜明けまで、もう一刻を切ったぜ」

月の動きを見て、年配者の川並が大声で報《しら》せた。ひとの動きが忙しくなった。

材木置き場には、杉と松の丸太二百本近くが、十二の山に積み重ねられている。それぞれの山の根元には川並が配され、水の入った大きな用水桶《おけ》が置かれていた。かがり火と、へっついから飛び出す火の粉の用心である。

「どうだ、支度の進み具合は」

置き場に顔を出した伊勢杉陣左衛門が、差配役の番頭に問いかけた。

「手際よく運んでおります。明け六ツ（午前六時）には、すっかり仕上がると存じます」

番頭の返答を、陣左衛門はわずかにうなずいて受け入れた。

「あと四半刻（三十分）のうちには、伊豆晋さんも顔を出すだろう。抜かりなく、間に合わせてくれ」

言い置いた陣左衛門は、置き場の様子を見回り始めた。

七月七日は大潮である。この日の四ツ（午前十時）には、杉丸太を廻漕する弁才船《べざいせん》が熱田湊を船出する段取りだ。

その船出に先駆けて、今朝は伊勢杉の川並衆十人、伊豆晋の面々五人、それにあやめの恒吉一家の五人が、虎ノ門金刀比羅宮に廻漕安全の祈願に詣《もう》でる予定だ。

夜明け前に材木置き場で進めているのは、参詣前の朝餉《あさげ》の支度である。

伊勢杉から虎ノ門までは、屋形船で出向く手配りがなされていた。弁才船航海の無事を祈願しての、縁起かつぎの屋形船である。

佐賀町の船宿三軒を回った伊勢杉の番頭は、なかの一軒が新造船を誂《あつら》えていることを聞き込んだ。

「祝儀は考えさせてもらうから、新造船の誂え下ろしは、ぜひとも七夕の朝、うちにやらせてもらいたい」

首尾よく掛け合いが調い、三十人乗りの新造屋形船を雇うことができた。船は昨夜のうちに、伊勢杉材木置き場の船着場に舫《もや》われた。

月が空を動き、夜明けまでに四半刻を残すのみとなったとき。朝餉の支度が調った。

材木置き場に顔を揃えた総勢五十人近い男たちが、茶碗を手にして列を拵《こしら》えた。

「おまちどおさまでした」

飯炊きの女中が茶碗を受け取り、湯気の立つ炊き立ての飯をよそった。

「おめでとうごぜえやす」

茶碗を受け取った者が、飯炊き番に応じた。本日の船出を祝うあいさつである。飯の隣の卓では、味噌汁が給仕されていた。

卓に置かれた竹かごには、生卵が山盛りになっている。粒々がついた殻は、卵が生みたてのあかしである。飯の茶碗と、味噌汁が注がれた椀、それに生卵。この三つを銘々が杉板に載せて、大鋸《おが》挽《び》きの台へと移った。

かがり火が焚かれる置き場の方々で、立ったままの朝飯が始まった。

「これはうめえ飯だぜ」

炊き立て飯に生卵。ひと口含んだ数弥が、飯の美味さに感嘆の声を漏らした。

「あたぼうじゃねえか」

並んで立っている嘉市は、五尺八寸（約百七十六センチ）の上背がある。うめえ飯だと言った五尺五寸の数弥を、見下ろすようにして応じた。

「米は房州米の選りすぐりだし、砂村の地鶏がきのう産んだ卵だしよう。醬油は銚子の蔵元から、樽で仕入れたてえんだ。うまくてあたぼうさ」

大柄な嘉市が手にした茶碗は、手のひらに隠れていた。

「伊勢杉さんの気合のほどは、半端じゃあねえぜ」

置き場の様子を見て、孔明がつぶやいた。伊豆晋の面々が、茶碗を片手に何度もうなずいた。

飯が終わったころに夜明けがきた。永代寺が打つ明け六ツを合図に、金刀比羅宮詣での者が船着場上の石垣に集まった。

羽織袴姿の伊勢杉陣左衛門。伊勢杉の半纏を着た川並十人が、陣左衛門の後ろに立った。

役半纏《やくばんてん》を着た、伊豆晋組頭領の晋平。数弥、嘉市、孔明、一通の四人は、伊豆晋組の半纏を羽織っていた。

・あやめの恒吉と一家の若い者は、霊巌島《れいがんじま》河岸で拾う段取りである。

陣左衛門が最初に乗り込み、川並、晋平、伊豆晋組の者の順に乗り込んだ。

「行ってらっしゃいまし」

船着場におりた番頭が、あたまを下げて見送った。夜明けを迎えてはいるが、仙台堀にはまだ朝の光は届かない。ぼんやりと明るくなった川面を、船頭ふたりが棹《さお》を使う新造船が滑り始めた。

七月七日が始まった。

二十六

「随分と中間連中が歩いているじゃねえか」

数弥がいぶかしげな目で、金刀比羅宮前の通りを見回した。色味はいずれも似通った濃紺だが、染め抜かれた家紋は個々に違う。そんな半纏姿の中間たちが、幾つもの群れをなして歩いていた。

「あの連中に近寄ったらあかんで。七夕《しちせき》の場所取りのあとで、くたびれて気が立ってる」

一通《いっつう》の上方訛《なま》りが、めずらしく張り詰めていた。

「なんのことだ、一通さん。そのしちせきてえのは」

伊豆晋組のなかで一番大柄な嘉市が、一通の顔を覗き込んだ。

「大坂の大名屋敷で壁直しのとき、ちょうどこの七夕の節句に行き合わせたんや」

正月七日の人日《じんじつ》。三月三日の上巳《じょうし》。五月五日の端午《たんご》。七月七日の七夕。九月九日の重陽《ちょうよう》が五節句である。それぞれの日に、江戸城では節句の儀式が執り行われる。

大坂の大名屋敷でも、江戸と同様に五節句祝賀の儀が催された。

「そんとき大名屋敷の中間はんが、江戸城ではえらい大層な催しがある言うてはった」

「一通さんは物識《ものし》りだなあ」

数弥が感心したという目で一通を見た。気をよくした一通は、上方で聞いたままを仲間に伝えた。

「今日は夜明け前から、御城の広場に中間はんが駆り出されるそうや」

「中間がって……なんのためにでえ」

孔明の問い方には、一通の言い分を疑っているような調子が含まれていた。孔明よりは年長者だが、一通はむきになった目を孔明に向けた。

「あんた、江戸に暮らしとって、そんなことも知らへんのか」

「知らねえ。一通さんは知ってるのかよ」

一通は当然だというように胸を反らせた。

「見たことはないが、大坂でしっかりと聞いてるよってな」

「だったらおせえてくれ。なんのことでえ、場所取りてえのは」

孔明が挑みかかるような調子で、一通に言い放った。昨夜から何度も頭痛に襲いかかられている孔明は、だれに対しても今朝は愛想がわるかった。

孔明の頭痛持ちは、数弥も嘉市も心得ている。しかし組に入ってまだ日が浅い一通は、それを知らなかった。年下の者からぞんざいな物言いをされて、一通は気をわるくしたようだ。

孔明を見下したような調子で、鍛冶橋御門前のありさまを教えた。

「ほんとうかよ、そんな話は」

孔明は本気にしようとはせず、一通に向かってあごを突き出した。

「なんやねん、その口のききようは」

「やるてえのか」

孔明がぐいっと詰め寄った。

「口だけは達者やな」

背丈は一寸しか違わないが、痩せ型の一通と肉置《ししお》きのよい孔明とでは、目方は六貫(二十三キロ弱)も差があった。背丈も低く、はるかに痩せた男に煽《あお》られたのだ。

晋平は離れた場所で陣左衛門、あやめの恒吉と話をしていた。頭領が近くにいなかったことで、仲間内のいさかいが始まった。

両手を突き出した孔明は、一通の胸倉を摑《つか》もうとした。その手を払いのけた一通は、敏捷《びんしょう》に身体を回し、肩に担ぐようにして孔明を投げ飛ばした。そして馬乗りになった。

喧嘩騒ぎを目にした中間たちが、駆け足で群がってきた。

「じじい、やるじゃねえか」

「身体がでけえのに、だらしねえ野郎だ」

数弥と嘉市がとめる間もなく、中間たちがはやし立てた。騒ぎをききつけて、晋平が駆け寄ってきた。あとに恒吉と陣左衛門が続いた。

「ばかやろう、どこだと思ってるんだ」

晋平は一通の襟首《えりくび》をつかみ、引きずり立たせた。あとから立ち上がった孔明は、一通を睨《にら》みつけた。

「なんでえ、もう終わりかよ」

「喧嘩の残りは、おれが買うぜ」

群がった中間が、勝手なことを言い募っている。振り返った晋平が睨みつけた。

「なんでえ、その目は」

六尺棒を握った中間のひとりが、群れをかきわけて晋平に詰め寄った。新たな騒動が起ころうとした、そのとき。あやめの恒吉が一通と孔明に近寄った。

素早い動きでこぶしを突き出し、一通と孔明の鳩尾《みぞおち》に叩き込んだ。うっと息を詰まらせて、ふたりがその場に崩れ落ちた。

「暁朗が、命がけで江戸に船出する日だ。でえじな朝に半端な喧嘩がやりてえなら、おれと命のやり取りをやってみろ」

肝の据《す》わった晋平でも、震えを覚えた恒吉の物言いだった。言い置いたあと、恒吉は人垣を作った中間を見回した。さほどに強い目で睨んだわけではなかったが、騒いでいた中間たちが静まり返った。

「立て」

一通と孔明が立ち上がった。ふたりとも恒吉を見ることができず、目を伏せていた。

「暁朗は、かならず無事に江戸にけえってくる。それを正味で願うなら、縁起に障《さわ》る揉め事は起こすな。できねえなら、この場でおれに向かってこい」

恒吉の低い声が、一通と孔明に突き刺さった。ふたりは背筋を張って恒吉を見た。

「了見違いでおました」

「勘弁してくだせえ」

膝《ひざ》にあたまがくっつきそうなほどに、辞儀をしてふたりが詫びた。

「分かりゃあいい」

恒吉の物言いが、いつもの調子に戻っていた。高輪の方角から、大きな朝日が昇っている。恒吉が天道《てんとう》に向かって手を合わせた。晋平たちが続いた。群れになっていた中間たちも、一緒になって天道を拝んでいた。

二十七

「そろそろ出かけるか」

おすみがいれた焙《ほう》じ茶を飲み干してから、伊蔵が出立《しゅったつ》をうながした。

享保二年七月七日、五ツ半（午前九時）。熱田湊には、真っ青な夏空が広がっていた。海の根元からは、空に向かって力強い入道雲が湧き上がっている。しかし真上の空には、ひと切れの雲もなかった。

「へい」

暁朗は、ひとしずくも残さないように茶を飲み干した。湯呑みに茶を残しては、旅立ちの縁起に障るからだ。

「世話になりやした」

旅籠《はたご》の女中と下男に、暁朗は気持ちをこめて深々と辞儀をした。奉公人が辞儀を返した。あたまを上げたおすみの目が潤《うる》んでいたが、余計なことは口にしなかった。

床屋の銀次郎が、暁朗の旅荷物を持った。葛籠《つづらこ》を担ぎ、按針箱《あんじばこ》の入った包みを抱えている。暁朗は道中合羽を羽織り、笠をかぶった。

「海路のご無事を祈ってます」

三河屋の前で、奉公人たちが声を揃えた。おすみの声を、暁朗はしっかりと聞き分けた。が、振り返ることはせず、湊へと通ずる辻を折れた。


「これはでけえ……」

熱田湊に舫《もや》われた船を見て、暁朗は我知らずに声を漏らした。

水押《みおし》（船首）から艫《とも》（船尾）までが、およそ百尺（約三十メートル）もある、千石船が十杯、湊にずらりと並んでいた。夜明け直後に、桑名湊から廻漕されてきた弁才《べざい》船《せん》である。

暁朗は、生まれて初めて千石船を見た。

夏空に向かって、見上げるほど高い帆柱が甲板に突き立てられていた。帆桁《ほげた》いっぱいに張られた帆は、夏日を浴びて照り輝いている。

帆がすでに張られているのは、船出がそこまで迫っているからだ。一列に並んで舫われた十杯の千石船が、熱田湊を埋めている。

端から端まで四半里（約一キロ）もある長い岸壁だが、今朝は千石船しか見えなかった。

「甲板から帆柱のてっぺんまで、ざっと九丈はある」

帆柱の先端を指差して、伊蔵が船の大きさを説明した。九丈と聞いて、暁朗が目を見張った。

深川仲町の辻には、江戸で一番高い火の見やぐらが建っている。やぐらに上ると、十里四方が見渡せるという高さである。

その火の見やぐらでも、高さは六丈どまりだ。船の甲板から九丈ということは、海面からだとさらに半丈は高い。

帆柱の高さだけでも、弁才船の途方もない大きさが感じられた。

「あそこで荷揚げを見ているのが、あんたが乗る浪華丸《なにわまる》の船頭さんだ」

熱田湊に通じている伊蔵が、船頭に手を振った。伊蔵とは顔見知りらしく、船頭が大きな身振りで手招きした。

暁朗、伊蔵、喜作、銀次郎の四人が浪華丸へと向かった。

「あんた、なんしに湊に来てるんかね」

船頭に問われた伊蔵は、暁朗の見送りだと口にした。

「船に乗る渡世人さんは、あんたか」

船頭とは、初めての顔合わせである。暁朗は軽い辞儀をして、よろしくと応じた。

「船出の前に、船乗りと顔つなぎするずら」

船頭は指笛を吹き、船乗りたちを呼び集めた。浪華丸から出てきたのは、十一人の船乗りだけだった。

船の大きさに比べて、船乗りが少なすぎた。暁朗の目に、不安げな色が浮かんだ。

「あんた、船乗りがえらく少ねって思ってるずら」

船頭は、暁朗の胸のうちを言い当てた。

おのれの命と、大事な材木を預けての航海である。暁朗はあいまいさを残さず、きっぱりそうだと言い切った。

「でえじょうぶだ。おれたちは船の玄人《くろうと》だでよ。こんだけいれば、心配はいらね」

気負いのない調子で言い切った。

「おれが船頭の仁助《じんすけ》だ」

最初に船頭が名乗り、あとの船乗りを暁朗に顔つなぎしはじめた。

船乗りは、それぞれに役割を持っていた。

親父《おやじ》と呼ばれる水主長《かこおさ》がひとり。船頭は、航海時に舵を取るのが役目だ。それ以外の差配は、すべて親父が受け持った。

「しんどいことがあったら、手遅れになる前に、おれに言ってくれ」

由吉《よしきち》という名の親父が、野太い声で暁朗に話しかけた。背丈は船頭と同じで、五尺七寸と大きい。潮焼けした顔は黒光りしており、眉は太筆で描いたように太くて濃かった。

賄《まかな》い（事務長）は、賢太郎《けんたろう》という名の、二十三歳の若者だった。賢太郎も五尺七寸の上背がある。裸の上半身は、肩も腕も引き締まった肉置きである。

「飯の支度もおれがやります」

賢太郎は訛りのない江戸弁を話した。

船頭が賄いまで顔つなぎをしたとき、船出を報《しら》せる太鼓が湊に響き渡った。太鼓は湊中央の汐見《しおみ》やぐらで打たれていた。

「潮が変わったらしい」

つぶやいた伊蔵が、暁朗の肩に手を載せた。銀次郎は、抱えていた荷物を暁朗の足元に置いた。

「乗ってくれ」

船頭の指図で、暁朗は荷物を手にした。岸壁から浪華丸には、分厚い杉板が渡されている。

表仕《おもてし》（航海士）、舵取《かじとり》（船頭の代わりに舵を取る操舵手）、水主《かこ》（水夫）の順に乗船した。暁朗が続き、賄い、親父が乗ったあと、最後に船頭が乗船した。

潮の変わり目に合わせたように、風が吹き始めた。すでに荷積みは済んでいた。浪華丸が先導し、あとに九杯の千石船が続くのだ。

船頭が右手を振って合図をした。

浪華丸の舫い綱が、一番最初に解かれた。

風をはらんだ帆が、大きく膨らんでいる。綱が解かれた浪華丸の水押が、江戸に向いた。

二十八

大潮に乗って、暁朗が熱田湊を船出した七月七日。早朝の虎ノ門金刀比羅宮参詣《さんけい》を終えたあと、晋平は深川の宿に帰った。

七のつく日は、伊豆晋組の支払い日である。尾張町の作事仕事は、日を追って大きく膨らんでいる。それにつれて、旬日《じゅんじつ》の支払いも嵩《かさ》んだ。

仕入先が集金で顔を出すのは、午後に入ってからだ。買掛け帳面を見ながら、晋平はこの日の払い額を確かめた。

算盤《そろばん》を弾くと、五十三両二分の払いとなった。胸算用をしていた額と、大した開きはない。この日に向けて、晋平は払いのカネを調えていた。

伊豆晋の所帯では、五十三両の払いは大金である。尾張町の施主とは、三カ月に一度ずつの払いという約定《やくじょう》で請け負っていた。

施主には、尾張町の老舗《しにせ》としての面子《メンツ》も誇りもある。定めた日には、一文も値切らず、きれいに払ってくれた。が、それは三カ月に一度の月末が決め事だ。

伊豆晋の支払いは、一月に三度である。請負仕事の規模が大きくなるにつれて、晋平は金繰りに汗を流すことになった。

昼過ぎには、仲町の両替屋が五十五両のカネを届けにくる。手配りは、昨日のうちに済ませていた。

今日の払いの段取りがついている安堵感に、未明に起きた疲れが重なった。

算盤をわきに置き、晋平は半纏《はんてん》を着たまま横になった。あっというまに、眠りに落ちた。

弁才船《べざいせん》に乗った暁朗は、帆の真下に立っていた。強い追い風を受けて、百畳大もありそうな木綿帆が大きく膨らんでいた。

「おめえ、その綱を放すんじゃねえぜ」

暁朗に向かって、水主《かこ》が怒鳴った。

「この東風《こち》をしっかり捉えりゃあ、一刻（二時間）のうちに三万尋《ひろ》（約四十五キロ）は走れるからよ」

船乗りは、尋で長さをあらわした。暁朗はまだ、その感覚が摑《つか》めない。あたまのなかで、十一里を超える距離だと換算した。

足の達者な者でも、十一里を歩くには五刻はかかる。あらためて、弁才船の速さを肌身で知った。

「おめえ、なにをぼんやりかんげえ込んでやがるんでえ」

「しっかり摑んでねえと、風に弾き飛ばされるぜ」

水主たちが、乱暴な声を暁朗に投げつけた。

船の速さに思いをめぐらせて、暁朗は綱を握る手がおろそかになっていた。

「すまねえ。つい、ぼんやりしてやした」

船上では、暁朗ただひとりが素人《しろうと》だ。水主がどれほどぞんざいな口をきいても、暁朗は逆らわず指図に従った。

「だめだ、そんな握り方じゃあ。両手を重ねて、目一杯に摑みな」

「がってんだ」

答えた拍子に、綱を握る手の力が弱くなった。それを見透かしたかのように、突風が帆をぶわっと膨らませた。

「あぶねえっ」

水主が怒鳴ったとき、暁朗の姿は甲板にはなかった。

帆が膨らむときには、凄まじい力が綱に加わる。握る力がわずかに抜けてしまい、暁朗は綱を握ったまま吹き飛ばされた。

年季の入った水主なら、甲板から投げ出されても、綱から手を放さなかっただろう。帆の綱は、海の男の命綱だからだ。

しかし暁朗の身体は、まだその掟《おきて》を覚え込んではいなかった。膨らんだ帆に引っ張られた拍子に、綱から手が離れた。

強風で、海には白波が立っている。風を受けて、船足は目一杯に速い。

水主が船端から海を見た。

両手を挙げて助けを求める暁朗から、見る間に船は遠ざかっている。船を止めるに止められず、水主たちは波間でもがく暁朗を見捨てるしかなかった。

風は、船を東へ東へと強く押す。

晩朗は、白波の彼方に消えた。

声も出せぬまま、海に呑み込まれた晩朗の顔を見て、晋平は飛び起きた。半纏の背中が、寝汗でびしょ濡れだ。

両の手のひらも、水につけたかのように濡れていた。

喉がカラカラに渇いている。四半刻（三十分）も眠っていなかったのに、晋平は身体の芯からくたびれ果てていた。

二十九

「それはまた、あんたもきつい夢をみなすったものだ」

高橋の八卦見《はっけみ》（易者）吉田好運《よしだこううん》が、長いあごひげに手をあててつぶやきを漏らした。

好運は、晋平が節目ごとに見立てを聞きに出向く八卦見である。うたた寝で見た夢があまりにひどく、晋平は仕事が手につかなくなった。

女房に午後の支払いを任せて、高橋まで駆けてきた。そして好運に、つい先刻見た夢のあらましを話した。

「まさか、正夢ということは……」

「それはない」

好運はむずかしい顔のままで、きっぱりと言い切った。晋平がふうっと安堵のため息を漏らした。

「しかし晋平殿、決して安心できる夢ではないぞ。このまま放っておくと、いま船に乗っておる暁朗殿に、取り返しのつかない災難が降りかかるやも知れぬ」

正夢ではないと断じながらも、好運は顔つきをさらに険しくした。

「暁朗殿の生まれ月が分からぬゆえ、易断も定かには言えぬが……」

好運は、算木を何度も忙《せわ》しなく動かした。

「あんたの夢に出たということは、暁朗殿の運気を晋平殿が握っておる。血のつながりのない者の災難を夢に見たときは、見た者がひたすら精進に励む責めを負う。このことは、易ではっきりと定められておる」

船旅の無事は晋平の信心と、暁朗が江戸に帰着するまでの、日々の精進にかかっていると好運は易断した。

「なんでまた、おれが……」

暁朗とは、さほどに深い付き合いをしてきたわけではなかった。

易断を聞かされたとき、最初に感じたのはこのことだった。が、すぐにあることに思い当たった。

このたびの材木運びで、晋平は五分（五パーセント）の口銭を受け取っていた。丸太廻漕の金高を思えば、たとえ五分でも端金《はしたがね》ではない。

カネを受け取る者は、もはや大仕事とかかわりなしではいられない。暁朗が難儀をせぬよう、毎日安泰・息災を祈る責めを負っている……。

そのことに晋平が思い至ったとき、好運が問いを重ねてきた。

「そなたと暁朗殿との間に、なにか犬がかかわったことはないか？」

前触れもなしに、好運は犬の話を始めた。晋平はわけが分からず、口を閉じたまま好運を見ていた。

「よくよく思い出しなさい。かならずや、あんたと暁朗殿との間には、犬がかかわっておるはずだ」

「あっ……」

晋平が小声を漏らした。好運が強い目で晋平を見た。

「思い出しました。好運さんの言う通りだ」

晋平が膝を乗り出した。

「初めて暁朗さんと会った日に、鼻黒の犬が湊橋のたもとでおれについてきたんです」

あやめの恒吉ときつい談判に向かった日に、晋平は鼻黒の子犬と出会った。談判の間、犬は恒吉の宿の外で待っていた。

「やはりそうであったか」

暁朗との間に子犬が介在したと分かり、好運はおのれの易断に確信を抱いたようだ。

「その犬と出会ったことで、あんたはきつい談判を上首尾に終えたはずだ。箱崎町の貸元との間も、犬がつないでおる」

犬は恩義を忘れないからいい……。

あの日、恒吉に言われた言葉も、晋平は思い出していた。

「暁朗殿の船旅が難儀であることを、犬が案じておる。それゆえに、あんたの夢に暁朗殿が出てきたのだ」

好運は迷いのない言葉で見立てを告げた。

「あんたがなすべきことは、暁朗殿が杉のいかだを曳《ひ》いて永代橋をくぐる日まで、朝晩二回、神社の狛犬《こまいぬ》に手を合わせることだ。なにがあっても、これを欠かしてはならぬ」

どこの狛犬でもいいと付け加えて、好運は易断を閉じた。

この日までの晋平は、困ったときや行き詰まったときには、好運を頼りにした。それでいながら、こころの奥底では「所詮は易者の見立てだ」と、都合のわるいときは軽んずることもあった。

高橋を渡る晋平は、おのれの不明を恥じた。

鼻黒と出会った日に初めて暁朗に会ったことは、だれにも話した覚えはない。ないどころか、好運に訊かれるまで、そのことは忘れていた。

それを好運は、見事に言い当てた。

易者の見立てはあなどれない……。

いまの晋平は、心底から好運が口にしたことを信じている。高橋の真ん中から、小《お》名木川《なぎがわ》の流れに目を落とした。

真夏の陽を浴びて、川面《かわも》がギラギラと照り返っていた。天気続きで、小名木川の流れは澄んでいる。水面《みなも》近くを泳ぐ、ボラの姿が見えた。

突然、晋平の頭上から二羽の都鳥《みやこどり》が舞い降りた。そしてボラをくわえると、羽音を立てて空に戻った。

まばたきをする間の出来事だった。

くわえられたボラは、そこそこの体長があった。まさかおのれが、都鳥の餌食《えじき》になるとは思ってもいなかっただろう。

川面を見詰めたまま、晋平は大きな吐息を漏らした。

暁朗が乗っているのは、巨大な千石船である。少々のことでは難破をする船でない。しかし、ひとたび海が荒れれば、たとえ一万石積みの巨大船があったとしても、あっけなく海に呑み込まれるに違いない。

まさに、いまのボラだ。

目の前で起きた出来事が、晋平の脳裏に焼きついていた。

その災難から暁朗を守れるのは、自分しかいない……好運の見立てを、晋平はあらためて胸に刻みつけた。

伊豆晋から近い神社といえば、富岡八幡宮《とみおかはちまんぐう》だ。本殿につながる石段の両脇には、阿《あ》吽《うん》二頭の狛犬が鎮座している。

晋平は八幡宮に向かって歩き始めた。橋を渡りきったとき、尾張町で引き合わされた空見師の天佑を思い出した。

野分は西から襲ってくる……。

按針箱《あんじばこ》（海洋コンパス）を手に持ちながら、天佑が口にした言葉である。

暁朗が乗った船は、いま西から東に向かっている。江戸は晴れているが、西の海はどうなのか。

気がかりを抱えた晋平は、足取りが早くなった。夏空の低いところには、新しい獲物を探す都鳥が舞っていた。

三十

暁朗が熱田湊を船出した二日後の、七月九日。江戸では前夜半過ぎから、暴風が吹き荒れていた。

明け六ツを過ぎても、空には分厚い雲がおおいかぶさっている。朝の光が届かない薄暗い六畳間で、晋平とおけいが仏壇の前に座っていた。

朝のおつとめから、一日が始まるのだ。

仏壇には水と、この朝に炊いた飯とがおけいの手で供えられていた。灯明《とうみょう》は晋平が灯すのが、毎朝の決まりごとだ。

すでに灯されているろうそくで、二本の線香に火をつけた。燃え立った線香の火が際立って見えるほどに、朝が薄暗い。

手で線香の火を消したあとには、香りの強い煙が立ち昇った。一本ずつを晋平とおけいが持ち、線香立てに交互に立てた。

線香の煙が、大きく流れている。隙間《すきま》風が忍び込んでいるのだ。灯明も揺れていた。

晋平がわずかに顔をしかめた。外で吹き荒れている風を気にしてだ。

尾張町には、足場が何本も立っている。しっかりと組み立てられてはいるが、強い風は気にかかった。

憂いを振り払うように、晋平は鉦《かね》を鳴らした。

チーン……。

澄んだ音色が、この朝は風のせいで揺れた。

目を閉じた晋平は、仏壇の位牌に手を合わせた。隣に座ったおけいも同じ形になった。

晋平はいつもの朝よりも長く、先祖の位牌に手を合わせた。

天気は西から崩れてくる。

なにとぞ江戸までの船路が、無事でありますように……。

暁朗の無事を先祖に祈っているさなかに、宿の外で凄まじい物音がした。灯明をあおり消して、晋平は仏壇の前から立ち上がった。

「宿に立てかけといた丸太が倒れやした」

昨夜から泊まり込んでいた嘉市が、顔をこわばらせていた。嘉市は多少のことでは動じない、肝の太い男だ。その男が、尋常ではない顔つきになっていた。

「普請場が気になるのか」

「それもそうですが……」

嘉市らしくもない、あいまいな答え方だ。

「倒れた丸太の始末は？」

「数弥と孔明が横積みにしていやすから、しんぺえはいりやせん」

答えを聞いた晋平は、嘉市と一緒に台所の板の間に向かった。茶を飲むのも食事をするのも、十畳大の板の間である。

おけいに茶の支度を言いつけてから、晋平は向かい側に嘉市を座らせた。

「普請場のことだけでなければ、なにをお前は案じているんだ」

茶が出されるのを待たずに、晋平は問い質《ただ》した。それほどに、嘉市はいつもとは違って見えていた。

言葉を濁《にご》して答えをはぐらかしていた嘉市も、きつく問い続けられて観念した。

「縁起に障《さわ》ることなんで、言いたくはなかったんでやすが……」

風の凄まじさを肌身で感じた嘉市は、暁朗の船旅を案じていた。

「数弥も孔明も……一通さんまでが、真夜中からの風を案じてやすんで」

話しながらも、嘉市は風の様子を気にしていた。


晋平の宿には、職人の仮眠所が構えられていた。四畳半が三部屋で、調度品はなにもない寝るだけの拵《こしら》えだ。

現場仕事が山場に差しかかったときには、組の者は全員がここに寝泊まりをした。朝夕の賄《まかな》いは、おけいが受け持った。

仕事を終えたあとの職人には、湯がなによりの楽しみだ。伊豆晋組からわずか半町（約五十五メートル）先には、鶴の湯があった。

埋立地の深川は、どこの井戸も潮水しか出ない。鶴の湯も、湯船は潮水だった。

しかし他の湯屋とは異なり、鶴の湯は陸湯《おかゆ》に、水売りから買った真水を使っていた。

深川の住人は、煮炊きに使う飲料水は水売りから買った。御城の道三堀にかかる銭《ぜに》瓶《がめ》橋のたもとからは、水道の余水が堀にこぼれ落ちている。その余水を水船に汲み入れて売り歩くのが、水売りだ。

代金は一荷《いっか》（約四十六リットル）で百文。家族四人の暮らしでは、どれほど始末して使っても、二日に一荷は入り用だった。

月に一貫五百文の水代は、裏店の店賃《たなちん》の倍以上である。が、暮らしに欠かせない水は、高くても文句を言う者はいなかった。

鶴の湯は、この水を陸湯に使っていた。

「湯にへえるなら、鶴の湯に限るぜ」

「湯上がりのさっぱりした感じは、よその湯屋では味わえねえ」

陸湯が評判で、鶴の湯には五町（約五百五十メートル）も離れた仲町界隈《かいわい》からでも、客が押し寄せた。

晋平の宿は、この鶴の湯とは目と鼻の先である。嘉市たちは、おけいの賄い飯以上に、鶴の湯が楽しみで仮眠所に寝泊まりした。

昨夜の夜半過ぎに風がいきなり強くなった。

「嘉市あにい……」

最初に起き出したのは数弥だ。大槌《おおづち》を遣って壊しを受け持つ数弥は、天気の変わり目には聡《さと》い。とりわけ風の様子には、だれよりも敏感だった。

「風が出てやす。尾張町の足場は、でえじょうぶでやしょうか」

数弥が小声で話しているさなかに、孔明と一通が起き出してきた。ふたりとも、最初は尾張町の普請場を案じた。

が、途中からは暁朗を案ずる話に変わった。

「西から吹いてる風や。陸でこんなに強かったら、海はさぞかしえらい時化《しけ》やで」

一通の見立てを聞いて、だれもが押し黙った。船にはずぶの素人の暁朗が、身体を張って杉を熱田から江戸まで運んでいるのだ。

その肝の据《す》わり方には、だれもが深い敬《うやま》いを抱いていた。

案じてはみたものの、わずか二日前に船出をしたばかりである。

「心配顔を見せたりしては、船路の縁起に障る。二度と口に出してはなんねえぜ」

きつく言い置いた張本人が嘉市だった。


「おまえたちの思いは、よく分かった」

暁朗の船路を案じているのは、晋平も同じである。みなが暁朗の無事を心底から願っているのを知り、晋平は嬉しくなった。

「尾張町の様子を確かめたあとは、全員でもう一度、金刀比羅宮にお参りをするぜ」

晋平が言い切ったとき、おけいが茶を運んできた。熱々の焙《ほう》じ茶である。空が重たくて、朝日が地べたに届いていない。板の間はいつもよりも涼しかった。

湯呑みから湯気が立っている。湯気は、風に吹かれて大きく流れた。

三十一

風が強過ぎて、大川の渡し舟はすべてが止まっている。

「尾張町まで、歩くしかない」

晋平が先に立って、永代橋を渡り始めた。橋の西詰を南に折れて、八丁堀から京橋に出るのが道筋である。

橋のなかほどまで歩いたとき、あやめの恒吉一家の若い者ふたりと出くわした。風は西から東に向けて強く吹いている。若い者は、強風に背中を押されていた。

「どうしたんですか、こんな早くから」

相手は年下だが、おのれの配下ではない。晋平はていねいな口調で問いかけた。

「夜明け前から、親分が伊勢杉の材木置き場に出かけやしたんで」

「なんでまた、そんなところに」

渡世人には、材木置き場は稼業とはかかわりのない場所だ。晋平はいぶかしげな物言いで問いかけた。

「風が強くて代貸のことが気になるからと、それしか親分は言いやせんでした」

恒吉も、いま吹き荒れている暴風を案じていた。

「尾張町には、おまえたちだけで行ってくれ。様子を確かめたあとは、金刀比羅宮へのお参りも抜かりなくすませてこい」

股引《ももひき》のどんぶりから紙入れを取り出すと、晋平は二枚の一分金を嘉市に手渡した。

「一分は賽銭《さいせん》で、残りはおまえたちで遣っていい」

言い置いた晋平は、恒吉一家の若い者と連れ立って伊勢杉に向かった。

風が気になるからといって、なぜ恒吉は伊勢杉の材木置き場に出向いたのか。そのわけが知りたくて、晋平は恒吉の居場所に向かう気になった。

背中を後押しする風は、身体が前に傾くほどに強かった。普通に歩いていても、駆け足のような速さになってしまう。木場に向かいつつ、晋平はいまさらながらに風の強さを思い知った。

仙台堀に出ると、いつもは穏やかな川面《かわも》に白波が立っていた。川に浮かべられた丸太の群れに、川並衆が太い綱を回している。

川並は、空と風が読める。顔のこわばり具合を見て、晋平は風はまだしばらくは収まらないと察した。

亀久橋を北に渡り、東へ二町（約二百二十メートル）も歩けば、伊勢杉の材木置き場だ。橋を渡ると、広い空き地にうずたかく積まれた丸太の山が見えた。

仲仕衆が、川端の丸太を忙《せわ》しなげに奥へと運んでいる。凪に吹き飛ばされて、丸太が川に落ちるのを案じてのことだった。

突風の凄まじさは、晋平も熟知していた。まさかと思うほどに重たいものでも、凪はやすやすと吹き飛ばしてしまう。丸太といえども、用心にこしたことはなかった。

恒吉は、材木置き場の端で、陣左衛門と立ち話をしていた。近寄る晋平には、恒吉のほうが先に気づいた。

「どうした、こんな早くから」

「親分こそ、どうされましたんで」

互いに同じことを問いかけた。晋平は朝からの顚末《てんまつ》を手短に話した。嘉市たちが金刀比羅宮に今日も参詣《さんけい》すると聞いて、恒吉の表情がふっと和《なご》んだ。

「ちょうどいい按配《あんばい》だ。親分と晋平さんとで、大鋸《おが》を挽《ひ》いていただこう」

陣左衛門の指図を受けて、伊勢杉の職人が長さ六尺（約一・八メートル）の大鋸を運んできた。挽き台には、差し渡し三尺の杉の大木が横たわっていた。

「親分と晋平さんとで、息を合わせて相挽《あいび》きしてください。うまく挽くことが、暁朗さんの船路の無事祈願になります」

ふたりの挽き手が大鋸を遣うのを、相挽きという。山で伐《き》り出した丸太を、大鋸挽き職人はふたりがかりで寸胴切《ずんどぎり》にした。

息遣いを合わせて相挽きすれば、山からの運び出しはうまく運んだ。その縁起を担いで、伊勢杉は恒吉と晋平に相挽きをさせようとしていた。

「がってんでさ」

晋平は威勢よく引き受けた。大鋸を使うのは初めてである。ましてや貸元の恒吉は、長い大鋸など見たこともなかっただろう。

が、恒吉もためらわずに引き受けた。

伊勢杉の大鋸挽きが挽き口をつけてから、恒吉と晋平に挽き座を譲った。

「始めます」

「いいとも」

恒吉が職人のような物言いで応じた。

無事を願って挽かれる大鋸は、しっかりと杉の丸太を捉えていた。

った。

三十二

七月九日の嵐は、江戸の方々に手ひどい傷跡を残したあと、房州の海へと去って行った。

七月十日の朝、各町の木戸番はいつも通りに、六ツ（午前六時）に町木戸を開いた。

「ひでえ散らかりようだ」

「こんだけ物が飛び散ってるんだ、片付けには昼過ぎまでかかるぜ」

吹き荒れた嵐は、町木戸の周りに木々の枝、欠けた器、柄《え》のとれた水桶など、さまざまなゴミを撒《ま》き散らかした。

それらの片付けは、町に雇われた木戸番の仕事である。どの町の木戸番も、五十過ぎの年配者だ。なかには腰の曲がった年寄もいる。

暴れ放題に吹き荒れる嵐は、木戸番の頭痛の種だった。

深川の大横川《おおよこがわ》沿いの佃町《つくだちょう》にも、町木戸はある。が、他の町とは異なり、佃町には木戸番がいなかった。

この町には一軒の商家もない。三十棟の棟割《むねわり》三軒長屋と、漁師が暮らす平屋と二階家があるだけだ。

商家はないが、稲荷神社と住吉神社のふたつの社が町の東西に構えられている。なかでも住吉神社は、海を隔てた先の佃島の住吉大社の分社で、鳥居もお堂もある。海の神様のこの神社は、町の漁師が大事にお守りをしていた。

町の北端は大横川に面しており、東、西、南の三面は海に囲まれている。いわば離れ小島のような町で、蓬萊橋《ほうらいばし》、黒船橋《くろふねばし》の二橋が、佃町と門前仲町とをつなぐ架け橋である。

佃町の町木戸は、黒船橋のたもとにあった。高さ一丈（約三メートル）もある杉格子の木戸は、見た目には大木戸である。

しかし長屋と漁師の宿しかない佃町に、わざわざ押し入る酔狂な盗人はいない。盗み出そうにも、町には土蔵ひとつないのだ。

しかも住人の数は限られており、だれもがこの土地で生まれ育った者ばかりだ。佃町のひとたちは長屋の住人も、海辺に暮らす漁師も、だれもがひとには親切である。

見かけない顔が町に入ってきても、弾き出すようなことはだれもしない。しかし家のなかをのぞいたり、用もなしに路地をうろついたりと、怪しい振舞いをすれば、すぐさま住人に取り囲まれた。

つまり佃町は、町ぐるみで用心を怠《おこた》らない土地である。御上のお触れで、町木戸は拵《こしら》えていた。が、大木戸は常に開きっぱなしだし、開け閉めをする木戸番もいなかった。

「そっちの通りは、おいらが片付けるから、勝手にゴミを拾わないで」

「おまえが片付けるのは、その路地じゃない。もう一本海側だろう」

佃町では、嵐の片付けをするのはこどもの役目である。

町には三軒長屋が三十棟あり、ほとんどの店子《たなこ》には二人か三人のこどもがいた。片づけをするこどもは、充分に数が揃っていた。

「けんぼう、たいへんだ」

住吉神社の片付けをしていた大工のせがれ金太郎が、血相を変えて駆け戻ってきた。

「どうしたの。金坊、顔がまっさおだよ」

「住吉様のお堂のなかに、おんなのひとが倒れてる」

こどもの話し声は甲高《かんだか》い。金太郎が口にしたことは、あっという間にこどもたちの間に広がった。

「お堂のなかに、ひとが倒れてるって」

「ちがうよ、おんなのひとが倒れてるって、金太郎は言ったんだよ」

「そんなこと、あいつは言わなかった。おいらは、ひげづらの怖い男のひとが寝てるって聞いた」

こどもは、自分の聞きたいように話を聞いてしまう。金太郎の叫び声を耳にしたこどもたち二十人が、群れをなして住吉神社に向かい始めた。

「おまえ、先に行きな」

「やだよ、おっかないもん」

「おまえ、それでも男かよ」

こどもは五歳から八歳の男の子である。年長の子は口は達者だが、お堂が近づくにつれて腰が引けていた。

「なんでえ、朝っぱらから。ガキがずいぶんと騒いでいるじゃねえか」

こどもの声を耳にして、通い大工の吉治《きちじ》がいぶかしげな顔を見せた。

「嵐の片付けをやってるからさあ。好き勝手なことを言って、路地で騒いでいるんじゃないかねえ」

片付けをするこどもが大声で騒ぐことには、佃町のおとなは慣れている。得心した吉治は、井戸端で口をすすぎ始めた。

嵐が過ぎ去った七月の空は、明け六ツから真っ青に晴れ渡っている。品川沖から昇り始めた朝日が、住吉神社の一本杉の葉にだいだい色の光を注いでいた。

「おいらと翔太《しょうた》で、お堂のなかを確かめるからさ」

こどもたち十八人を玉砂利に座らせて、金太郎と翔太が木の枯れ枝を握った。

「なにかへんな音がしても、勝手に動いちゃダメだからね」

「おいらと翔太になにか起きたら、すぐに長屋に知らせるんだ、分かったか」

こどもの甲高い声が、はいっと揃った。

返事を確かめてから、ふたりのこどもがお堂に入った。嵐に打たれたお堂の扉は、水気を含んで膨れている。こどもが手前に開くと、ぎいっと軋《きし》み音を立てた。

玉砂利のこどもたちは、その音を聞いただけでうろたえた。が、金太郎と翔太は気丈にもお堂のなかに入った。

さほどに間をおかず……。

「うわっ」

「般若《はんにゃ》だあ」

住吉神社のお堂から、ふたりが血相を変えて飛び出してきた。お堂を取り巻いて待っている、十八人には目もくれずだ。

飛び出したのは大工のせがれ金太郎と、畳職人の長男、翔太だ。ふたりとも八歳で、佃町のガキ大将を張っている。

仲間への面子もあり、少々のことでは驚いたりはしない。

つい先日も、身の丈四尺五寸（約百四十センチ）もある青大将を、金太郎は素手で捕まえた。

自分の背丈よりも大きい蛇を、金太郎は腕にからませて長屋中を歩いた。

蛇のきらいな女房たちは、水をぶっかけて金太郎を追い払ったほどである。

翔太は、これからの季節に深川中で行われる『肝試し』で、二年前の六歳から他流試合に出向く肝の太さを持っていた。

去年は大横川と仙台堀川の二筋を渡り、三好町《みよしちょう》と平野町《ひらのちょう》の寺町まで出向いた。そして土地のこどもと勝負をして、二戦二勝で佃町に凱旋《がいせん》した。

金太郎と翔太のガキ大将としての勇名は、佃町にとどまらず、門前仲町から冬木町のあたりにまで聞こえている。

そのふたりが、仲間を見捨てて駆け出したのだ。残る十八人は、後ろも見ないで長屋へと駆け出した。

三十三

「佃町に般若がいるわけがねえだろうが」

血の気が引いた顔で駆け戻ってきたこどもに、大工の吉治は冷ややかな目を向けた。

「ほんとうだってば。おまえも見ただろう」

「おいらも見た」

翔太も青い顔だが、きっぱりとうなずいた。

「着ているのは、あんまり明るい色の着物じゃないけど、顔にはいっぱい血がついてた」

「角《つの》だって生えてたよな」

金太郎が強い口調で同意を求めた。

「えっ……角？」

翔太の調子が変わった。

「どうしたよ翔太、おめえは金太郎みてえに、般若の角までは見てねえのか」

こどもの話を本気にしていない吉治は、にやにやと笑いながら問いかけた。

「あのままだと、般若が目を覚ましたらこどもがみんな食べられちゃうから」

仕事場に向かう直前だったが、吉治はとりあえず息子と一緒にお堂に向かった。お堂の扉は開かれたままだった。

「どこに般若がいるてえんだ……」

ぶつくさ文句を言いながら、吉治はお堂に入った。間をおかず、ドタッと鈍い音がした。吉治が腰を抜かしていた。

「おい……金太郎……」

呼ばれたこどもは、父親のそばに駆け寄った。こどものほうが、よほどに肝が太かった。

「肝煎《きもいり》の忠兵衛さんを呼んでこい」

吉治の声が上ずっていた。

「呼びにいくのはいいけど、ちゃんはひとりで平気なの？」

腰のほうから座り込んだ吉治には、こどもに言い返す気力もなさそうだった。

三十四

「娘さんは正気に戻ったようだ」

肝煎の宿に詰めかけた住民に向かって、忠兵衛が声をひそめて様子を伝えた。担ぎ込まれた娘が目を開けたことで、目元は安堵の思いでゆるんでいた。

枕元では門前仲町の医者大島玄沢《げんたく》が濡れた手拭いで娘の顔を拭いていた。

「わしの顔が見えるかの」

娘は返事の代わりに、コクンと小さくうなずいた。

「ひどく顔に怪我を負っていたが、いったいなにをしていたのだ」

「杉は……」

娘は医者の問いには答えず、杉は……と二度同じ言葉を繰り返した。

「杉がどうかいたしたのか」

玄沢が娘の口元に耳を寄せた。声が小さくて、うまく聞き取れなかったからだ。

「杉は大丈夫かと繰り返し言っておるが、わしにはわけが分からぬ」

娘が繰り返すつぶやきが、玄沢には理解できないようだ。

「住吉様の杉のことかもしれない」

枕元に戻った忠兵衛が、医者と同じように耳を口元に近づけた。玄沢とは異なり、すぐに娘の言い分が呑み込めたようだ。

「あんたがそうしてくだすったのか」

忠兵衛が声を弾ませた。

「大丈夫だ、あんたのおかげで一本杉はなんともなかった」

「よかった……」

忠兵衛の返事を聞いて安心したらしい。

娘はしばらくの間、小声で素性を話した。すべて明かし終えると、すうっと目を閉じた。安心して眠ることができたのだろう。

玄沢は娘の脈を確かめた。

「もう大事はない」

医者が請け合ったことで、忠兵衛は枕元を離れて住民たちの前に戻ってきた。

「あの娘《こ》のあにさんは、箱崎町の代貸だそうだが、いまは熱田湊から江戸に材木を運んでいるそうだ」

忠兵衛は、今し方聞き取った話を住人たちに聞かせた。

娘は暁朗の妹で、あきなという。

あきなは暁朗と同じ町、箱崎町の料亭で仲居見習いの奉公をしていた。

嵐がひどくなった昨夜、あきなは兄の無事祈願のために深川まで出向いた。佃町の住吉神社なら、航海の安全祈願にご利益があると教わったからだ。

「ほんとうなら虎ノ門の金刀比羅宮だけどさあ、この嵐だもの、深川の住吉さんにしたほうがいいわよ」

年長の仲居が、佃町の住吉神社を勧めた。

嵐のなか、やっとの思いで黒船橋を渡ったが、町は真っ暗で路地には人影がなかった。

途方に暮れていたとき、高い一本杉が闇のなかに浮かんで見えた。

一本杉を目印に行けば分かると教わっていたあきなは、杉を頼りに神社にたどり着いた。

嵐のなかで、お堂に賽銭《さいせん》をしてお祈りをしようと思ったとき、杉の木が暴風に煽《あお》られて悲鳴を上げた。

風と木がこすり合わさっての音だろうが、あきなには杉の悲鳴に聞こえた。

晩朗が乗っている船の帆柱は、太い杉が使われている。そのことは、店の若い板場から聞かされた。料理人になる前、上方と江戸とを結ぶ弁才船に乗っていた男だった。

「船の帆柱は、杉の一本柱だ。あの柱が折れない限りは、揺れても平気さ」

暴風のなかでも船は簡単には沈まないからと、男はあきなを力づけた。

住吉神社の一本杉を、あきなは兄が乗っている弁才船の帆柱だと思った。

この木が折れたら大変だ……。

あきなは杉の根元に座り、ひたすら般若心経を唱えた。風にあおられた木の枯れ枝などが、あきなにぶつかった。それでも唱えるのをやめなかった。

未明近くになって、風が収まった。精根尽きたあきなは、お堂に倒れ込んだ……。

「この町にはなんのかかわりもない娘さんが、住吉様の杉を守ってくれたんだ」

「ありがてえ話だぜ」

一同の後ろで話を聞いていた吉治が、威勢よく立ち上がった。

「今度はおれたちが、娘さんにお返しする番だ」

「お返しって？」

「みんなで住吉さんに行って、娘さんのあにさんが無事なように、お祈りをするんでえ」

「いい思案だ」

忠兵衛が全員を立ち上がらせた。

「佃町の面子にかけても、しっかりと無事祈願をしてもらいたい」

「がってんだ」

男衆が声を揃えた。

住吉神社の一本杉にも、忠兵衛の言ったことが聞こえたらしい。

風はすっかりやんでいるのに、肝煎の言葉に応えるかのように、枝と幹が大きく揺れた。

三十五

七月十日、嵐が去った品川沖では、陽は空と海との境目にちょこんと顔をのぞかせたときから、すでに燃え立っていた。

「嵐の間中、お天道さまは雲の内側でくすぶっていたからよう。今日の朝日は、それの帳尻合わせだぜ」

「海に出なかった二日の間は、おれたちの餌《え》が食えなかったんだ。さぞかし魚も、腹を減らしているだろうさ」

「獲《と》れ過ぎて、船が走らなくなったらどうすりゃあいいよ」

北品川の漁師たちは勝手なことを言い合い、日の出とともに漁船を出した。品川漁師のおもな漁場は、羽田沖の一里（約四キロ）四方だ。

この一帯は江戸湾と外海の海水とが混ざりあっており、棲《す》む魚の種類が豊かだ。しかも随所に浅瀬があった。

釣るもよし、網もよしの、願ってもない漁場である。

「帆を畳みねえ」

舳先《へさき》で海を見詰めていた漁師の時蔵《ときぞう》が、大声で艫《とも》にいる船頭の正助《しょうすけ》に停船を伝えた。

北から南に向けて、野分の名残《なごり》のような風が吹いている。

漁船の名は漁火丸《いさりびまる》。舳先から艫まで、五間（約九メートル）もある大型漁船だ。畳四枚分の大きな帆を、正助は大急ぎでおろした。手許《てもと》の手伝いで乗っている浜の小僧ふたりが、船頭と力を合わせて綱を手繰《たぐ》った。

小僧の前髪が、風を浴びて逆立っている。帆の向きを変えただけでは、船が流されるほどの強風だった。

帆を畳み終わると、船の揺れが収まった。綱をきちんと巻いてから、正助は舳先へと動いた。

「見ねえ、あれを」

海の男は遠目が利く。時蔵は、半里（約二キロ）先の海面を指差した。

昇りくる朝日が、海をまばゆく照らしている。船頭は目の上に手をかざして、まぶしさをさえぎった。

数え切れないほどのカモメが、水面《みなも》近くを飛び交っていた。風は追い風で、カモメの群れに向かって吹いている。それでも耳を澄ませると、鳴き声が聞こえた。

「あれは鰹《かつお》だな」

正助が口にした見当に、時蔵が強くうなずいた。カモメの群れ方と鳴き声とで、時蔵も船頭も、魚の群れがなにかを判ずることができた。

「だがよう、時蔵。群れはまだ半里も先じゃねえか。お誂《あつら》えの追い風だてえのに、なんだってこんなところに船を停めるんでえ」

「魚の群れは、こっちに向かってる」

カモメを見詰めたまま、時蔵は見立てをつぶやいた。正助はもう一度手をかざし、鳥の群れを凝視《ぎょうし》した。

群れを崩さぬまま、カモメはじわじわと漁火丸に向かって動いていた。

「妙な動き方をするじゃねえか」

「酔っ払い鰹だ」

時蔵がきっぱりと言い切った。

嵐の海では海中の魚も、ときに船酔いをしたような、定まらない泳ぎ方をする。七月九日の海は、鰹の群れを酔っ払わせるほどに荒れたのだ。

「だとしたら、大漁間違いなしじゃねえか」

顔を大きくほころばせた正助は、艫にいる小僧ふたりを呼びつけた。

「もうじき、酔っ払い鰹の群れが船のわきに押し寄せてくるからよう。おめえたちはタモを持って、獲れるだけ獲りねえ」

酔っ払い鰹に出くわせるのは、年季の入った漁師でも滅多にあることではない。

小僧ふたりの目つきが変わった。

時蔵と船頭は、船に積んだ投網《とあみ》の具合を確かめ始めた。群れの大きさを見誤って網を打つと、たちまち魚に破られてしまう。破られないまでも、群れに引っ張られて海に引きずりこまれる怖さがあった。

「おれがそう言うまでは、タモを海につけるんじゃねえ。分かったか」

時蔵の指図に、小僧ふたりが「はいっ」と威勢のよい返事を揃えた。

三十六

「だめだ、船が持ってかれちまう。錨《いかり》を引き揚げろ」

時蔵の指図を待つまでもなく、正助は舳先の舟板を踏ん張り、錨の綱を引き揚げ始めていた。

海底まで三十五尋《ひろ》（約五十三メートル）。さほどに深くはないが、目一杯の速さで綱を引き続けるには、骨の折れる長さだ。

しかも船の周りには、酔っ払い鰹の大群がいた。引く綱が、鰹にぶつかってしまう。

「おめえらも、正助を手伝え」

時蔵は、タモを手にして海に見とれている小僧たちに怒鳴った。怒鳴られて我に返った小僧ふたりは、タモをその場に投げおき、舳先へと走った。

「命がけで引っ張れよ」

あごを引き締めてうなずいた小僧たちは、錨を縛りつけた太い綱を握った。

海底を離れた錨は、引き揚げられる途中で、鰹の群れにぶつかっている。そのたびに、凄まじい力で綱が引かれた。

「痛い!!」

　年下の小僧が、悲鳴をあげた。握り方が甘く、綱にこすられて手のひらが破れたのだ。

「海んなかへ、手を突っ込みねえ」

　時蔵が怒鳴った。が、海面すれすれまで、鰹の群れが溢《あふ》れている。それが怖くて、小僧は海に手をいれられなかった。

「しゃあねえ。群れがいなくなるまで、じっとしてろ」

　時蔵の見立て通り、ほどなく鰹の群れは去った。群れがいなくなると同時に、風向きが変わった。

「ありがてえ、お誂えの北風だぜ」

　正助が帆を一杯に張ると、漁火丸は海面を滑り始めた。魚河岸まで、およそ六里（約二十四キロ）。日本橋を目指して、帆が大きく膨らんでいた。

三十七

「酔っ払い鰹の刺身だとよ」

　鰹が盛られた大皿二枚を、孔明が軽々と運んできた。差し渡し四尺（直径約一・二メートル）の丸膳が、鰹の刺身で溢れ返った。

「酔っ払い鰹とは、なんのことだ」

　嘉市に問われて、孔明が言葉に詰まった。

「嵐が過ぎたあとの海で獲れた、ふらふらになった鰹のことや」

「ほんとうかい？」

　数弥の物言いは、一通の言い分を信じていないようだ。

「ほんまに決まっとるやろが」

　めずらしく一通が気色《けしき》ばんだ。

「滅多に手に入らんめずらしい鰹や。暁朗はんの船旅の無事をねごうて、わざわざ晋平はんが買《こ》うてきたんや」

　疑ったりしたら縁起に障ると、一通はきつい物言いで数弥をたしなめた。

「つまらねえことを口走っちまって……勘弁してくんなさい」

数弥は、一通に向かってあたまを下げた。

「あやまるのはわてにやのうて、海の上を走ってる暁朗はんにや」

「ちげえねえ」

孔明が数弥のあたまを小突いた。

「いまごろはもう、遠州灘に差しかかってるころじゃねえか」

七月七日からの日数を指折り数えた嘉市が、船の居場所の見当を口にした。

「遠州灘は、大坂から江戸に向かうときの一番の難所や」

陸が穏やかに晴れているときでも、遠州灘は波が高く、潮の流れがきついのだ。ましてや野分が吹き荒れるときは、波の高さが五丈（約十五メートル）を超えることも、まれではなかった。

「ただでさえ難儀な海を、暁朗はんは杉の丸太を引っ張りながら走ってきはるんや」

一通は年下の暁朗をわれ知らずに、敬いに満ちた物言いで語っていた。

「わてらにいまでけること言うたら、船路の無事をねごうて、腹いっぱいに酔っ払い鰹を平らげることや」

「一通さんの言う通りだぜ」

晋平が初めて口を開いた。

「暁朗さんの無事を願って、しっかりと鰹を腹に収めろ」

「がってんだ」

男たちは一斉に、大皿に箸《はし》を伸ばした。またたく間に、鰹が消えた。

「おけいは、まだ一切れも食ってねえ」

「えっ……」

口にした一切れを、数弥が小皿に戻した。が、みんなに咎《とが》められて、もう一度口に運んだ。

「縁起担ぎで、きれいに平らげると言っても、加減というものがあるだろうが……」

晋平が、ぼそりとこぼした。

宿の裏で、犬が「ウワン」と吠えて晋平のぼやきに答えていた。

三十八

享保二年七月九日、七ツ半（午後五時）前。暁朗が乗った浪華丸は、浜松の沖合い二千尋《ひろ》（約三キロ）の海を清水湊へと走っていた。

「あの時化《しけ》が、空の汚れをきれいに洗い流してくれたみてえだ……」

船端から陸《おか》を見詰める暁朗が、ひとりごとのようなつぶやきを漏らした。

「船は初めてだというのに、暁朗さんはよく乗り切ったじゃねえか」

賄《まかな》いの賢太郎が、船端の暁朗に並びかけた。夏の夕陽が、稜線のすぐ上にまでおりてきていた。

船の舳先《へさき》の彼方には、富士山が見え始めている。遠望する優美な山の頂《いただき》に雪はない。

「海の上から富士山を見たのは、生まれて初めてだ」

眺めに見とれた暁朗が、吐息を漏らした。

「このまま走れりゃあ、明日の夜明け過ぎには清水湊だからさ。あの湊から見る富士山は、でかくてきれいで、何度見ても……ため息が出るぜ」

賢太郎も、夕陽を浴びた富士山を見詰めていた。海岸線にも、夕暮れを控えたあかね色の光が差している。富士山から陸に目を移した暁朗が、いぶかしげな顔つきになった。

「あすこの浜には、草も木もまるでめえねえじゃねえか」

暁朗が指差しているのは、二千尋離れた先の浜である。ほとんど草木の生えていない砂浜が、夕陽を浴びて遠州蜜柑《みかん》のような色味に見えた。

「あれは、浜松の砂丘だよ」

江戸で暮らしたことのある賢太郎は、歯切れのいい物言いをした。

「なんでえ、砂丘てえのは」

「どこまでも果てしなく続く、砂浜のことさ。あの浜が見えなくなったら、清水湊まではひとっ走りだよ」

暁朗に話しているとき、へっついの釜から強い湯気が立ち昇り始めた。飯が噴いているのだろう。

「あと四半刻で、晩飯だよ」

賢太郎は、船の狭い流し場へと戻った。三方を板囲いされた、三坪の流し場が帆柱のすぐわきに構えられている。

小さな流しと、焚き口が三つの小型のへっつい、それに食器や醤油・塩・砂糖・味《み》醂《りん》・酢などの調味料を仕舞った戸棚が、三坪のなかに作り付けにされていた。

流しの下には木の樋《とい》がついており、樋の端は船端に小さく突き出している。わずか二尺四方（約六十センチ角）の小さな流しだが、賢太郎はこの上で材料を刻み、料理を終えた鍋釜も洗った。

へっついは、分厚い樫の台に載っている。船が揺れても滑り落ちないように、四隅は太い鋲《びょう》で留められていた。海水が飛び込んできても火が消えないための工夫で、焚き口は長屋で使うへっついよりも小さい。

へっつい上部の壁には、荒神棚《こうじんだな》が設《しつら》えられている。六月に設え直したばかりの荒神棚には、まだ桐板の白さがたっぷり残っていた。

棚の下には、一枚の御札のような半紙がぶら下がっている。

『船へっつい様』

金釘流《かなくぎ》のまずい字だが、賢太郎がこころをこめて書いた御札である。釜から噴き上がった湯気を浴びて、御札が揺れた。

七日に熱田湊を船出した浪華丸は、二刻（四時間）が過ぎたとき、ひどい時化に出遭った。

千石船の浪華丸は、杉の丸太百三十本をいかだに組んで曳航《えいこう》していた。横に五本、縦に八本の杉丸太が縛られたいかだ十枚である。

横幅は七尺五寸（約二・三メートル）だが、長さは二十五丈（約七十五メートル）もある、桁違《けたちが》いに大きないかだだ。

これだけ大きくなると、わずか一尺（約三十センチ）の波でも、いかだはひどく揺れる。丸太に引っ張られて、船も揺れた。

まだ三河湾のなかを走っているときから時化が始まり、三尺（約九十センチ）の波が立った。強い追い風をはらんだ帆は、浪華丸を先へ先へと押し進めようとする。

しかし曳航するいかだが、前に進むことに大きく逆らった。上下左右に大揺れして、船の前進を阻もうとする。いかだを縛った太い麻綱が、ちぎれそうなほどに張り詰めた。

「このまま走ったら、おめのでえじな杉が流されるだ」

船頭の仁助は伊良湖岬《いらご》を出るなり、堀切《ほりきり》の湊へ向けて舵《かじ》を切った。

伊良湖界隈の海は、遠州灘と並んで波が荒いことで知られている。江戸に向かう弁才船は、この辺りで時化に出遭うと、すぐさま堀切の湊へと逃げ込んだ。

ゆえに堀切湊には、長さ三町（約三百三十メートル）もある、拵《こしら》えのしっかりした岸壁が作事されていた。千石船でも、同時に七、八杯は着岸できる湊だ。

ところが浪華丸も、後続の弁才船も、二十五丈の長さのいかだを曳《ひ》いている。いかだを切り離さない限り、湊に横付けはできない。

「どうするだね」

湊の入口で、仁助が暁朗の目を見詰めた。

「いかだを切り離して湊に逃げ込むか、このまま湊の外で待つかは、荷主のあんたが決めるだ」

船頭が迫った。仁助の周りには、十一人の船乗り全員が集まっていた。

湊に逃げ込めば、船を舫《もや》って陸にあがることができる。湊近くの旅籠《はたご》に泊まれば、時化でも安心して眠ることができるだろう。

しかし、船旅は始まったばかりである。しかもいかだを切り離すとなれば、それだけで一刻（二時間）はかかる大仕事だ。

いかだの舫い場所も、湊の役人と掛け合わなければならない。

「おれは湊にはへえらねえ。湊の沖合いに、錨《いかり》を打ってくれ」

強い風を正面から浴びながら、暁朗は決めたことを伝えた。声が震えているのは、風のせいだけではなかった。暁朗の決断を聞いて、船頭はわずかに眉を動かした。

「あんた、ほんとうにそれでいいだな」

暁朗が千石船に乗るのは初めてだと、船頭も水主《かこ》たちも知っている。仁助の目の色は、暁朗の肚の据わり方を強く疑っていた。

「でえじょうぶだ。もしも泣き言を言ったら、おれを海んなかに叩き込んでくれ」

丹田《たんでん》に力をこめて、暁朗は言い切った。

「聞かせてもらっただ」

仁助は強い目で見詰めてから、水主《かこ》たちにあごをしゃくった。帆が半分畳まれて、舵が切り直された。湊のほうを向いていた舳先が、外海へと向き直った。

「おい、親父《おやじ》」

船頭に呼ばれて、水主長《かこおさ》の由吉が駆け寄ってきた。海の上では、だれもが水主長を親父と呼んだ。

「狼煙《のろし》の支度だ」

「へいっ」

水主長の由吉は、すぐさま狼煙の支度に取りかかった。真っ赤に炭火の熾《お》きた七輪が、高く盛り上がった艫《とも》まで運ばれてきた。

「七番全部の錨を打って、湊の外に留まると報せろ」

「がってんでさ」

由吉は少量の赤い粉薬を、風を試すかのように炭火の上に撒《ま》いた。紅色の煙が立ったが、風で真横に流された。

由吉の目配せを受けて、若い水主が七輪に長い筒をかぶせた。由吉はもう一度、筒の真上から大量の粉薬を振り撒いた。凄まじい勢いの煙が、筒を伝わって外に出ようとした。

薄板を筒にかぶせた由吉は、調子をつけてふたの開閉を始めた。長い煙と短い煙が、風に乗って真横に流れた。

何度も繰り返しているうちに、すぐ後ろの弁才船が、黄色くて長い煙で由吉に応えた。由吉は長い紅色の煙を一本流して、狼煙を終えた。

湊には入らないということが、後続の僚船に伝わった。あとは、船から船へと同じ狼煙が伝えられるのだ。

舵を操っていた仁助は、陸から百尋（約百五十メートル）の場所で、船の帆をすべておろさせた。

「一番と三番の錨を支度しろ」

舳先の両舷には、それぞれ三人ずつの水主が立っている。一番と三番は、ともに一番大きな錨である。高さが五尺（約百五十センチ）で、重さは三十貫（約百十三キロ）もある、巨大な錨だ。

「一番、三番、打て」

船頭の指図で、左右両舷から三人がかりで錨が投げ込まれた。

多少の時化なら一番、三番の二錨《にびょう》を打てば長さ百尺（約三十メートル）の千石船でも留めることができた。

しかしいまは、杉の丸太百三十本を曳いている。仁助は七番までの、すべての錨を打つようにと指図を下した。七本の鉄の錨が二十尋（約三十メートル）の海底に、しっかりと食い込んだ。錨に結ばれた綱は、差し渡しが三寸（直径約九センチ）もある、麻綱である。いかだを縛っている綱よりも太く、一本で千石船を舫えるほどに丈夫だ。

「錨、七番全部打ち終わりやした」

由吉が船頭に伝えた。それを待っていたかのように、いきなり風波が強くなった。大波に乗って、いかだが上下左右に大揺れを始めた。が、七番の錨を打たれた浪華丸は、いかだにつられて動くことはしなかった。

とはいえ強風に煽られた波は、千石船すらも大きく揺らした。暁朗の身体が、ゆらゆらと揺れる。柱をしっかり摑《つか》んだが、揺れから逃げることはできなかった。

右に左に。前に後ろに。上に下に。

揺れがゆったりとしているだけに、身体の芯に気持ちのわるさが蓄えられてゆく。大揺れが始まって四半刻が過ぎたとき、暁朗は船端にうずくまって吐いた。

「でえじょぶか、あんた」

晩朗の背中をさすりながら、由吉が案じ顔で話しかけた。

「時化はまだ、三刻（六時間）は続くぜ」

三刻と聞いて、晩朗はさらに強く吐いた。

「ありったけ吐いたら、賢太郎が酔い止めをくれるからよ。そいつを飲んで、踏ん張って乗り切りねえ」

あんたの肝の太さは気にいったと言い残して、由吉は持ち場に戻った。水主長の言った通り、時化は一向に収まる気配を見せない。晩朗は船端を離れることができず、手すりを摑んで吐き続けた。

やがては吐き気に襲われても、なにも戻すものが出なくなった。胃ノ腑に強い痙攣《けいれん》を感じた晩朗は、揺れる船端から身を乗り出した。

このまま、駄目になるかもしれねえ。

晩朗のあたまに、気弱な思いが浮かんだ。その気持ちを見透かしたかのように、船が上下に大きく揺れた。

持ち上げられた船が、強い勢いで下がった。身体が宙に浮き、晩朗は船端から投げ出されそうになった。

腰の帯が強く握られて、晩朗の身体が元に戻った。いつの間にか寄ってきていた賢太郎が、暁朗の帯を摑んでいた。

「揺れる船のうえを動くときには、命綱を身体に縛りつけときなせえ」

手馴《てな》れた手つきで暁朗に細綱を巻きつけてから、賢太郎は流し場のそばまで連れて行った。

目をあけているのもつらいほどに、船は揺れ続けている。そんななかで、へっついには炎が見えた。

時化の空に月星は見えない。陸の明かりは遠くでまたたいているが、船までは届かない。浪華丸は、闇に包まれていた。

船の明かりは、へっついの炎だけである。薪は、濡れても強い炎が立つ赤松である。脂《やに》に火が回ったらしく、一段とへっついの炎が大きくなった。

時化の揺れをものともせず、薪が燃え盛っている。その威勢のよさを見ているうちに、暁朗は身体の芯に気力が戻るのを感じた。吐き気は収まってはいない。しかし炎を見詰めている暁朗は、つい先刻までのように気弱ではなかった。

酔い止めを拵《こしら》えた賢太郎は、暁朗にわずかながらも威勢が戻っているのを察したようだ。

「へっついの炎を見て、元気になったんでやしょう」

「どうして、それを？」

「船乗りはだれもが、おんなじ道を通り抜けるんでさ」

酔い止めを差し出してから、賢太郎が笑いかけた。へっついの炎が、賢太郎の横顔を照らし出している。心底から浮かんだ笑みを、賢太郎は見せていた。

「船が時化に遭ったときは、いつも以上におれは薪をくべるんだ。潮水に襲いかかられても、へっついの火が威勢よく燃えてりゃあ、みんなが安心するからさ」

ゴトンと音を立てて、燃え盛る薪の山が崩れた。素早く立ち上がった賢太郎は、新しい赤松を二本、へっついに投げ込んでから戻ってきた。

「船のへっついは、船路の無事を守ってくれる神様だからさ。この先もつらくなったら、ここにしゃがみ込んで神様の炎を見てりゃあいいよ」

賢太郎が拵えた酔い止めには、酒と味醂がたっぷり入っていた。湯呑み一杯の酔い止めが、揺れる船にしゃがんだ暁朗を眠りに誘い込んだ。目を閉じて船板に横たわった暁朗を、へっついの赤い光が照らしていた。

七月九日の夕暮れどき。浜松沖の海上では、江戸に向けて微風が吹いていた。帆は一杯に張ったままである。

「明日の朝は清水湊か……」

のろくても確かな足取りで、江戸に向かって走っている。船の手すりに寄りかかった暁朗は、闇に溶けて見えなくなったあとも、富士山を見詰めていた。

三十九

風がゆるくて、船足がのろくなった。それでも七月十日六ツ半（午前七時）過ぎには、浪華丸は三保《みほ》の松原と、清水湊の真ん中あたりに差しかかった。

「今日もきれいだなあ……」

賢太郎が、松林の先に見える富士山に見とれていた。

朝日は、海の果てから昇っていた。七月十日の六ツ半は、すでに陽に勢いがある。低い空の天道《てんとう》が、高い山の頂まで力強く照らしていた。

「こいつあ、でけえ」

それだけ言った暁朗は、あとの言葉が続かない。景観に気《け》おされて、言葉を忘れていた。

清水湊へと走っているさなかにも、朝日は高さを増していた。松林の濃緑は、陽の高さが変わるにつれて色味を違えてゆく。

真っ白な砂浜が、松原の緑を一段と際立たせていた。

「これは、すげえ眺めだがね」

「松ってよう、あんなにきれいだったのきゃあも」

浪華丸の船乗りたちは、何度もこの景色を見ているはずだ。それなのにだれもが船端に集まり、お国訛《なま》りを剝《む》き出しにして、松原と富士山の眺めに見入っていた。

波はなく、風もゆるやかである。百三十本の杉丸太は、浪華丸の家来のようにおとなしく曳かれていた。

いかだの後ろには、数杯の弁才船が見える。どの船も帆を一杯に張って、風を摑もうとしていた。

百畳大の帆が、朝の光を正面から浴びて輝いている。

おれは荒海を乗り切ったぜ。

暁朗は胸のうちで、遠州灘を乗り切ったおのれを誉《ほ》めた。思わず顔がゆるんでしまう。大きく息を吸い込み、潮の香りを身体一杯に取り込んだ。

「昼過ぎまで清水湊に上がろうと思うが、そんでいいかね」

問いかける仁助の物言いが、堀切湊のときとは明らかに違っていた。時化の海でも弱音を吐かなかった暁朗を、海の仲間だと認めたようだ。

「昼過ぎって……清水湊でひと晩泊まるわけじゃあねえんですかい」

「泊まりてえのは、やまやまだがよ。いまは米の積み出しで湊が一杯だべさ」

清水湊には、巴川《ともえがわ》が流れ込んでいた。この川の上流は、富士川に大きく近寄っている。富士川は、甲斐国鰍沢《かじかざわ》から公儀の天領米と年貢米を運ぶ、重要な水路だ。

鰍沢から運ばれた米は、巴川の上流で川船に積みかえられて清水湊まで運ばれた。

七月の清水湊は、十月に江戸で公儀家臣に給される『大切米《おおぎりまい》』の積み出しで、忙しいさなかである。百三十本の杉丸太を曳航する弁才船は、湊に着岸することはできなかった。

「それにもうひとつ……」

仁助は、むずかしい顔を拵えて東の空を指差した。

「雲の様子が、あんまりよくねえ」

仁助の指差した辺りには、大きな入道雲が涌《わ》き上がっていた。入道はどれも大きいが、夏空には格別にめずらしい雲ではなかった。

「あの雲が、どうかしやしたかい」

「入道の、あたまの形が気にいらね」

いまは晴れているが、夕方から天気は崩れると仁助は見立てていた。

「風さえよけりゃあ、昼過ぎにここを出ても、下田湊には明日の四ツ（午前十時）には着けるだ」

下田湊なら、いかだを曳いたままでも十杯の弁才船が横付けできる。天気が大きく崩れないうちに、下田に向かいたいと仁助は胸算用をしていた。

「もしも天気が崩れたら、下田までの海はひどいからよ」

「ひでてえのは、伊良湖岬の時化よりもよくねえんで？」

「伊豆半島の荒れた海に比べりゃあ、時化の三河湾は生娘《きむすめ》みてえなもんだわな」

仁助は、こともなげに言い放った。暁朗は、顔色が変わりそうになったおのれを、懸命に抑えつけた。

三保の松原を眺めながら、暁朗はよくぞ荒海を乗り切ったと、おのれを誉めた。あのときは、よもやこの先にもまだ時化の海が待ち構えているとは、思いもしなかった。

仁助は、もしも天気が崩れたらと前置きをした。崩れなければ、伊豆半島の海はさほどに荒れてはいないのだろう。

しかし……。

海を知り尽くした船頭が、天気が崩れそうだと言ったのだ。見当が外れて晴れが続くというのは、万にひとつもないだろう。

また、あの荒海に突っ込むのか……。

暁朗は、口を開くのも億劫《おっくう》になった。

富士山が、変わらぬ美しさを見せている。船端に立っている暁朗は、目は富士山に向いていた。が、気持ちが深く沈んでおり、暁朗の目に富士山は見えてはいなかった。

朝日に照らされた清水の海は、空の蒼《あお》さを映しているのか、真っ青である。空には純白の翼を広げて、カモメが群れ飛んでいる。

ため息がこぼれそうな美景のなかで、暁朗は口を閉ざして船端に立っていた。

江戸は、まだ遠い……。

胸のうちで、ぼそりとつぶやいた。

四十

七月十日、四ツ（午前十時）過ぎ。

陸《おか》に上がった浪華丸《なにわまる》の水主《かこ》（船員）たちには、正午までの一刻（二時間）、短い休みが与えられた。

「半刻（一時間）ももろたら、充分や」

浪華丸古株の表仕《おもてし》（航海士）多助《たすけ》は若い者を引き連れて、浪華丸から迎えのはしけへと乗り換えた。上陸したあとに向かおうとしているのは、江尻《えじり》宿近くの茶屋である。

東海道の宿場江尻宿は、清水湊とは四半里（約一キロ）も離れていない。この江尻宿には、諸国大名が宿泊する本陣が二軒あった。加えて脇本陣が三軒に、旅籠《はたご》が五十軒もある堂々とした宿場である。

江尻宿が相手にするのは、東海道を上り下りする旅人だけではない。清水湊に出入りする船乗りたちも、宿場には大事な客だった。

カネ払いのよさでは、船乗りと街道を行く旅人とでは、まるで勝負にならない。なにしろ船乗りたちは、海にいる間はおのれの命を賭しているのだ。陸に上がったときの金遣いの荒さたるや、尋常ではなかった。

上方《かみがた》から江戸に向かう弁才船のほとんどは、清水湊に寄港した。三河湾を抜けたあと、弁才船は遠州灘の荒海を通り過ぎる。やっとの思いで乗り切ると、眼前に開けてくるのが三保の松原と、清水湊である。

松原と富士山が織り成す、眺めの美しさ。

遠州灘を乗り切った、安堵感。

このふたつの思いが重なり合って、船乗りたちは陸が恋しくなるのだろう。多くの船頭が、清水湊へと舵を切った。そして茶屋や料理屋で大騒ぎをした。

遠州灘を無事に通過した祝いと、伊豆半島の航海無事を願ってである。大騒ぎをする船乗りは、ほとんどの者がすぐあとに船出を控えていた。

ゆえに酒はひとり一合が決まりだった。その代わり、料理と女には、費《つい》えに限りを言わなかった。

限られたときのなかで美味《うま》い料理を食べ、女と遊び、そしてたっぷりの祝儀をはずむ。これが船乗りたちの遊び方である。

江尻宿には早朝から深夜まで、いつなんどきでも船乗り遊びに応ずる料亭、茶屋が何軒もあった。

多助たちが急ぎ足で向かおうとしているのも、なんどきでも遊べる茶屋だった。

「正午の鐘に遅れるんじゃねえぜ」

はしけをおりて陸に上がった水主に、仁助が野太い声で念押しをした。

「よう分かってます」

「ほんなら親っさん、あんじょう楽しんできますわ」

水主たちは、弾んだ足取りで江尻宿へと向かった。

「あんたはどうする気だ」

「仁助さんと一緒に、梅蔭禅寺《ばいいんぜんじ》さんに絵馬を授かりに行きやす」

暁朗の物言いに迷いはなかった。

梅蔭禅寺は、千坪の広い境内を持つ禅宗の名刹《めいさつ》である。境内の奥には、この寺で授かった絵馬を奉納する絵馬堂が設けられていた。

西に行けば遠州灘、東に走れば伊豆半島の荒海がそれぞれ待ち構えている。清水湊に停泊する弁才船の船頭は、だれもが梅蔭禅寺に参拝して、航海無事の絵馬を授かった。

暁朗は、三保の松原を眺めているときに、水主から梅蔭禅寺の話を聞いた。

「茶屋に行くか、お寺さんに無事祈願をしにいくかは、あんたが決めればいい」

暁朗はためらいなく、梅蔭禅寺参拝を選んだ。杉の丸太を江戸まで無事に廻漕するのが、暁朗の役目である。船路の無事祈願と、女郎遊びとを秤《はかり》にかける気は毛頭なかった。

仁助と暁朗は、連れ立って梅蔭禅寺へと向かった。

「なにとぞ江戸までの船路が、平穏無事でありますように」

ふたりは、同じことを声に出してしっかりと祈願した。授かった絵馬を、絵馬堂の柵に縛りつけてから、ゆっくりと寺の境内《けいだい》を出た。

正面には清水湊の町家が広がっている。どの家も、屋根には本瓦を用いていた。

真夏の強い陽光を浴びて、本瓦がキラキラと光り輝いている。遠州は屋根瓦の特産地だ。うわぐすりをたっぷりと塗られた瓦は、漆《うるし》のような艶《つや》を見せていた。

寺の前に立った仁助は、光る屋根瓦を見詰めている。目は正面を見ながらも、背後の気配に気を配っていた。

「さっきから、女があとをつけている」

「あっしもとうに、気づいておりやす」

荒海を相手にする船頭と、賭場を仕切る代貸である。ふたりともひとの動きや、気配の変化には敏感だった。

「通りを渡った先の路地に、身をひそめて待ち受けやしょう」

正面を向いたまま、暁朗は小声でささやいた。船頭は、わずかなうなずきで応じた。

清水湊は、廻漕問屋が軒を連ねた港町である。町の通りには、ひっきりなしに大八車が行き交っていた。

仁助と暁朗は、米を山積みにした車をやり過ごしてから、ゆっくりと通りを東に渡った。正面に向かって歩けば、はしけが横付けされた巴川《ともえがわ》の岸壁である。

暁朗は正面には向かわず、南北に交わっている路地に入った。初めて入った路地だが、身を潜める場所は幾らでもありそうである。ゴミ箱が置かれている塀のわきに、ふたりは身を隠した。

女は、慌《あわ》てずにゆっくりとした歩調で路地に入ってきた。袋小路ではなく、通り抜けができる路地である。

女はふうっと吐息を漏らしてから、ゴミ箱の手前で立ち止まった。

「いいおとなが、昼前からかくれんぼをすることもないでしょう」

暁朗と船頭が身を潜めている場所を、女は察知していた。物言いは、きれいな江戸弁である。気をそそられた暁朗は、板塀のわきから離れて姿を見せた。

「あっしになにか、ご用でもおありでやすかい？」

「ええ、ありますとも」

女は暁朗から目を逸《そ》らさずに、一歩を詰め寄った。

「あの船に、江戸まで一緒に乗せてってくださいな」

船頭の仁助には、目もくれようとはしなかった。

四十一

晩朗のあとを追ってきたのは、毘沙門天《びしゃもんてん》のおきちという名の札師《ふだし》（花札賭博の玄人《くろうと》）だった。

船頭の仁助を茶店に残して、晩朗とおきちは巴川沿いの土手に出向いた。

札師といえば、同じ渡世に生きる者である。浪華丸に乗せてほしいと切り出された晩朗は、話も聞かずに追い払わなかった。

たとえ相手が同じ渡世を生きる者だとしても、いまの晩朗はツキのない者と話をする気はなかった。しかし大きなワケを隠し持っていそうなおきちに、晩朗は理屈にならないツキのよさを感じた。

大きなしくじりをおかした女だとしても、おきちにはツキがある……そう感じたがゆえに、晩朗は話を聞く気になった。

「こちらの町の貸元に招かれて、江戸から出てきたんですが……うっかり指を傷《いた》めてしまったばかりに、貸元に恥をかかせてしまいました」

おきちが見せた右手の人差し指は、爪《つめ》の周りがどす黒く色変わりしていた。

清水湊には、江戸と上方を結ぶ弁才船の多くが立ち寄った。船乗りたちは陸に上がって羽を伸ばすとともに、水や食糧を買い入れた。

湊に船を係留して一夜を明かすとき、船乗りは茶屋か旅籠を好んだ。接岸しているときぐらいは、船ではなしに畳の上で横になりたかったからだ。

大型船が立ち寄る湊には、諸国の物資が集まる。そして廻漕問屋が繁盛する。清水湊もその例に漏れてはいなかった。

町の真ん中を流れる巴川の両岸には、廻漕問屋が軒を連ねていた。甲斐国の年貢米も清水湊に集められ、江戸に向けて積み出される。

米問屋と廻漕問屋は、清水湊では大尽《だいじん》で通っていた。

さらに茶の老舗《しにせ》も、懐具合が豊かなことでは米問屋、廻漕問屋に負けてはいなかった。とりわけ、八十八夜を過ぎたあとの茶舗には、カネがうなっていた。

清水湊には、三人の貸元がいる。それぞれが米問屋、廻漕問屋、茶舗を得意客としてうまく棲《す》み分けていた。

一年に一度、七月七日の夜には三人の貸元それぞれが客を集めて、『七夕賭博』を催した。賭場の仕切り役は、一年交代の当番である。

おきちを江戸から招いた貸元、羽衣《はごろも》の常蔵《つねぞう》が今年の当番だった。

「今年は江戸から、毘沙門天のおきちと呼ばれる女札師を招くことにした。おきちさんの札さばきを見たら、だれもが手にした駒札を取り落とすほどに驚くだろうよ」

常蔵は他のふたりの貸元に、散々におきちのことを讃《たた》えた。七夕賭博が近づくにつれて、貸元三人が寄り合う折りも増えた。顔を合わせるたびに、常蔵はおきちを褒《ほ》めちぎった。

「羽衣のがそこまで言うなら、さぞかし大したひとなんだろうよ」

ふたりの貸元は、半ば投げやりな調子で常蔵に応じた。

招かれたおきちは、賭博の前日、七月六日に清水湊に着いた。本来ならば、七月三日には到着しているはずだった。ところが箱根の関所で三日間も足止めを食わされて、到着が大きく遅れた。

六月晦日《みそか》に、ある大名の内室が身分を偽って箱根の関所を通り抜けようとした。吟《ぎん》味《み》役の人見女《ひとみおんな》がそれを見抜き、いきなり女人吟味が厳しくなった。

おきちが差し出した関所手形は、発給した肝煎《きもいり》の手落ちで身体特徴の大事な部分が漏れていた。

男とは異なり、箱根関所の女吟味はことのほか念入りである。おきちの関所手形には、陰部わきにある大きなほくろふたつの記載がなかった。

すわ、またもや関所破りかと、吟味役の人見女に限らず、役人たちも色めきたった。が、おきちは根っからの渡世人、女札師である。留め置かれて三日目には、役人、人見女を前にして花札のさばきを見せた。

鮮やかな手つきに見とれた関所役人は、おきちの関所手形は単なる記載漏れであると察した。関所に留め置かれたことで、おきちの清水湊到着が遅れた。

「遅れたのは仕方がない。明日はうまくさばいてくれ」

関所に留め置かれたことは咎《とが》めず、常蔵は七日の上首尾をおきちに言いつけた。

「命にかけても……」

常蔵の期待に応えようとして、おきちは六日の夜は遅くまで札さばきの稽古に励んだ。

おきちの特技『お軽』とは、鏡、磨き上げた机、つるつるの盆などのような、滑らかなモノに札の柄を映して、それを盗み見する技だ。ゆえに、相手に気づかれないように、素早い札さばきがなによりも求められる。

その稽古を、おきちは夜通し続けようとした。到着が遅れたことで、気が急《せ》いていたのだ。旅籠の行灯《あんどん》は暗い。おきちは部屋に置かれた粗末な文机《ふづくえ》の上で、お軽を稽古した。

稽古を始める前に、おきちは手触りで文机の表面を確かめた。行灯の頼りない明かりだけでは、文机の様子が分からないと思ったからだ。

そこまで用心をしたのに、表面ではなく横にできていた棘《とげ》を、おきちは見逃した。気合をこめて札をさばいているさなかに、棘が刺さった。目一杯に力が入っていただけに、棘は人差し指の奥まで突き刺さった。

おきちは『七夕賭博』の札師をつとめることができなかった。

「あんたの顔など、見たくもない」

常蔵は激怒したものの、おきちに手出しはしなかった。が、きつい脅しは忘れなかった。

「この先で、もしもあんたを清水湊で見かけたら、言いわけは一切聞かずに始末をする」

おきちは、無言のままでうなずいた。

「代貸は、お軽という花札の技をご存知でしょう？」

巴川土手の腰掛に座ったおきちは、張りのある物言いで問いかけた。周りに人影は皆無である、話す声には遠慮がなかった。

「耳にしたことはあるが、まだ見たことはねえ。あんた、お軽をやるてえのか」

「指さえ傷めなければ、その技を貸元に見せられるはずだったんですが……」

おきちは米俵を満載した、大型のはしけに目を向けていた。

巴川の土手には、杉板の腰掛が方々に置かれている。夏場は、陽が落ちたあとの夕涼みに使う腰掛だ。

が、四ツ半（午前十一時）過ぎのいまは、空の真ん中近くに陽があった。そんな暑いさなかに、陽光をさえぎるものがない土手に座る酔狂者はいない。

少々の大声で話しても、ひとの耳を気にすることは無用だった。

「いつか折りがあったら、お軽をお見せしますが、いまはこんな指ですから」

おきちは口惜《くや》しそうな顔で人差し指を撫《な》でてから、晩朗に向き直った。

「常蔵親分に会わないようにしないと、あたしは始末をされます。どうか助けると思って、あの船に乗せてください」

おきちがあたまを下げた。が、女ながらに肝の太い札師である。憐《あわ》れみを乞うような素振りは、微塵《みじん》も見せなかった。

四十二

浪華丸に乗せてほしいというおきちの申し出を、仁助は暁朗と一緒に路地で耳にした。が、そのあとは暁朗とおきちのふたりだけで、巴川の土手で話をしていた。

茶店に戻ってきた暁朗は、おきちの頼みの詳細を仁助に伝えた。

「あんた、そんな話を、正気でわしに聞かせる気か」

気でも違ったかと、仁助は声を荒らげた。茶店の娘が盆を取り落としそうになったほどの大声である。

仁助の怒鳴り声は、茶店の端の縁台に座っているおきちにも聞こえた。聞こえたというよりは、仁助はおのれの怒鳴りをわざと聞かせようとしていたのかもしれない。

「これからわしらは、伊豆半島から下田沖の海に差しかかる段取りだ」

「そのことは、船をおりる前に仁助さんから聞きやした」

「だったらあんたは、ことによると伊豆の海がひどく荒れると言ったのも、覚えとるじゃろうが」

「へい」

「わしが案じた通りの雲行きになっている。あれを見てみれ」

縁台から立ち上がった仁助は、南東の空を指差した。海の根元から、巨大な入道雲が涌き上がっていた。

「わしの指の真正面を見れ。雲のあたまがふたつに割れとるじゃろうが」

仁助の人差し指の方向には、まさしくあたまがふたつに割れたような雲が見えた。

「あれは双子山《ふたごやま》というて、雲のなかではもっともタチがわるい。あの雲が出ていたら、二刻から二刻半のあとには、かならず海は荒れると決まっておる」

仁助は話の途中から、声の調子を落とした。が、口調は厳しいままである。

「うかつに女を乗せたりしたら、海の神様にやきもちを焼かれる」

海を守る神は女神だと、仁助は考えていた。船乗りたちは、女神に気にいられようとして、さまざまに供え物をしたり、ときには裸をさらしたりもする。

いかなるわけがあろうとも、当初の段取りになかった女を乗せるのは御免だと、仁助は言い切った。

「あんたは杉の丸太を無事に運ぶという、大事な責めを負ってるじゃろうが」

「その通りでさ」

「だったら、女を乗せて船と積荷を危ない目にさらすようなことはせんでくれ」

仁助に強い目で見詰められた暁朗は大きく息を吸いこんだ。

おきちを乗せるか乗せないかを決めるのは、船頭ではなく、荷主の暁朗である。たとえ仁助がどう言おうが、暁朗が乗せると言い切れば、それで決まりだった。

しかし。

船乗りは迷信深いし、縁起をかつぐ。船頭が駄目だと言うことを無理に押し通しても、ろくなことにはならないだろう。

乗船を断わると、おきちは陸路を歩くほかはなくなる。もしも常蔵の手下に見つかったら、間違いなく始末されるだろう。常蔵は、ただの脅しを軽々しく口にする男ではない。

おきちの頼みを聞き届けないということは、おきちに死ねと言うのも同然である。が、仁助が言った通りである。

暁朗が負っている責めは、杉の丸太を無事に江戸まで廻漕することだ。それを成《じょう》就《じゅ》させるためなら、鬼と化すのもやむを得ない。

暁朗はあたまのなかで、あれこれと思案をめぐらせた。そしてたとえツキを持っているおきちでも、頼みを断わるしかないと断じた。

きつい断わりを言おうと決めた暁朗は、大きな息を吐いてから立ち上がった。

おきちは縁台に腰をおろして、煙草を吸っていた。火皿と吸い口は銀、羅宇《らう》（キセルの竹の管）は見た目にも鮮やかな朱塗りである。

煙草盆を膝元に置き、うまそうに煙草を吹かしている。キセルを手にしたおきちは、船に乗れると信じきっているかのようだ。

乗船を断わられたら、おきちは間違いなく生き死にの瀬戸際へと追い詰められるだろう。のみならず、煙草を吹かしているいまも、ことによると常蔵の配下に出くわすかもしれないのだ。

それなのにおきちは、平然と煙草を吸っていた。

「あれは、大した女だがや」

仁助が、心底から感心したような声を漏らした。

「あの女なら、海が荒れても平気な顔で煙草を吸ってるだろうさ」

乗せてやんなせえ、そのほうが船乗りのためにもなる……仁助がきっぱりと言い切った。

仁助は、キセルを使うおきちの姿を見て、考えを変えた。そんなやり取りをしていたとは、思いもしていないのだろう。おきちは朱塗りの羅宇のキセルを手にしている。

降り注ぐ夏日を浴びて、羅宇は燃え立つように鮮やかな朱色を見せていた。

四十三

浪華丸の出帆準備が調ったのは、七月十日の九ツ（正午）丁度である。

清水湊に『刻《とき》の鐘』を撞《つ》いて報《しら》せるのは、禅宗の名刹梅蔭禅寺《めいさつばいいんぜんじ》である。雲水が撞く鐘の音は、四半里（約一キロ）離れた船着場でも聞くことができた。

「帆をあげろ」

船頭の仁助が、野太い声で船出を告げた。

太い杉柱のろくろを、小三郎と梅吉のふたりが回した。ギュウ、ギュウッと軋《きし》み音を立てながら、綱が巻き取られて行く。

浪華丸の帆が、五寸（約十五センチ）刻みで帆柱を登り始めた。半分近くまで張られると、帆は風を捉《とら》えて膨らみを見せた。

長いいかだを曳く浪華丸は、湊には入っていない。帆が膨らむと、船は岸辺に沿って走り始めた。

船出のあと、外海に出るまでは、船頭みずから舵を取るのが決め事である。帆の膨らみ具合を見定めつつ、仁助は長い柄を両手で握った。

弁才船《べざいせん》の命は、巨大な舵だ。畳一畳分の大きさがある舵は、荒海のなかでも船の進路をしっかりと保ってくれる。

しかし桁《けた》違いに大きな舵を操るには、相応の腕力が入用だ。

「おれのほうが大きいだろうが」

「ばか言うでね。おらのほうが、ずっと大きいべさ」

弁才船の船頭たちは、ことあるごとに二の腕の力こぶ比べをした。固く高く盛り上がった力こぶは、腕のいい船頭のあかしだった。

「五十尋《ひろ》（約七十五メートル）先、取舵《とりかじ》（船の左舷）に漁船二杯」

舳先に立って進路を確かめている親父《おやじ》（差配役の水主長《かこおさ》）の由吉が、大声で船頭に伝えた。仁助は大きくうなずくと、舵の柄をわずかに押した。舳先が右に動き、浪華丸は外海に向けての進路を取った。

水平線のあたりでは、灰色を帯びた雲が双子山を形作っている。しかし左舷彼方《かなた》の空は、まだきれいに晴れ上がっていた。

青空を背負った富士山が、長い裾野《すその》を引いている。近くの山に降り注ぐ真夏の陽光が、木々の濃緑を際立たせていた。

「こんなにお天気がいいのを見ていると、海が荒れるとは思えないわねえ」

毘沙門天のおきちが漏らしたつぶやきは、暁朗の耳にも聞こえた。左舷に立ったふたりは、富士山と、手前に連なる駿河の山脈《やまなみ》に見入っている。山々の緑を映《は》えさせる陽光を見ている限り、あとに時化《しけ》が控えているとは思えなかった。

「仁助さんの見立てには、千にひとつの誤りもねえそうだ」

浪華丸の船乗りたちは、船頭の仁助には全幅の信頼を寄せていた。

「だとしたら、大揺れすると肚《はら》をくったほうがよさそうね」

「その通りさ。支度はしっかりと済ませたほうがいい」

陸から船に戻ったときに、暁朗は股引姿《ももひき》に着替えた。時化の海では、身動きのしやすい股引が一番だと思ったからだ。

道中合羽だの笠だのは、船蔵の壁に吊り下げてある。履物もすでに、常滑《とこなめ》の伊蔵からもらった猪皮《ししがわ》のわらじに履き替えていた。

「おきちさんも、身なりを替えたほうがよくねえか」

「替えると言っても、あたしは長襦袢《ながじゅばん》ぐらいしか着替えを持ってないもの」

「そいつあ、気の毒だ」

おきちを船端に残した暁朗は、船頭の仁助に近寄った。帆を張り終えた浪華丸は、追い風を捉えて疾走を始めている。仁助は舵取りを洋助に任せていた。

「余りものの股引があったら、おきちさんに貸してやってもらいてえんだが」

「いいとも」

ひとたび乗船を許したあとの仁助は、おきちに対しては物分かりがよくなっていた。水主《かこ》で手のすいているのは、賄《まかな》いの賢太郎しかいない。

「おい、賢太郎」

船頭に呼ばれて、賢太郎が急ぎ足で寄ってきた。

「おきちさんに、股引を貸してやれ」

「がってんでさ」

賢太郎は、すぐさま船蔵におりようとした。その動きを仁助が止めた。

「おきちさんがちゃんと着替えられるように、おめえがそばで張り番をしてやれ」

「へっ？」

賢太郎は目を見開いて、素《す》っ頓狂《とんきょう》に声を出した。かつて浪華丸に女が乗船したことは、一度もなかった。ましてや、船蔵に女と一緒におりるなどは、賢太郎は思ったこともなかった。

「暗い船蔵に、女をひとりにするわけにはいかねえ」

「だからといって……」

賢太郎は戸惑い顔で口を挟もうとした。それを仁助は、強い目で抑えつけた。

「ひとたび乗せたからにゃあ、おきちさんは大事な仲間だ。おめえがしっかりと、世話をしてやれ」

「へえ……」

賢太郎の語尾が消え入りそうになった。仁助は暁朗とゆるめた目を見交わしてから、もう一度、きっぱりと賢太郎に言いつけた。

「分かりやした」

得心のいかない顔つきのまま、賢太郎はおきちを連れて船蔵におりた。

「世話をかけてごめんなさいね」

詫《わ》びながら、おきちは艶《つや》のある流し目をくれた。賭場で札を配るとき、この目を見せられた男の多くは、勝負の勘を狂わせた。

したたかな勝負師でも、おきちの笑みにはどぎまぎしたのだ。ましてや、いま流し目をされたのは年若い賢太郎である。

おきちに艶っぽい目を見せられただけで、賢太郎の股間はいきなりこわばった。

股引を受け取ったおきちは、積荷の陰に移った。甲板《かんばん》の隙間《すきま》から、真夏の光が船蔵にこぼれ落ちている。賢太郎の目は、積荷のあたりに張り付いていた。

「寸法がちょうどです。ほんとうに、お世話をかけて……」

積荷の陰から、衣擦《きぬず》れの音が聞こえてくる。おきちのさまを思い描いているのか、賢太郎は上気して顔色が朱に染まっていた。

股引を身につけるために、おきちは腰のものを取った。膝元に落としたとき、船が大きく横揺れした。

緋色《ひいろ》の蹴出《けだ》しが、積荷の陰からはみ出した。

賢太郎の息が詰まった。

四十四

七月十日、九ツ半（午後一時）前。暁朗の乗った浪華丸は、長いいかだを曳いて下田湊を目指していた。

同じころの江戸・尾張町の蔵普請場では、昼飯を終えた職人たちが持ち場に戻ったところだった。

「どうにも雲行きがよくねえんでさ」

西空の雲の動きを見ていた富壱《とみいち》が、目を曇らせた。足場差配の富壱は、晋平配下のなかでは一番の空見《そらみ》上手だった。

「わたしには上天気にしか見えないが、なにが気に染まないんだね」

尾張町五人組のひとり、熱田屋善兵衛《あつたやぜんべえ》がいぶかしげな声で問いかけた。西空には大きな入道雲が涌き上がっているが、強い日差しにはいささかの翳《かげ》りもなかった。

地べたはいまも、夏日で焦《こ》がされ続けている。立っているだけで、足元から真夏の暑気が身体に食らいついてくるのだ。

天気が崩れると言われても、熱田屋が得心しないのも無理はなかった。

「あっしの人差し指の先を、ようく見てくだせえ」

富壱は太い指を、西空に向けて突き出した。指先をたどると、重なり合った薄鼠色の入道雲が見えた。

「あの雲がどうかしたのかね」

「あれは双子山という、あっしら普請仕事の者には厄介《やっかい》な雲なんでさ」

「双子山だと？」

初めて聞いた熱田屋は、思わず甲高い声でなぞり返した。

「双子山が西空に出てくると、一刻から二刻（二～四時間）の間に、時化《しけ》がくると言われてるんでさ」

「そんなことを言っても、こんなに上天気じゃないか」

まるで得心しない熱田屋は、遠くに見えている富士山を指差した。

「ご覧なさい、あのお山を」

熱田屋に強く言われて、富壱も富士山に目を移した。真夏ゆえの暑さで、遠くの景色はゆらゆらと揺れて見える。それでも富士山のいただきは、はっきりと見えた。

「今日もきれいな眺めでさ」

「歳を重ねるごとに、いろいろと物が見えにくくなってきた。そんなあたしでも富士山だけは、はっきりと見える」

富士山があれだけきれいに見えているのに、天気が崩れるわけがない……熱田屋は、強い調子で言い切った。

二日前から、熱田屋の蔵普請が本番を迎えていた。ようやく順調に進み始めた蔵造りである。あやふやな空見で中断するのは、善兵衛には到底承服できなかった。

「そうはおっしゃいやすが、暴れ風が吹き始めてからでは、片づけが間にあいやせん」

足場差配の面子《メンツ》と矜持《きょうじ》にかけて、富壱は一歩もひかなかった。熱田屋善兵衛も、ひとたび言い出したら後にはひかないことで、尾張町では知られている。

「今日は、ここまでにさせてくだせえ」

「ばか言うんじゃない。こんな上天気じゃないか」

普請場一帯に、ふたりの大声が流れた。

「どうかなさいましたか」

声を聞きつけて、晋平が熱田屋のそばに歩いてきた。

「おたくの差配さんが、これから時化がくると言ってきかないんだ」

熱田屋は腹立ちが収まらないのか、晋平に向かっても口を尖《とが》らせた。

「どういうことだ、富壱」

晋平は、普請場の指図は富壱にすべてを預けている。が、施主の手前もあり、とりあえずは足場差配を問い質《ただ》した。

「双子山が出てるんでさ」

晋平に空見はできないが、富壱の見立てを理解することはできる。富壱が指し示す先の入道雲は、一段と山の重なりが大きくなっていた。

「おまえの見立てでは、あといかほどだ」

「一刻から、長く持ってもせいぜいが二刻まででさ」

「分かった」

富壱の見立てを呑み込んだ晋平は、仏頂面《ぶっちょうづら》をした熱田屋に向き直った。

「熱田屋さんにお言葉を返すことになりますが、今日は仕舞いとさせてください」

「それはおまいさんの勝手だが、あたしは得心できない」

熱田屋は晋平をおまいさん呼ばわりするほどに、気を昂《たか》ぶらせていた。晋平は大きく息を吸い込んだあと、ゆっくりと吐き出した。そして、いきなり目元をゆるめた。

「富壱は、早ければ一刻先には天気が大きく崩れると見立てています」

「くどいね、おまいさんも」

晋平の話を、熱田屋は手を忙《せわ》しなく振ってさえぎった。

「そんなわけはないと、あたしは先《せん》からそう言っているじゃないか」

「それは分かっておりますが、富壱は天気は持たないと言ってます」

配下の者の見立てをしっかりと受け止めている晋平は、熱田屋善兵衛にひとつの思案を申し出た。

「時化はいきなりくるわけではなく、かならず前触れがあります」

半刻（一時間）後には、きっと風が強まると晋平は口にした。

「半刻過ぎても風の様子が変わらないようなら、熱田屋さんのおっしゃる通りに蔵造りを続けます」

「風の様子が変わるというのは、どう変わるんだね」

得心しないまでも、熱田屋は晋平の申し出に耳を傾けていた。晋平の目配せを受けて、富壱が話の続きを引き取った。

「天気は西から大きく崩れてきやす。時化が襲いかかってきたら、風も西から東に向かって吹き荒れやす」

富壱は道具箱から風車を取り出した。差し渡しが七寸（直径約二十一センチ）もある大型だ。

風車には長さ四尺（約一・二メートル）の柄を差し込むようになっている。柄の途中には、風向きを判ずるために、長さ一尺（約三十センチ）の羽根を取り付ける溝が彫られていた。

「この風車を取り付けておけば、ひと目で風の様子が分かりやす」

熱田屋を空き地まで連れて出た富壱は、地べたに四尺の柄を突き立てた。微風を受けて、大きな風車がゆっくりと回った。長さ一尺の羽根は、風が南風であることを示していた。

「そろそろ、半刻が過ぎるころだ」

熱田屋の土間で茶を飲んでいた晋平が、外に目を向けた。その動きに合わせたかのように、八ツ（午後二時）を告げる鐘が聞こえてきた。

「行きましょうか」

晋平に促されて、熱田屋は土間におりて履物をはいた。戸口に立つと、夏の強い陽が熱田屋の顔を照らした。

「一向に空の様子は、わるくなってはいないじゃないか」

どうだと言わんばかりに、熱田屋は胸を反り返らせた。富壱は顔色も変えず、風車を突き立てた空き地へと向かった。

高い空から、八ツの日差しが降り注いでいる。地べたには、風車と羽根とが純黒の短い影を描いていた。

羽根は半刻前と同様に、南風の向きを見せている。風車はほとんど回ってはいなかった。

「だからあたしは、そう言ったんだ」

熱田屋が口を尖らせた。

「これ以上、無駄なことを……」

熱田屋善兵衛が文句を言っている途中から、羽根は大きく向きを変えた。富壱が見立てた通り、西からの風だと示している。

風向きが変わると同時に、風車が威勢よく回り始めた。回り始めは、カラカラと音を立てていた。ところがいきなり強く吹き出した風を浴びて、風車の音はブーンという唸《うな》りに変わった。

余りの変わりように、熱田屋は言葉を失ったらしい。目を見開いて、風車を見詰めた。

「風は、西の海から吹いてくるんだろうが」

晋平に問われた富壱は、顔つきを引き締めてうなずいた。晋平のひたいに、くっきりとしわが刻まれた。心配事が深いときにあらわれるしわである。

「暁朗さん、踏んばってくだせえ」

晋平の物言いは、深く沈んでいた。

「いまごろは、時化の海を懸命に乗り切ろうとしてるはずだ……」

言い終わるなり、晋平は西空に向かって合掌《がっしょう》した。富壱も同じことをした。

合掌のわけが分からない熱田屋は、戸惑い顔で風車に見入っていた。

四十五

強い追い風に押された浪華丸は、暮れ六ツ（午後六時）前には戸田湊手前《へた》の沖合いに差しかかっていた。

「戸田の湊には、いかだ船を舫《もや》う岸壁がねっからよう。このまま、下田に向かって海を突っ走るしかねえだが……」

仁助は時化の海をこのまま走りたいという。船を操るのは船頭だが、航海を続けるか否かを決めるのは暁朗だ。

海は沼津の沖合いを過ぎたころから、風波ともに一段と強くなっていた。仁助の巧みな操舵で、船は大波を乗り越えてきた。

が、この先も無事に荒海を航海できるあかしは、なにもなかった。揺られ続けて、暁朗は吐き続けた。胃ノ腑はもはやカラである。身体の方々が、この先の海は勘弁してくれと音《ね》をあげていた。

「海は仁助さんの持ち場だ。走るというなら、命も丸太も預けやす」

弱気を抑えつけて、暁朗は船頭に託すことを決めた。

「甲板となんぼも違わねえが、船蔵のほうがちっとは濡れ方が少ねっから」

おきちと暁朗は船蔵におりたほうがいいと、船頭が勧めた。航海続行を決めた暁朗を、仁助は胸の奥底で称《たた》えているようだった。

「おりやしょう」

おきちを促した暁朗は、先に船蔵への階段をおりた。ほぼ真下におりるような、十段の階段である。低い手すりはついているが、ほとんど役には立たない。

一気におりた暁朗は、船蔵から手を差し伸べて、おきちがおりる手助けをした。

「ありがとう」

暁朗もおきちも雨と海水を浴びて、全身が濡れ鼠である。それでもおきちはめげるでもなく、物言いもしっかりしていた。

「そこのわきに座ればいい」

階段下の隙間に、おきちを座らせた。もしも船が沈没しそうになっても、この場所なら素早く甲板に上ることができるからだ。

「代貸も、隣にいらっしゃいな」

おきちは腰をずらして、暁朗の座る場所を拵《こしら》えた。相変わらず船は大揺れしている。

暁朗は中腰になって、おきちの隣に移った。

「船乗りでも、この海の揺れはおっかねえって言ってるてえのに……てえした肚の座り方じゃねえか」

　どれほど大きく揺れても、おきちは小さな悲鳴ひとつあげない。それどころか、吐くこともしなかった。落ち着いたおきちの様子を見たがゆえに、航海を続けるようにと仁助に指図をしていた。

「胃ノ腑をからっぽにしちまったてめえが、なんとも情けねえ」

「そんなこと、ありませんって」

　おきちは右手を伸ばして、暁朗の手に重ねた。濡れ続けているのに、手はぬくもりに満ちていた。

「この船に乗せてもらえなかったら、あたしの命は清水湊でなくなっていました」

　生きて清水湊を出られたからには、かならず江戸に帰りつきましょう……気負いのない物言いだが、おきちはきっぱりと言い切った。

「背中の毘沙門天さまが、この船を守ってくれますから」

　立ち上がったおきちは、積荷の陰から緋色の蹴出しを取り出してきた。

「このうえに座っていれば、どれだけ揺れても平気です。毘沙門天さまも、緋色がお好きだから」

濡れた船板に、おきちは蹴出しを敷いた。明かりのない船蔵だが、蹴出しのあたりだけは艶々と輝いているようだった。

四十六

七月十日の夜。西伊豆の海は、相変わらず荒れていた。

風が変わるたびに、船頭の仁助は、水主《かこ》ふたりに細かな指図を下した。

「四一《よっぴん》(四分の一)に張り直せ」

「八一《はっぴん》(八分の一)にしろ」

「帆をおろせ」

「八一畳み、よおし」

「四一張り、よおし」

帆の扱いは、小三郎と梅吉の役目である。船頭の指図を大声でなぞったあと、大きな柄のついた轆轤《ろくろ》を回した。

轆轤には、帆を上げ下げする太い綱が巻きつけられている。ふたり掛かりで柄を回すと、軋《きし》み音を立てながら帆が上下した。

海は大時化《おおしけ》で、空には分厚い雲がかぶさっている。仁助は左舷の岸に目を凝《こ》らし、海岸線の明かりを目で追い求めた。

伊豆半島は東海岸、西海岸ともに、およそ五里（約二十キロ）ごとに灯り屋が設けられている。夜の海を走る船乗りに、海岸の場所を教えるためだ。

灯り屋は、高さおよそ二丈（約六メートル）の、天城杉《あまぎすぎ》で拵《こしら》えた塔である。塔の上部には一尺（約三十センチ）の窓が設けられていた。

窓の内側には、差し渡し一尺五寸（直径約四十五センチ）の大皿が置かれている。皿にはあふれんばかりに、菜種油《なたね》が注《つ》がれていた。皿に浸した灯心は、木綿糸といぐさの芯とを縒《よ》り合わせた拵えである。

日没とともに灯心に火が灯されると、夜明けまで燃え続けた。伊豆半島の灯り屋は、上方と江戸とを結ぶ弁才船《べざいせん》など菱垣廻船《ひがきかいせん》の船頭には、かけがえのない夜の道しるべだった。

仁助は左舷に見える灯り屋を頼りに、舵を操った。

「八一に戻せ」

「八一畳み、よおし」

船頭と水主とのやり取りは、甲板の隙間《すきま》から船蔵にまで届いた。相変わらず船は上下に大揺れしている。が、船頭の力強い指図が聞こえていれば、暁朗は安心できた。雲が分厚くかぶさった夜空である。海に降り注ぐ明かりは皆無だった。下田に向かって荒海を突っ走っている浪華丸にも、明かりは一灯もない。甲板の上も船蔵のなかも、暗さは似たようなものだった。

真っ暗な甲板の上から、轆轤を回す小三郎と梅吉の声が聞こえてくる。

「小三郎さんも梅吉さんも、荒海の上でもよく響く、心地よい声だぜ」

「ほんとうに……」

おきちが小声で応じた。どれほど揺れが続こうが、いまだにおきちは怯《おび》えていない。

「おきっつぁんの落ち着きぶりも、並のもんじゃねえな」

水主たちの達者な声と、おきちの落ち着きとが、不意に鎌首をもたげる暁朗の不安を抑えつけた。

「四一に張り直せ」

「四一張り、よおし」

何度もやり取りを聞き続けているうちに、暁朗にはそれが子守唄のように聞こえ始めた。

七月七日に熱田湊から乗船するまでは、暁朗は船にはずぶの素人だった。わずか四日乗り続けただけで、荒海に揺さぶられる弁才船の船蔵で、暁朗は寝息を立てていた。心地よさそうな暁朗の寝息を耳にして、おきちも壁板に寄りかかって目を閉じた。

四十七

七月十一日の伊豆半島の海上は、四ツ（午前十時）を過ぎたころから、急ぎ足で空が晴れ始めた。

「左舷にあの山が見えるようになりゃあ、下田湊までの船路は心配いらねって」

親父（差配）役の由吉が、清水湊からの航海で初めて笑顔を見せた。

「下田湊までは、あとどれぐらいの船旅なんで？」

暁朗に問われた由吉は、青く晴れ渡った空を見上げた。そして右手の人差し指を立てて、風の具合を確かめた。

「いい按配《あんばい》の追い風が吹いてるからよ。このまま四一の帆で走れりゃあ、昼過ぎには着くだろうよ」

陽の高さを見極めた由吉は、下田湊に横付けするまで、一刻（二時間）の見当だと付け加えた。

空は真っ青に晴れたたし、風はほどよい追い風である。海は昨夜の荒波を、けろりと忘れたらしい。暁朗が四方を見回しても、白波はどこにも見当たらなかった。

海が穏やかになるなり、賢太郎が遅い朝飯の支度を始めた。ひどい揺れが続いたことで、だれも朝飯を食べる気にならなかったのだ。

瓶《かめ》の水で手際よく米を研いだ賢太郎は、船へっついに釜を載せた。どれほど海が荒れていても、種火を絶やさないのが賢太郎の自慢である。

賢太郎はへっついの焚き口に、枯れ枝の焚きつけをやぐらに組んだ。その真ん中に種火を置き、火吹き竹の風を送った。

風にあおられて赤くなった種火が、焚きつけに燃え移った。賢太郎は風を送り続けている。小さかった炎が、たちまち焚き口いっぱいに広がった。

見事な火熾《ひおこ》しの技である。赤松の薪《まき》をくべると、幾らも間をおかず薪から炎が立った。

「飯の支度ができたら、船頭さんと小三郎あにさんたちを起こしてください」

「がってんだ」

由吉が小気味のよい返事をした。

夜明けまで舵を握っていた船頭の仁助と、夜通し轆轤を回し続けた小三郎と梅吉は、甲板に横たわっていびきをかいていた。

弁才船は舳先《へさき》と艫《とも》の両端が、大きく反《そ》り上がっている。船頭と水主ふたりはあたまを艫に向けている。船の反り返りが、ほどよい枕になっているのだろう。

寝返りを打った小三郎は、小声の寝言を漏らした。

「おすみ、おすみ」

寝言は女の名前だ。

「腹も減ってるだろうに、なんとも達者な野郎だっちゃ」

舵の柄を握った洋助は、小三郎を見て苦笑いを浮かべた。

浪華丸が下田湊に入ったのは、由吉の見当よりも四半刻（三十分）ほど早かった。

朝飯のあとで舵を握った船頭が、途中から帆を一杯に張ったからだ。

舵取の洋助と、船頭の仁助とでは、操舵の技量がまるで違う。浪華丸を自在に操る仁助は、凪に恵まれたときは迷わず帆を一杯に張れと指図をした。

湊に入る手前で、浪華丸は八分の一にまで帆を畳んだ。

「何度立ち寄っても、下田湊の眺めには見とれるだ」

由吉は、湊の先に横たわった山を指差した。

「あの山、なにかに似てねっか」

問われた暁朗は、あごに手をあてて考えた。が、うまい思案が浮かばない。

「おきちさんには、なにかに似ているようにめえるかい」

「わるいけど、あたしはあの山の名前を知ってるのよ」

おきちは下田湊は初めてではなかった。

「目を凝らしてごらんなさいな」

おきちは山を見詰めた。隣の暁朗も、同じような目つきになった。

「どことなく、艶のある形に見えませんか」

「おれにはめえねえ」

焦《じ》れた暁朗は、答えを教えてくれとおきちに迫った。

「女のひとが、横になったような形に見えるでしょうが……ほら、あのあたりが胸で」

おきちは山の稜線をなぞって教えた。

「へえ……」

暁朗の口から、素《す》っ頓狂《とんきょう》に声が漏れた。

「言われてみりゃあ、まさしくその通りにめえるぜ」

下田湊に無事着いたことで、暁朗は気持ちが晴れ晴れとしている。おきちに応える声も、いつになく弾んでいた。

「そいで、なんてえ名めえなんで」

「寝姿山」

おきちの答えを聞いて、暁朗はあとの言葉を呑み込んだ。

「艶っぽくて、いい名前でしょう」

「いい名もなにも、見たまんまじゃねえか」

「でも、やっぱりいい名前でしょう」

暁朗に笑いかけるおきちも、目一杯に艶のある笑みを浮かべている。暁朗はおきちの耳元に口を寄せた。

「あの山よりは、横になったおきちさんのほうが艶っぽいだろうにさ」

暁朗は賭場の代貸だ。滅多なことでは、軽口をきいたりしない男である。そんな暁朗が、おきちの耳元でささやいた。

よほどに下田湊に着いたことが嬉しかったのだろう。

ようやく江戸が見えてきた。

四十八

七月十一日の五ツ（午後八時）。下田の連山の彼方に夏の陽が沈んでから、一刻（二時間）が過ぎていた。

下田湊の貸元達磨《だるま》の保利蔵《ほりぞう》は、宿の庭が自慢である。敷地は千坪。長方形のきれいな形をした地所の真ん中に、五十畳の広間を持つ賭場が普請《ふしん》されていた。

五十畳敷きの賭場というのは、相当に広い。が、なにしろ千坪の敷地のなかに建てられた賭場である。建物の四方には、大きな庭と、泉水が広がっていた。

保利蔵が定賭場《じょう》を開くのは月に三回、五のつく日である。十一日の今夜は、賭場は開かれておらず、広間に客の姿はなかった。

だだっ広い座敷の真ん中には、欅《けやき》でできた長火鉢が置かれている。火鉢を挟んで、暁朗と保利蔵が、向かい合わせに座っていた。

真夏でも、夜の下田湊は涼味に富んでいる。陽が落ちたあとは、ひっきりなしに潮風が山に向かって吹いていたからだ。

「まずは、一献やってくんねえ」

「ありがとうごぜえやす」

貸元の酌を、暁朗はぐい呑みで受けた。

七月の夜だというのに、長火鉢には真っ赤に熾《お》きた炭火がいけられている。保利蔵が差し出したのは、長火鉢の銅壺《どうこ》で燗《かん》づけをしたチロリだった。

暁朗に酌をしたあと、保利蔵は手酌でおのれの盃を満たし始めた。

「あっしにも、酌をさせてくだせえ」

暁朗がチロリに手を伸ばそうとした。が、保利蔵は受けつけない。

「これはと見込んだ相手に酌をするのが、おれの楽しみだ。そいつを取り上げちゃあいけねえやね」

暁朗が伸ばそうとした手を、保利蔵は野太い声で払った。

達磨の保利蔵は、身体の大きな貸元である。背丈は五尺五寸（約百六十七センチ）と、さほどでもなかった。しかし目方は、二十三貫（約八十六キロ）もある。

五尺五寸の上背に二十三貫の目方は、世辞にも釣り合っているとはいえなかった。が、保利蔵は見苦しい肥満体ではない。太ってはいても、肉置《ししお》きが引き締まっているからだ。

引き締まっているのは、身体つきだけではない。両目は瞳が大きく、強い光をたたえている。その目元は、まったくゆるみを見せなかった。

「あんたが杉の丸太を引っ張って江戸に向かっているというのは、もう何日も前から下田湊で大きな評判となっていた」

「ありがとうござえやす」

どんな思惑《おもわく》で保利蔵が招いているのか、暁朗には見当がついていない。ゆえに、当たり障りのない返事をした。

「江戸に向かう船は、かならず下田湊に錨《いかり》を打つ。ここを素通りしたら、江戸まで休める湊はどこにもないからだ」

「船頭さんから、あっしも同じことを聞かされやした」

暁朗が答えると、また貸元が酌をした。

「いままでざっと、千杯以上の船を見てきたが、あんたのような男を見るのは初めてだ」

「あっしのような、てえのは？」

「一度も船に乗ったことのなかった男が、何百本ものいかだを引っ張って……」

暁朗から目を逸らさずに、保利蔵は盃を干した。グビッと喉が鳴った。

「遠州灘を乗り切ったということだ」

広間に、夜の潮風が流れ込んできた。

四十九

保利蔵と酒をやり取りするなかで、暁朗はおきちの肚《はら》の据《す》わり具合を口にした。

揺れる船の中で、平然と船板に寄りかかっていた、おきち。

船乗りですら吐いたほどの時化《しけ》の揺れも、怯《おび》えず、怖がらず、そして吐きもせずに乗り切った、おきち。

大揺れを続ける浪華丸の船壁に寄りかかり、目を閉じてまどろんでいた、おきち。

暁朗の話を聞いているうちに、保利蔵が大きく顔つきを動かした。

「相当に肝の太い女のようだな」

「肚の据わり具合では、あっしの上を行くと思いやす」

「そうか」

グビッと音を立てて、保利蔵は盃を干した。

「外海を一度も走ったことのなかった賭場の代貸が、杉のいかだを曳いて江戸に向かっている」

暁朗を正面から見詰めたまま、保利蔵は手酌で盃を満たした。

「そんなおめえさんに、あんたよりも肚が据わっていると言わせた女がいたとは……世間は、つくづく広いもんだ」

飲み干した盃を膳に戻した保利蔵は、手を叩いて若い者を呼び寄せた。まばたきをする間もおかず、きれいに髷《まげ》を結《ゆ》った若い者があらわれた。

「魚金に言いつけて、あれを四半刻（三十分）のうちに用意させろ」

「へいっ」

若い者は、小気味のいい返事を残して座敷から下がった。保利蔵はチロリを手にして、暁朗に差し出した。

目をつけた相手に酌をするのが楽しみだと、保利蔵は口にした。尻のあたりがむずむずするが、暁朗は貸元の酌を受け続けた。

「いきなりの頼みごとですまねえが……」

チロリの酒が、ほどよく流れて暁朗の盃を満たした。保利蔵は、ひとからあたまを下げられなれているはずだ。だれもが競い合って、酌をするだろう。

そんな保利蔵なのに、暁朗が目を見張ったほどに酒の注《つ》ぎ方は上手だった。

「頼みごととは、なんでやしょう」

絶妙な注ぎ方をされた暁朗には、保利蔵の頼みがなにか、その仔細《しさい》を聞くしかなかった。

「おきちさんに来てもらって、一緒に酒を呑みてえんだ」

好物を目の前にしたときのこどものように、保利蔵は目を輝かせていた。

「すまねえが、骨を折ってはもらえねえか」

暁朗の話を聞いているうちに、ともに酒を酌み交わしてみたくなったのだという。

「分かりやした」

受けるほかはなかった。

頼みごとだと、保利蔵は口にした。しかし、あけすけにいえば、『連れてこい』と指図をされたも同然なのだ。

魚金という店に言いつけた『あれ』も、つまりはおきちと暁朗に振舞う肴《さかな》なのだ。

四半刻のうちに用意をさせろと、保利蔵は若い者に言いつけた。おきちを座敷に呼び寄せるのは、四半刻のうちにということである。

男とは異なり、女は身繕《みづくろ》いに手間がかかる。

「すぐにも、おきちさんに貸元の言われたことを伝えてきやす」

「気持ちよく引き受けてくれて、恩に着るぜ」

保利蔵は、心底からの笑顔で暁朗を座敷から送り出した。案内役として、若い者をひとりつけた。

「こっちでやすから」

若い者は、廊下の角を幾つも曲がっておきちの部屋の前に暁朗を連れて行った。

「おきちさん……」

小声で呼びかけると、部屋のなかの気配が動いた。

「暁朗さん……ですか?」

おきちは、暁朗の声を覚えていた。そうだと答えると、すぐさまふすまが開かれた。

暁朗の後ろにいる若い者を見ても、おきちはいささかも驚かなかった。

「こちらの貸元が、おきちさんに会いてえと言われてやす」

暁朗はていねいな物言いで、おきちに用向きを伝えて支度《したく》を頼んだ。

「ずいぶん、酔狂な貸元だこと」

おきちは艶《つや》のある笑いを浮かべて、暁朗を見詰めた。

「あたしが顔を出すことで代貸の顔が立つなら、お安いことです」

おきちは余計な問いかけはせず、保利蔵の願いを聞き入れた。

「手早く身支度《みじたく》をしますから」

「あっしは先に座敷に戻っておりやす」

おきちに言い残して、暁朗はおきちの部屋から離れた。座敷までの先導役に、若い者を部屋の前に残した。

廊下のどの角を曲がればいいかは、しっかりとあたまに刻みつけていた。

代貸の顔が立つなら……。

おきちが口にした言葉を思い出した暁朗は、気づかぬ間に足取りを弾ませていた。

五十

おきちが座敷に入ってくると、保利蔵は目を見開いた。

「いやあ……きれいなひとだ」

世辞ではなしに、正味の言葉だった。

「お上手なことを」

軽くいなしたおきちだが、目元は大きくゆるんでいた。

清水湊から、命がけで逃げ出す途中のおきちである。身繕いをしたとはいっても、新しい着物を着たわけではない。

手早く鏝《こて》でひとえのしわを伸ばし、襦袢《じゅばん》と帯を変えただけだ。

ほかにしたことは、髷《まげ》を結い直し、唇に薄く紅を引いたぐらいだ。

そのおきちを見て、保利蔵はきれいなひとだと言った。それも小声ではなく、はっきりとした物言いで、だ。

おきちが喜ぶのも無理はなかった。

「どうぞ、代貸と並んで座んなせえ」

座敷には、おきちの膳が暁朗と並べて支度されていた。

「無理なことを言ってすまなかったが、代貸の話を聞いているうちに、とにかくおきちさんに会いたくなったもんでね」

おきちが座るなり、保利蔵はチロリを差し出した。おきちは、隣の暁朗を見た。

受けなさいと、暁朗は目で教えた。

「ありがたく、ちょうだいします」

おきちは両手で盃を持って、酌を受けた。なみなみと注がれた酒を、ひとしずくもこぼさず、おきちは一気に呑み干した。そうすることを、保利蔵は喜ぶだろうと察しての呑み方だった。

「いやあ、いい」

保利蔵は手酌で盃を満たすと、おきちよりも早い調子で干した。保利蔵の威勢のいい呑みっぷりを、地元の芸者が手を叩いて誉めた。

「お見事ですね、貸元。思わず見とれてしまいました」

「それは嬉しい」

保利蔵は両目の端を垂らして、三日月のような目を拵《こしら》えた。そのさまがおかしくて、おきちは口元に手をあてて微笑《ほほえ》んだ。

保利蔵とおきちは、まだ会ったばかりである。それなのに、互いにすっかり気持ちを許しあっているかに見えた。

暁朗も嬉しくなっていた。

保利蔵がどれほど器量の大きな貸元であるかは、屋敷の造りを見ただけでも分かる。しかもただの湊の成り金ではなく、若い者へのしつけも行き届いている。

きびきびとした若い者の動きは、おのれが代貸を務める賭場以上にすら思えた。大きな屋敷に手入れが行き届いているのも、若い者の行儀がよいのも、つまりは貸元の器量が大きく、しかも隅々にまで目が配られているからこそである。

そんな大きな貸元が、ほんとうに嬉しそうにおきちと接している。

ついさっきは、おきちの言葉で弾んだ気持ちになった。が、心底からおきちと会えたことを喜んでいる貸元を見たいまは、まるで違う思いを抱いていた。

この貸元なら、きっとおきちさんを大事にしてくれる……この思いが、胸の内いっぱいに膨れ上がっていた。

どうすれば、貸元とおきちの仲を上手に取り持つことができるか。

あれこれ勝手な思案を巡らせていたとき、大皿を手にした若い者が座敷に入ってきた。

大皿の真ん中には、伊勢エビが二尾、長い脚とひげを絡《から》めあうようにして載っていた。背中の殻は外されて、透き通ったエビの身が剝き出しになっている。

しかし料理人の腕が図抜けているのか、エビはまだ生きていた。ヒゲも脚も、ゆっくりながらも動いているのだ。

「威勢のいい伊勢エビだこと」

おきちは思ったままを口にした。はからずも、駄洒落《だじゃれ》になっていた。

「いいねえ、おきちさん」

保利蔵の弾んだ声が、座敷に響いた。

伊勢エビが、ひげを動かして保利蔵の言葉を後押ししていた。

五十一

保利蔵から強く勧められた暁朗は、五十畳広間の次の間に泊まることになった。保利蔵の宿のなかで、一番ぜいたくな普請のなされた部屋である。

暁朗が入った次の間には、分厚い絹布の布団が敷かれていた。枕元の遠州行灯《あんどん》は、ほのかな明かりになるように、灯心が巧みに加減されている。

「お帰りなさいませ」

部屋の隅から、女の声がした。驚いた暁朗は、思わず腰を落として身構えた。

「あやしい者ではございません」

暁朗の気持ちを落ち着かせる、深みのある物言いだった。

「あなたさまのお世話をするように、旦那様から言付《ことつ》かっております」

女は畳に両手をついたまま、動こうとはしなかった。

「そういうことだったのか……」

不意に得心がいった暁朗は、思わず声に出してつぶやいた。

「浪華丸のほうには、うちの若い者を走らせておく。存分に湯につかって、船旅の疲れを取りなせえ」

保利蔵は次の間を強く勧めたあとで、ふっと目元をゆるめた。

「抱き枕を気にいってくれりゃあ、なによりだが……」

耳慣れない『抱き枕』という言葉を、暁朗は気にもとめずに聞き流した。保利蔵とおきちがあまりに気持ちよさそうに話をしていたがために、早く広間を出ようと思ったからだ。

暁朗は目で問いかけた。

「さようでございます」

顔を上げた女は、答えを口にする代わりに、暁朗に笑みを向けた。抱き枕の笑みには、思わずそそられる艶があった。

浦賀に船番所が移るまでの下田奉行所は、江戸城の要衝《ようしょう》として、きわめて重い責務を負っていた。

浦賀に移ったあとも、下田奉行所は格の高い役所として、相応の家格の奉行が就任している。奉行所の重臣が隠れ遊びをするのが、保利蔵の屋敷だった。

役人をもてなす折りには、賭場に使う五十畳の広間に、宴席が設《しつら》えられた。金屏《きんびょう》風《ぶ》を背にして奉行所重役が座り、総揚げされた下田芸者が役人のそばにはべった。

「お泊まりは、次の間にご用意いたしておりますゆえ」

廻漕問屋肝煎から耳打ちをされた重役は、鷹揚《おうよう》にうなずき、腰を上げた。

広間と隣り合わせの次の間は、名称とはまるで違う豪勢な拵《こしら》えである。

樫の板戸を開いて入ると、寝部屋を兼ねた十二畳間である。部屋のわきには、一間幅の板戸が設けられていた。

戸を開けば、かわやと内湯が普請されている。内湯は広さが十坪もあり、温泉の源泉が引き込まれていた。

ほどよいぬるさになるように、温泉には適宜《てきぎ》、井戸水が加えられている。

「あの内湯は極楽そのものだ。つかっているだけで、寿命が延びる」

次の間に泊まった者は、身分の上下にかかわりなく、だれもが内湯を誉めそやした。

それほどに温泉の湯加減がよかったのだが、誉めるわけはもうひとつあった。

世話を受け持つ『抱き枕』は、内湯の湯女《ゆな》もつとめた。身体の隅々までを、ゆっくりと揉みほぐす。

うむ……これはまた、なんとも……。

おおっ……たまらぬ……。

身体がほぐされるにつれて、股間が固くなる。手のひらで秘油を受けた湯女は、こわばりの先から根元にまで、ゆるやかに塗りつけた。手のひらでほどよくぬくめられた秘油は、こわばりにまとわりついて、熱く燃えた。

存分に油が行き渡ったのを見定めてから、湯女はこわばりに手のひらを回し、ゆっくりと上下に撫でた。

身体中に贅肉《ぜいにく》のついた奉行所の重役も、湯女のしごきを受けると、股間をこわばらせ、そして、たちまちに果てた。

保利蔵の宿の次の間に招かれたい一心で、役人たちは廻漕問屋に便宜を図った。賭場が立つ五のつく日には、保利蔵の宿を警護するために、辻ごとに六尺棒が配された。

「この湯の心地よさは、たまらねえ」

檜《ひのき》の湯船は、長身の暁朗が存分に手足を伸ばせるほどに大きかった。その湯船に、温泉がかけ流しになっている。

七夕に熱田湊を出てから丸五日目にして、暁朗は存分に湯につかることができた。

しかも総檜造りの湯船に、温泉というおまけつきである。

湯殿に控えた湯女は、薄物に着替えていた。かけ流しの温泉を浴びて、胸と腰のあたりが濡れている。

薄物越しに見える乳首は、固く尖っているようだ。

「お湯加減はいかがでしょうか」

立ち上がった湯女の身体を、百目ろうそくが浮かび上がらせた。

たわわな乳房は、薄物からはみ出しそうだ。尻は豊かに丸く、小気味よく上がって見えた。湯女は暁朗に身体を見せつけるかのように、ゆっくりと向きを変えた。

薄物を通して、秘部のかげりが透けて見える。暁朗が大きなため息を漏らした。

「お世話をさせていただきます」

湯船のわきに湯女がしゃがんだ。

五十二

一夜明けた七月十二日、六ツ半（午前七時）。暁朗の朝餉《あさげ》は五十畳広間に用意されていた。

目の前に広がった庭には、斜めから朝日が差している。庭木には充分な手が加えられており、すでに打ち水がなされていた。

夏真っ只中のいま、樹木も生垣も、葉の緑が濃い。打ち水の名残《なごり》が、葉のうえで水玉を拵えていた。

昇りつつある朝日を浴びて、葉に残った水玉がキラキラと輝いている。朝餉の膳につく前に、暁朗は庭の美観に見とれた。

浪華丸は、五ツ半（午前九時）に船出を控えていた。下田湊から浦賀船番所までは、およそ二十五里（約百キロ）の船旅だ。

夏のいまは、おおむね風は逆風で南に向かって吹いている。しかし浪華丸の船頭仁助は、南風で膨れた帆を巧みに操り、船を北上させる技に長《た》けていた。

逆風の海路二十五里を走るのに、およそ二刻（四時間）。浦賀船番所の荷物改めに入用なのが、一刻（二時間）。だとすれば、浦賀を出るのは早くても、八ツ半（午後三時）だ。

陽が落ちてからの品川沖に投錨《とうびょう》するのは、きつく禁じられている。

今夜は、遠浅の神奈川沖に錨泊か。

今日中に江戸には着けないと分かり、暁朗はふうっとため息を漏らした。

「どうした、代貸。朝から、ため息なんぞをついて」

いつの間にか、保利蔵が後ろに立っていた。いつもの暁朗なら、ひとの気配には聡《さと》い。しかしいまは、保利蔵が背後にあらわれたことに、まるで気づかなかった。

「おはようごぜえやす」

保利蔵のほうに振り返り、軽くあいさつ代わりの会釈をした。

「親分が入ってこられたのに、まるで気がつきやせんでした」

保利蔵の忍び足に、暁朗は心底から感心していた。

「おれは、気配を消すのがうめえんだ」

江戸の代貸に誉められたのが嬉しいらしい。保利蔵は、いたずら小僧のような笑みを浮かべた。

「それで、どうだった」

保利蔵は、なにが、とはいわなかった。暁朗はしっかりとうなずき、抱き枕がいかに心地よかったかを答えた。

「それなら、なによりだ」

保利蔵に指し示されて、暁朗は広間の真ん中に戻った。膳がふたつ、向かい合わせに用意されていた。

「うちは、朝飯のうめえのも自慢だ。たっぷりと食ってくれ」

保利蔵が言い終わるなり、女中が三人も入ってきた。

ひとりは炊き立て飯の入った、小型の櫃《ひつ》を抱えていた。暁朗と保利蔵が食べる分だけ入った櫃である。

ふたり目の女中は、手焙《てあぶ》りのような七輪を手にしていた。赤く熾《お》きた炭火の熱が、座っている暁朗にも伝わった。

三人目の女中は、味噌汁の入った鍋を提《さ》げていた。香ばしい味噌の香りが、五十畳座敷の真ん中で漂っていた。

「明日には江戸だな」

「へいっ」

暁朗の返事が弾んでいる。保利蔵は目元をゆるめて、ねぎらうようなうなずきを見せた。

女中のよそった炊き立て飯は、茶碗のなかで一粒ずつ立っているようだ。飯をよそった女中は、生卵の割られた小鉢をふたりの膳に載せた。

屋敷の台所近くで、放し飼いのにわとりが産んだばかりの卵だ。ぷりっと膨れた黄身は、真新しさのあかしだった。

「代貸には、大きな借りができた」

「なんのことでやしょう」

晩朗がいぶかしげな顔になったとき。

真新しい木綿に袖を通した女が入ってきた。

着替えをした、おきちだった。

五十三

晩朗の膳には、焚き立て飯をよそった茶碗が載っている。熱々の飯に生卵をかけ、醤油をひと垂らしして食べるのが、晩朗の大好物である。

ところがいまは、茶碗に手を伸ばそうともせず、目を見開いて驚いていた。

「おはようございます、代貸」

身繕いを終えたおきちが、膝に両手を載せて朝のあいさつをした。

「おはようごぜえやす」

晩朗は思わず座り直して、ていねいな口調のあいさつを返した。代貸を務める晩朗がつい背筋を張ってしまうほどに、おきちには貫禄《かんろく》が感じられた。

身につけているのは、紫と薄紅色の朝顔が描かれた、木綿の浴衣《ゆかた》である。いかに保利蔵の力をもってしても、わずか一夜のうちに着物を仕立てることはできなかったのだろう。

しかし浴衣と帯は、おきちのために誂《あつら》えたかのように似合っている。仕立てではなく、おきちの着こなしが巧みだからだ。

目配せを受けて、おきちは保利蔵の隣に移った。給仕役の三人の女中は、保利蔵とおきちに会釈《えしゃく》をして部屋から出て行った。

「代貸には、大きな借りができた」

おきちが隣に座ると、保利蔵はさきほどと同じ言葉を口にした。おきちは暁朗に向かって辞儀をした。

「もう察しはついてるだろうが、おれとおきちさんとは、ことのほか相性のいいことがよく分かった」

保利蔵はてらいもなく言い放ったが、おきちは恥ずかしそうにうつむいた。

「おれのところにいる限りは、清水湊の貸元衆も、おきちさんに手出しをすることはない。いずれ折りをみて、先方にはこちらからあいさつをさせてもらう」

保利蔵は、おきちは下田湊にとどまると暁朗に伝えた。

ひとのえにしのめぐり合わせを思い、暁朗はふたりを見ながら吐息を漏らした。

「代貸は、おれたちの縁結びを果たしてくれた大事なひとだ」

保利蔵は真顔で言った。おきちは居住まいを正して、暁朗を見ている。

「役に立てたんなら、なによりでさ」

答えを聞いて、保利蔵とおきちが揃ってあたまを下げた。

「もったいねえことで……どうぞ、あたまを上げてくだせえ」

暁朗が口にするまで、ふたりはあたまを下げたままだった。

「頼みごとばかりですまないが、代貸にはこの場で盃を受けてもらいたい」

「盃てえのは、なんのことで」

渡世人にとっての盃ごとは、大事な儀式である。保利蔵から盃を受けてほしいといわれても、軽々しくは答えられなかった。

「代貸に迷惑をかける盃じゃあない。おれとおきちさんとの縁結びの、仲人の盃を受けてもらいたい」

縁結びの固めの盃。それなら受けられると分かり、暁朗は安堵した。

「引き受けてもらえるなら、せっつくようですまないが、いまここでお願いしたい」

保利蔵が言い終わると、おきちが立ち上がった。そして自分の手で盃三つと、徳利の載った膳を運んできた。あらかじめ用意してあったらしく、膳も盃も、祝い事に用いる黒漆《くろうるし》の拵《こしら》えである。朝の光のなかで艶々《つやつや》と光っている膳と盃には、金蒔絵《まきえ》で鶴亀が描かれていた。

保利蔵は最初に暁朗の盃に酒を注《つ》いだ。次におきちの盃を満たし、仕舞いにおのれの盃に祝い酒を注いだ。どの盃にも形だけではなく、なみなみと酒が注がれている。

「今後とも、なにとぞよろしく」

「こちらこそ」

正座に座り直した暁朗は、盃を高く掲げた。

「本日は、まことにおめでとうごぜえやす」

暁朗の音頭で、三人が同時に酒を呑み干した。しっかりと固めができた。


船出の支度は、五ツ（午前八時）過ぎから始まった。身支度を終えた暁朗は、保利蔵に招かれて帳場奥の八畳間に入った。

「このところ、毎年のように江戸に向かう廻船が増えてきている。あけすけにいえば、増えすぎて、奉行所の役人だけでは面倒が見切れなくなっている」

下田奉行所の役人たちは、保利蔵のような貸元を手足に使って、荷物改めを執《と》り行っていた。

が、そうしてもまだ、すべての積荷を詮議するのは不可能に近かった。下田湊には寄港せず、江戸湾の入口、浦賀湊へと直行する船も少なくなかった。

浦賀は古い漁師町である。岸壁の作事もしっかりしており、千石船でも横付けできる二町（約二百十八メートル）の長さのある船着場も作事されていた。

去年あたりから、下田の荷物改めを回避して、浦賀に向かう船が激増している。それを重視した公儀は、浦賀に荷物改めの仮番所を普請していた。

「浦賀では抜き打ちに船を名指し、船着場に留め置いて荷物改めをやっている。もしも役人に停船を言われたら、こいつを見せりゃあいい」

保利蔵は、一通の封書を暁朗に手渡した。

『積荷吟味済之証』

封書の表書きには、下田奉行所公印が朱肉で押印されていた。朱肉印が押せるのは、公儀公文書に限られている。印を見ただけで、役人には書類が本物だと分かった。

「これさえありゃあ、もしものときでも浦賀で揉めずにすむ」

奉行所と談判して、保利蔵は公印の押された証書を暁朗のために入手していた。

「空模様がよくねえ。これを見せて、早く江戸湾にへえったほうがいい」

保利蔵は証書とともに、下田神社から授かった海路安全の御守も、暁朗に手渡した。

「ありがとうごぜえやす」

保利蔵の厚意が嬉しくて、暁朗は深くこうべを垂れた。不覚にも涙が落ちたが、保利蔵には気づかれずにすんだ。

五十四

七月十二日、五ツ半（午前九時）過ぎ。箱崎町の宿では、あやめの恒吉が熱々の玄米茶を飲んでいた。

真夏でも恒吉は、長火鉢の炭火を絶やさなかった。長火鉢の五徳《ごとく》には、使い込まれた南部鉄瓶が載っている。

煮え立った湯で、恒吉は日に三度、熱々の玄米茶を自分でいれた。茶の葉は、日本橋室町《むろまち》の土橋屋に若い者を差し向けて、十日ごとに仕入れている。

若い者は茶の葉を買い求めたその足で、鈴木越後《すずきえちご》から干菓子《ひがし》も仕入れてきた。将軍家御用達の鈴木越後は、上品な甘さの干菓子の老舗《しにせ》として、江戸中に名を知られていた。

酒豪の恒吉は、甘味は苦手な男である。しかし鈴木越後の干菓子だけは別だった。

まだ駆け出しの若造時分に、浜町の芸者と成り行きで一夜を過ごしたことがあった。

夏の盛りで、目覚めたときには身体中が汗まみれになっていた。

「こっちにいらっしゃい」

先に起きていた芸者は、長火鉢の前に座っていた。化粧を落とした素顔が、朝日を浴びている。肌の美しさに見とれていたら、芸者は茶の支度を始めた。

障子戸はいっぱいに開かれていたが、風の通りがわるい。座っているだけで汗がにじんでくる朝だったが、芸者は涼しい顔で湯気の立った鉄瓶を手にした。

熱湯を注がれた玄米茶は、強い香りを漂わせた。

「どうぞ、おあがんなさい」

玄米茶と一緒に、菓子皿には干菓子三個が載っていた。口にすると、いままで知らなかった上品な甘味が口一杯に広がった。

「この干菓子は、なんてえ名なんで？」

「日本橋の鈴木越後さんよ。甘すぎないから、男のひとにもおいしいでしょう」

若き日の恒吉は、食べるのを惜しみながら干菓子を味わった。玄米茶のうまさも、その朝に初めて知った。

一家を構えたとき、恒吉は最初に誂えたのが長火鉢である。南部鉄瓶は、みずから足を運んで選んだ。

真夏に長火鉢の火を切らさないのも、五ツ半に玄米茶と干菓子を口にするのも、女の家で味わった通りにしたいからだ。

「へえりやす」

若い者が、折り畳んだ半紙を手にして入ってきた。

受け取った恒吉は、半紙を開く前に茶をすすった。四つに畳まれた半紙を開くと、太い筆文字があらわれた。

『七月十二日七ツ（午後四時）過ぎから、十三日四ツ半（午前十一時）にかけては、野分が江戸を通り過ぎる』

暁朗の江戸帰着が近いと分かった日から、恒吉は毎朝、その日の空見を見立てさせた。

野分の文字を見て、恒吉から深いため息が漏れた。

五十五

浪華丸の前方に浦賀船番所が見え始めたのは、七月十二日の八ツ（午後二時）前だった。

「いよいよ、江戸だがね」

表仕《おもてし》（航海士）の多助が、船端に立った暁朗のそばに寄ってきた。

「いよいよ江戸でさあ」

込み上げるさまざまな思いに押されて、暁朗は多助の言葉をそっくりなぞり返した。

「江戸湾に入りさえすれば、船は多いが内海だでよ。もう心配はいらね」

熱田湊を出て以来、表仕の多助はほとんど休むことなく働きづめだった。が、いまは浪華丸の前方四半里（約一キロ）のあたりに、浦賀船番所の大きな船着場が見えていた。

湊が目視できるようになれば、あとは舵取の洋助と、船頭の仁助の仕事だ。

「暁朗さんも、よくぞここまで踏ん張っただなあ……」

浦賀船番所が見え始めたことで、多助も張り詰めていた気持ちが、大きくほぐれているのだろう。弱音を吐かなかった暁朗を称《たた》えながらも、多助はおのれをねぎらうような物言いをした。

下田湊から浦賀船番所までは、丑寅《うしとら》（北東）の方角の一本道である。だだっ広い相模灘《さがみなだ》には、岩場もなければ浅瀬もない。船はひたすら、丑寅を目指して舵を取るだけだ。

傍目《はため》には、やさしい船路に見える。しかし下田湊から浦賀までは、表仕には気が抜けない二十二里（約八十八キロ）の航路だった。

雲ひとつなく晴れた日でも、相模灘には常に強風が吹き渡っていた。しかも風の向きは、猫の目よりも激しく変わるのだ。

陸《おか》から海に吹き渡る途中で、風は富士山、大山、伊豆の天城《あまぎ》連山などにぶつかる。そしてぶつかる都度、風向きを大きく変えた。

激しく吹き渡る途中で、風は雲の動きにもいらぬ口出しをした。機嫌よく空に浮かんでいた雲が、山から吹き渡ってきた風に押されて海上に流される。

海に出た雲は、海水と示しあって雨を拵《こしら》えた。降り始めた雨に、風はまた口出しをする。

もっと強く、もっと雨脚を激しくしたらどうだ、と。

山にぶつかって吹く風が音頭を取って、相模灘の天気をくるくると変えるのだ。表仕は、風を身体全体で受け止めながら、船の針路を定めなければならない。

江戸を目指す船が下田湊までくれば、多くの水主たちは気をゆるめた。しかし表仕には、下田湊から浦賀船番所までの海路が、本当の胸突き八丁だった。

浪華丸は、その難所を乗り越えて浦賀船番所を目の前にしている。多助がおのれをねぎらいたくなったのも、無理はなかった。

「おい、多助。ここさくるだ」

舵取の洋助に指図をしていた仁助が、強い口調で多助を呼び寄せた。舳先《へさき》には船着場が見えていたが、格別に揉め事が起きているわけでもなかった。

多助はいぶかしげな顔つきで、船頭に近寄った。

「あの空を見てみれ」

仁助は丑寅の空を指差した。が、多助の目にはいつも通りの空にしか見えなかった。

「神奈川宿の沖合いを、ようく見るだ。妙な雲が動いてるべ」

「おれにはなんも見えねえけんど……」

言いかけた途中で、多助はあとの言葉を呑み込んだ。仁助の言う通り、神奈川沖の空の一角に、濃いねずみ色の雲のかたまりが浮かんでいた。

「ついいまさっきまで、あんな雲はなかったが……うっかり見落としてすまねえこって」

相模灘を乗り切ったことで、気がゆるんでいたのだ。多助は船頭に詫びた。

「わしもいま気づいたとこだ。おめの落ち度ではねえって」

船頭と表仕が、互いに顔をしかめ合った。ふうっと大きな息を吐いたあとで、船頭は船端に立っている暁朗に目を向けた。

「暁朗さんよう」

多助を呼び寄せたときとは異なり、仁助は穏やかな物言いで暁朗を手招きした。

「どうかしやしたんで」

ひとの気配の変わりようには、賭場の代貸は敏感だ。仁助は、努めて穏やかな物言いをしていた。しかし暁朗は、先刻までとは様子が違うと察していた。

「わるい話なら、遠慮は無用でさ。はっきりと、突き当たりまで聞かせてくだせえ」

「分かった」

顔つきを引き締めた仁助は、正面から暁朗の目を見詰めた。

「いまは八ツの見当だが、あと一刻のうちに嵐がくる」

「嵐は、江戸のほうからで」

「わしらが進む先に、いやな雲が待ち構えているだ」

仁助が神奈川沖を指差したときには、雲のかたまりが倍以上に膨らんでいた。

「風は江戸とは逆風だでよ。下田湊に逃げ込むなら、追い風になるだ」

「江戸に向かったら、どういうことになりやすんで」

「闇の海で、散々に揺さぶられる。わるくすりゃあ、杉を流しちまうかもしれね」

仁助は深いため息をついたあと、腕組みをした。腕に生えている濃い体毛が、大きく揺れている。凪はすでに強くなっていた。

「ここまできて下田に引き返すのは、喧嘩相手に背中を見せるも同然でさ」

「なら、どうするね」

「嵐がくるのは、承知のすけだ。どんだけ揺れようが、江戸に向かって突っ込んでってくだせえ」

「そういうことなら、すぐにやるべさ」

「行ってくれやすね」

「わしは熱田湊の仁助だ」

暁朗に向かって、船頭はぐいっと胸を張り、あごを突き出した。

「喧嘩相手に背中を見せねえのは、あんただけじゃねっからよ」

仁助がきっぱり言い切ると、浪華丸の水主たちが「おうっ」と雄叫びを上げた。

五十六

尾張町の普請場では、職人たちが八ツの休みをとっていた。

「毎日飲んでも、美味さは変わらねえ」

「あたぼうじゃねえか。茶をいれてくれるのは、土橋屋さんだぜ」

「ちげえねえ、うめえわけだ」

縁台に腰をおろした左官職人が、湯呑みの上煎茶を飲み干した。蔵普請の施主は、どの店も江戸で名の通った老舗である。

火事で丸焼けになったあとでも、老舗は暖簾《のれん》を大事にする。毎日の八ツに供する茶菓は、どの施主も暖簾にかけて飛び切りの品を供した。

茶は宇治か駿河の上煎茶で、菓子は分厚く切ったようかんか、甘い餡《あん》がたっぷり詰まったまんじゅうが決まり物である。

おのれの宿では番茶しか飲んだことのない職人たちは、八ツに飲める上煎茶をことのほか楽しみにした。

「このぬるさが、なんとも上品だぜ」

「分かったようなことをいうじゃねえか」

鳶《とび》のひとりが、仲間を見て口を尖らせた。

「口んなかがやけどするような、熱い茶じゃねえから物足りねえとぼやいてたのは、どこのだれなんでえ」

「やなことを言うんじゃねえ」

八ツのたびに、職人たちは弾んだ笑い声を上げた。施主のもてなしが、飛び切り上等だったがゆえである。

尾張町角の雑賀屋の敷地内では、伊豆晋の面々が休んでいた。

「いまごろ暁朗さんは、浦賀の船番所で吟味を受けているんじゃありやせんか」

分厚い湯呑みを手にした数弥が、隣に座った嘉市に問いかけた。

晋平配下のなかでは、数弥は最年少だ。が、若いくせに、ひと一倍茶の好きな数弥は、普請場にも自前の湯呑みを持参していた。

「そういやあ、ゆんべ遅くにあやめの親分ところから使いがきてたぜ」

まんじゅうをひと口で平らげた嘉市は、二個目に手を伸ばしながら口を開いた。

「あやめの親分のところで、なにか起きたんですかい？」

孔明が心配顔を嘉市に向けた。八ツの陽差しが、尾張町に降り注いでいる。陽を浴びて、孔明の禿頭《とくとう》が艶々《つやつや》と光った。

「今日の夕方から明日にかけて、ひどい嵐がくるてえんだ」

「あやめの親分が、空見の見当を？」

「そんなわけはねえだろう」

嘉市は大きな目で、孔明を見据《みす》えた。

「親分が使っている空見師が、きっぱりと見当を伝えたそうだ」

「尾張町はこんなに上天気だてえのに、嵐がきやすかい……」

孔明は、空見師の見立てを信じていないようだ。そんな孔明を後押しするかのように、尾張町の空は、まだ高く晴れ上がっていた。

五十七

浪華丸の舳先《へさき》に立った暁朗は、神奈川宿方面の空を凝視していた。

これから進む前方には、嵐が待ち構えている。海にはまだまだ素人の暁朗だが、雲の動きが尋常でないことは察することができた。

「綱をしっかり巻き取っておけよう」

「轆轤《ろくろ》には、たっぷり油をくれとけや」

「手のあいている者がいたら、水がめをもっときつく結《ゆ》わえ直してくれや」

船の後方では、水主《かこ》たちが船出に備えて慌《あわただ》しく動いていた。

行く手に待ち受けている嵐がどれほど激しかろうとも、敵に背中は見せない。

暁朗と仁助は、互いの目をしっかりと絡ませて、そのことを確かめ合った。

「行ってくれやすね」

「わしは熱田湊の仁助だ」

何十年と海に生きてきた男と、陸《おか》の修羅場《しゅらば》をくぐってきた男とが、ともに命をかけて口にした言葉である。船頭が下した指図には、水主たちに異存のあるはずもなかった。

熱田湊を出たときには、船頭の仁助はもとより、水主の大半が暁朗は海の素人だと見下していた。いまでは船頭も水主たちも、暁朗を海の仲間として迎え入れていた。

さきほどから暁朗が睨み続けている空の動きが、さらに妖しくなっていた。

墨色と鈍色《にびいろ》。そして少し明るいねずみ色に、ひと垂らしのだいだい色を加える。それらをほどほどに混ぜてできあがった、まだら模様。

神奈川宿方面の空は、妖しくて不気味な色味を見せていた。

「暁朗さんよう」

舵を握ったまま、船頭が暁朗に呼びかけた。空を凝視するのを中断して、暁朗は船《ふな》長《おさ》のそばに近寄った。

「船乗りみんなの命と、あんたが買い付けた大事な杉の行く末がかかってることだ」

仁助の物言いは、いままで聞いたことがなかったほどに張り詰めていた。

「もういっぺん確かめさせてもらう」

両目に渾身《こんしん》の力をこめて、船頭は暁朗を見詰めた。

「船を出してもいいんだな」

「へいっ」

間髪をいれずに暁朗は答えた。

「江戸に着くまで、みんなの命をあっしに預けてくだせえ」

「分かった」

低い声で応じた仁助は、表仕《おもてし》（航海士）の多助を呼び寄せた。

「狼煙《のろし》をしっかりあげて、あとの連中に出帆を伝えろ」

「へいっ」

多助は艫《とも》に戻り、狼煙の支度を始めた。

大型の七輪には、炭火が真っ赤に熾《お》きている。その炭火に、狼と鹿の糞を混ぜた黄色い粉を振りかけた。

狼の糞には、煙を高く立ち昇らせる効能がある。カラカラに乾かした鹿の糞は、強い風を浴びても、煙を束ねたまま四方に広がらせない効能を発揮した。

炭火に炙《あぶ》られて、黄色の煙がぶわっと生じた。多助は煙の上部に鍋をかぶせて、煙の立ち昇り方を操った。

短い煙が三本昇ったあとに、長い煙が一本続いた。
ト、ト、ト、ツー。
多助は、煙の昇り方を口にした。
ト、ト、ト、ツーは、嵐のなかに突っ込んでいくという合図である。
ツー、ト、ト、ト。

黄色い狼煙を確かめた後方の僚船から、多助の報せを了解したという答えが返ってきた。多助の煙は黄色、僚船からの返事は赤である。

強い風が吹き渡っている浦賀の空に、黄色いひと筋の煙と、赤い幾筋もの煙が威勢よく立ち昇った。

たっぷり狼と鹿の糞を混ぜた狼煙だが、風の強さは半端ではない。合図を伝えたあとの煙は、たちまち凪に流された。

流れて行く先には、黒雲が待ち構えていた。

五十八

下田湊を正午に出た船は、浦賀に向けて舵をがっちりと固定していた。

保利蔵の持ち船『閻魔丸《えんままる》』で、千石積みの大型弁才船だ。しかしいま閻魔丸が積んでいるのは、重石《おもし》代わりの四斗樽だけだった。

閻魔丸の帆柱の高さは、九丈（約二十七メートル）もあった。この帆柱に二十七畳大の帆をいっぱいに張れば、凄まじい速さで海を走る。

「閻魔丸がどれほど速いか、試してみようじゃねえか」

去年の秋、保利蔵は下田湊から浦賀までの二十里（約八十キロ）を、わずか一刻（二時間）少々で走り抜けた。

そのときは、積荷なしの空船だった。

二十七畳大の帆を一杯に張った弁才船は、小さな波は蹴散らして走った。しかし大波に乗り上げたときは、上下の揺れだけではなしに、左右にも激しく揺れた。

船蔵がカラで、船が軽過ぎたからだ。

それに懲《こ》りた保利蔵は、いまは水を詰めた四斗樽を船蔵いっぱいに並べていた。

閻魔丸は、船板に堅い樫《かし》をふんだんに使っていた。そして要所はすべて、鉄製の鋲《びょう》で補強をしてある。

二十七畳もある帆は、赤と黒の市松《いちまつ》模様に染められていた。

海上で身動きできなくなった船は、赤い狼煙をあげて助けを呼ぶ。もしも下田周辺の海に狼煙が上がったときは、真っ先に駆けつけるのが御助け船の閻魔丸なのだ。

暁朗たちが出帆したあと、保利蔵は強い胸騒ぎを覚えた。それを振り払おうとして、下田一と評判の高い易者と、遠く離れた武州の空も読める空見師を呼び寄せた。

「今夜は嵐に遭遇して、ひどい目に遭う」

易者も空見師も、浪華丸に関して同じ見立てをした。

「なにができるか分からねえが、放ってはおけねえ」

保利蔵は、すぐさま閻魔丸を仕立てて下田湊を出帆した。

すでに八ツ（午後二時）を大きく過ぎた見当だが、前方にはまだ浦賀水道は見えていなかった。

「もっと帆をいっぱいに張りねえ」

保利蔵の指図で、閻魔丸の水夫が轆轤《ろくろ》を回そうとした。しかし帆はすでに一杯で、轆轤の梶棒《かじぼう》はびくとも動かなかった。

風は、浦賀から下田に向かって吹く逆風である。保利蔵は強い舌打ちをして、舵を操った。

閻魔丸は逆風をものともせずに、浦賀船番所を目指して走っていた。

五十九

浪華丸《なにわまる》が曳航する丸太は、大蛇のようなうねりを見せていた。

なにしろ杉丸太一本の長さが二丈半（約七・五メートル）である。その大きな杉十三本で組んだいかだを、縦に十枚連ねていた。

「うねりはさらにひでえことになってるだが、船はまだ持ちこたえてるだ」

艫《とも》に立った多助が、大声で様子を伝えた。

「上下の揺れは」

舵取の洋助は、長い柄を摑《つか》んだままで問いかけた。波に揉まれ続ける浪華丸は、ひどい上下の揺れを繰り返している。

舵の柄を握った洋助の右腕には、太い血筋がくっきりと浮かび上がっていた。

「上下に……」

多助は両手で四角い箱型を拵《こしら》えて、目の前にかざした。箱のなかで、いかだが上下に大きく揺れていた。

「一丈半（約四・五メートル）だ」

多助が見当を伝えたとき、それまでにない大きな上下の揺れが襲いかかってきた。多助は甲板に乗せた両足にぐっと力を込めた。揺れが頂点に達して落ち始めると、足首の力を加減して身体を真っ直ぐに保った。

「上下の揺れを読み直すだ」

もう一度箱の形を拵えた多助は、目を凝《こ》らして最後尾の丸太を見詰めた。

ときはすでに七ツ半（午後五時）を過ぎている。空の根元近くには、まだ陽は残っているのだろう。しかし分厚い雲が、夕陽の明かりをさえぎっていた。

「上下の揺れは、二丈を超えた」

多助が差し迫った物言いで、舵取の洋助に伝えた。多助が海を見詰めている間に、上下のうねりは半丈（約一・五メートル）も高さを増していた。

「おやっさん」

舵を握った洋助が、怒鳴り声を発した。いままで聞いたこともない、張り詰めた声の調子である。周りにいた水主《かこ》たちが、一斉に洋助と差配の由吉に目を向けた。

「うねりが二丈を超えただ」

洋助は柄を強く握ったまま、由吉に伝えた。

「多助の怒鳴り声なら、おれも聞いた」

落ち着いた声で応じた由吉は、艫に移って多助のわきに並んだ。両手で多助と同じような箱型を拵えると、夕闇に包まれ始めた海に向けた。

「ことによると、二丈を超えてるかもしれねえべ」

由吉が口にした見当に、多助はうなずきで応じた。

「親方に決めてもらうほかはねえ」

引き締まった物言いを残して、由吉は船蔵におりた。幾らも間をおかずに、船頭の仁助は暁朗と一緒に艫に上がってきた。

「あの揺れ方だら、二丈は超えてるだ」

海の様子をひと目見るなり、仁助はうねりの高さに見当をつけた。

いかだを曳かずに浪華丸だけで走るなら、三丈（約九メートル）の途轍《とてつ》もないうねりに遭遇しても、舵取で乗り切ることはできた。

しかしいまは、長さ二十五丈（約七十五メートル）ものいかだを曳航している。二丈を超えるうねりが続けば、船はいかだに引っ張られて、沈没もしくは転覆から逃げられないだろう。

いかだを捨てて、身軽になるか。

いかだに引っ張られて、荒海に沈むか。

どちらをとるにしても、一刻の猶予《ゆうよ》もないほどに、状況は差し迫っていた。

「荷主のあんたが決めるだ」

またもや仁助は、暁朗に下駄を預けた。

「どっちをとっても、わしはあんたの決めに従うでよ」

激しい上下動に身をまかせながら、仁助は暁朗の目を見詰めた。

「わしらの命は、浦賀を出たときにあんたに預けた。どうするか決めるに、なんも遠慮はいらねえだ」

「分かりやした」

丹田《たんでん》に力を込めた暁朗は、仁助の両目をしっかりと見詰めた。

「このままでは、いかだも船も助かる見込みはありやせんので？」

「うねりが続く限りは、まったくねえ」

仁助は迷いのない物言いで言い切った。船はさらに激しく上下に揺れている。暁朗の身体が前に倒れ込んだ。

仁助は両腕を広げて、暁朗をしっかりと受け止めた。あたかも暁朗を、海の男として称《たた》えるかのような受け止め方だった。

「いかだの尻尾を別の船が抑えつけりゃあ、揺れは少しは収まるがよ。この嵐のなかじゃあ、あとに続いてる連中も、おのれの世話で手一杯だ、とっても助《す》けには回れねえ」

浪華丸に続いているどの船も、曳航する杉は浪華丸の半分である。それでも船はうねりにもてあそばれており、浪華丸を助けることはできそうにもなかった。

「そうだとすりゃあ、いかだを切り離さねえ限りは、船は助からねえんでやすね」

「その通りだ」

仁助はもう一度、きっぱりとうなずいた。いつの間にか浪華丸の船乗り全員が、暁朗の周りに集まっていた。飯炊きの賢太郎も、前垂れをつけたままの姿で、梅吉の後ろに立っていた。

「あっしはあやめの恒吉に見込まれて、熱田湊まで杉の廻漕に出向きやした」

暁朗は気負いのない物言いで、仁助に語りかけた。

「うちの親分は、あっしが命を惜しんでいかだを切り離しても、ひとことの文句も言わねえおひとでさ」

「大した器量だ」

仁助が相槌《あいづち》を打つと、暁朗は目元をゆるめてうなずいた。恒吉を誉められたのが、嬉しかったのだ。が、すぐに顔つきを元に戻した。

「そうかといって、杉を捨てたあっしには、親分のもとに持ってけえれるつらはありやせん。杉を捨てるてえことは、あっしの身体も海に流すてえことでさ」

一気に言い切った暁朗は、仁助を静かな目で見詰めた。

仁助はいささかの間もおかずに、暁朗に向かってうなずき返した。

「あんたの言い分をなぞる気はねえが、積荷を流したまま、知らぬ顔で生き続けるほどには、命根性はいやしくねえ」

どこで覚えたのか、仁助はきれいな江戸弁を遣った。船頭の物言いを聞いて、暁朗は目を見開いた。暁朗以上に、浪華丸の水主たちが驚き顔を拵えた。

「おれがまだわけえ時分に、江戸の女と深川で所帯を構えていたことがあるんだ。生きているうちに、いっぺんこの江戸弁を遣ってみたいと思っていたんだが……どうだい、暁朗さんよう。さまになってるか」

「うちの親分にも負けねえような、きれいな江戸弁でさ。おみそれしやした」

暁朗が深い辞儀をした。

船とともに、命を捨てると決まった浪華丸の甲板の上で……。

男たちはだれもが、心底からの笑みを浮かべていた。

六十

甲板に立っているだけで、海上を暴走する風に吹き飛ばされそうになる。白波が放つしぶきが、切れ間なく四方に飛び散った。

そんな嵐のなかで、閻魔丸《えんままる》は帆をいっぱいに張っている。浦賀船番所は素通りして、先を行く浪華丸を追っていた。

「こんななかを江戸に向かうとは……」

閻魔丸の舵を握った船乗りが、つぶやきを漏らした。

「江戸に向かうから、どうしたんだ」

舵取のわきに立った保利蔵が、目元に力をこめて問いかけた。舵取は答える前に、大きく息を吸い込んだ。

「暁朗てえ渡世人も、浪華丸の船頭も、呆《あき》れるほどに肝っ玉のでかいひとたちでさ」

「言うまでもねえだろう」

強い調子で応じた保利蔵は、ふっと目元をゆるめた。

「そう言うおまえも、こんな嵐の海を突っ走ってるじゃねえか」

「それはそうでやすが……」

舵取の顔にも、まんざらでもないという笑みが浮かんでいた。

浦賀を過ぎたころから、一段と夕闇が濃さを増していた。

たとえ浪華丸が帆をいっぱいに張って走っていたとしても、長いいかだを曳航しているのだ。重し代わりの水だけを積んで爆走する閻魔丸は、船足で大きく勝っているはずだ。

「目を凝らして前を見てろ」

舳先《へさき》に立った物見に、保利蔵は大声で注意を促した。

「さっきから右舷前方一里のあたりに、船影のようなものが見えてやすが」

夕闇が濃くなっているために、物見は確信が持てないようだ。保利蔵はすぐさま舳先へと移った。

「どのあたりだ」

た。


「あすこでさ」

物見は右の人差し指を、右舷の方角に突き出した。

「間違いねえ。あれは船だ」

神奈川宿の手前で、閻魔丸は浪華丸たちに追いついた。物見が両手をこぶしに握った。

六十一

「あれは船でねっかなあ……」

浪華丸の艫《とも》でいかだの見張りを続けている小三郎が、ぼそりと声を漏らした。

艫の見張りを、梅吉と交替したばかりである。夜目も遠目も、小三郎は相応の自信を持っていた。しかし海面は闇にとけていた。

「夜の海を見るときは、目ん玉をしっかり開いてねっと、魔物の餌食になるでよう」

年長者の水主《かこ》から、小三郎は何度もこれを聞かされていた。

「暗い海の上だら、物の怪《け》がいっぱい走りよるでよ。うっかり見間違えたりしたら、その者が物の怪に食い千切られるだ。なにか見えたと思ったら、ひとに言うめえに、三度はおのれの目で確かめれや」

小三郎のあたまのなかを、年長者の言葉が走り回った。

夜の海には物の怪が出る。物の怪はさまざまな物に変身して、ひとを騙《だま》しにかかる。

それと知らずに見間違いを口にしたら、騙された者が食い殺される。

いままで、小三郎は物の怪を見たことはなかった。魔物に食い千切られた者を見たこともなかった。

いま、生まれて初めてそれを目にしているかもしれね……小三郎は、身体の芯から震え上がった。

ついさきほどは、船頭の江戸弁を耳にした。

船は嵐のなかに突っ込んでいる。

渡世人がおのれの命をかけて、途方もない数の丸太を運ぼうとしている。

いままで経験したことのなかったことが、次々と生じていた。そのきわめつきが、艫の彼方に見えている物の怪だ……そう判じた小三郎は、しっかりと目を見開いて艫の彼方を見詰めた。

次々と押し寄せる大波が、曳航する丸太をもてあそんでいた。闇のなかでも、上下左右にのたうち回る丸太は、ぼんやりながらも見定めることができた。

あれは丸太だ。

小三郎は、口に出してつぶやいた。そしてさらに目を凝らして、曳航している丸太の先を見た。

うわっ。

たまげた小三郎は、波しぶきに濡れた甲板に尻餅《しりもち》をついた。

闇の中に、はっきりと帆柱を見た。その船影に驚いて、腰から砕け落ちたのだ。

急ぎ立ち上がると、もう一度、闇の彼方に目を向けた。

口にするまえに、三度確かめろと言われている。一度目は、はっきりと見た。残るは、あと二回だ。

おれを騙す気なら、やってみれ。

小三郎は、もう怯《おび》えてはいなかった。

六十二

閻魔丸は、浪華丸が曳航するいかだのすぐ後ろにまで迫っていた。波にもてあそばれる丸太の端と、閻魔丸の舳先との間は、わずか二間（約三・六メートル）の隔たりしかなかった。

二間幅は、閻魔丸を無事にとどめておくための、ギリギリの間隔である。これ以下に間合いを詰めたら、いつなんどき、長さ二丈半（約七・五メートル）もある杉の丸太に襲いかかられるか知れたものではない。

閻魔丸の造りは、並の弁才船よりは数倍も丈夫だ。さりとて大波の勢いに押された杉丸太にぶつかられたら、閻魔丸といえども無事にはすまない。

「浪華丸の見張りは、わしらに気づいているのか」

「暗くて分かりません」

閻魔丸の舳先は、ひっきりなしに大波をかぶっている。海水と雨とがまぜこぜになったしぶきを浴びながら、物見は大声で保利蔵に答えた。

保利蔵はあとの口を閉ざしたまま、海面をのた打ち回っている丸太の端を見詰めた。大きな横波に襲われると、いかだは左右にひどい流され方をする。その都度、浪華丸は船体を揺さぶられた。

このうえ横揺れが激しくなると、丸太に引っ張られて船は転覆する。それを免れるためには、いかだの曳き綱を切断するしかないのだが……。

あの暁朗さんのことだ。命惜しさに、綱を切ることはしねえ。

保利蔵は、そう断じていた。暁朗とは、わずか一夜のかかわりでしかない。しかし男が男の気性を感じ取るには、一夜あれば充分だ。

なんとしても、暁朗さんたちを助けるぜ。

保利蔵は丹田に力をこめて、海上で暴れ回っているいかだを見詰めた。

「いかだの端を、うちの船にしばりつけりゃあ、この嵐のなかでもどうにかなる」

「それはそうでやしょうが……」

舳先の物見は、それ以上のことは口にしなかった。

いかだの端を閻魔丸に縛りつけるためには、まず、海に飛び込まなければならない。そして大蛇のように暴れ回る丸太に乗り、太い綱を幹に回すのだ。

首尾よくそこまでやれたとしても、まだ大きな難関が待ち構えている。

荒れた海に飛び込み、もう一度、閻魔丸に戻ってこなければならない。しかもこれだけの作業をこなすには、呼吸のあった者がふたりはいる。

閻魔丸の水主《かこ》は、命しらずばかりである。おのれの命を惜しまず、他の船の救助に向かうのが務めだからだ。

閻魔丸が乗り出す海は、平穏であるわけがない。高さ二丈（約六メートル）を超える大波が、くるならこいとばかりに逆巻いている海が相手だった。

舳先の物見は、今年で二十五歳の良三《よしぞう》である。閻魔丸の水主のなかでは、自分が一番の度胸持ちだと、常から自負があった。

この海に飛び込めと命じられれば、ためらうことなく飛び込む男だ。

しかし丸太を縛りに向かうときに、だれとなら組めるかと考えたら、名前がひとりも浮かばなかった。

ゆえに良三は、保利蔵に余計なことを問いかけなかったのだ。

「煙火《えんか》の支度をしろ」

良三の胸の内を見抜いたかのような声で、保利蔵は煙火の支度を命じた。先を行く浪華丸に、救助を報せる花火である。

「がってんでさ」

船蔵におりようとした良三のたもとを摑《つか》み、保利蔵は引き止めた。

「おれが一緒なら、おめえはこの海に飛び込めるか」

「へいっ」

良三は一瞬も迷わずに返事をした。

六十三

小三郎は、閻魔丸の姿を三度確かめた。船だと断じたあとは、敏捷《びんしょう》に動いた。

「いかだの真後ろに、船が一杯、くっついています」

「なんだ、それは」

船頭の仁助には、小三郎が口にしたことの意味が呑みこめなかった。

「下田湊の御助け船が、ここまで出張ってきてくれたと思います」

「閻魔丸か」

「九分九厘、そうに違いありません」

下田湊の御助け船のことは、江戸に向かう船乗りならだれもが知っている。何杯もいる御助け船のなかで、保利蔵が率いる閻魔丸は、最強の一杯である。

船頭から問われた小三郎は、望みを託して閻魔丸だと答えた。

「そうか……閻魔丸がきてくれたか」

仁助はただちに水主全員を呼び集めた。暁朗も一緒だった。

「御助け船が、すぐ後ろについてくれているらしい」

「そいつあすげえ」

水主たちが顔つきを明るくした。煙火が凄まじい音を立てたのは、そのときだった。

煙火の光が、闇を切り裂いた。ほんのつかの間だったが、御助け船の形が見えた。

朱塗りの船は、閻魔丸に間違いなかった。

「豪気で知られた保利蔵さんが、いかだの真後ろについているなら……」

水主たちはまばたきをする間もおかずに、保利蔵がなにを考えているかを察した。

「保利蔵さんは命がけで、わしらの船を助けてくれようとしているぜ」

仁助がまたもや江戸弁をしゃべった。

「わしらにできる手助けは、船の揺れをおとなしくさせて、いかだの動きをのろくすることだ」

「へいっ」

「すぐに取りかかれ」

「がってんだ」

手のあいている水主たちは、艫の轆轤《ろくろ》の回りに集まった。

いまは目一杯の長さに綱を垂らしていた。いかだが左右に揺れても、綱が長ければ船体にぶつかる気遣いはないからだ。

仁助は、曳き綱を短くしろと指図をした。そうすれば、左右の揺れが小さくなる。しかし綱を短くすれば、浪華丸には転覆の怖さが大きくのしかかる。

船頭も水主も、そして暁朗も、そんな怖さはどうでもよかった。閻魔丸の手助けになることしか、考えていなかった。

「閻魔丸に合図だ」

仁助の指図で、浪華丸が煙火を打ち上げた。

蒼《あお》い光が、闇を切り裂いた。

六十四

「浪華丸が気づいたらしいな」

舳先《へさき》に立って浪華丸の艫《とも》を凝視していた保利蔵が、落ち着いた物言いで良三に話しかけた。暴風が吹き荒れる海には似合わない、気負いのない口調である。

「ほんの少しですが、いかだの揺れが小さくなってきやした」

応じた良三も、物静かである。保利蔵の落ち着きが、良三にもうまく伝染したらしい。

「こんな荒海のなかで、いかだ綱を短くするというのは、まぎれもなしに命懸けの決めごとだ」

浪華丸の船頭と水主《かこ》たちに、保利蔵は深い敬意を払っていた。それと同時に、素人ながらも荒海に負けていない暁朗にも、あらためて尊敬の思いを抱いた。

「浪華丸さんがこんな出方をしてくれたなら、こっちも命を懸けるほかはあるめえがよ」

「あっしがやりやしょう」

応えた良三は、なにをしなければならないかを、はっきりとわきまえていた。

「泳ぎにかけちゃあ、はばかりながら下田で一番の座を譲ったことはありやせん」

「それは違うぜ、良三」

保利蔵の目が笑っている。嵐の海とはまるで釣り合わない、きれいな笑顔だった。

「泳ぎでも女にもてることでも、おれが下田で一番を張ってきたんだ」

簡単にはおまえに、一番の座を渡すことはできねえ……保利蔵は、ぐいっと胸を反《そ》り返らせた。あたかも、悪ガキがいたずら自慢をするかのような仕草だった。

「おかしらがそう言い張るんじゃあ、仕方ありやせん」

今回に限り、一番の座は保利蔵でいいと良三が折れた。

「だからといって、この海に飛び込む役までは、おかしらには渡しやせんぜ」

海に飛び込んで綱を巻くのは自分だと、良三は強く言い張った。

「ひとりでできる仕事じゃねえ」

低い声で言い切った保利蔵は、もう目が笑ってはいなかった。

「おめえの命は、おれに預けてくれ」

真顔で良三を見詰めてから、保利蔵は軽くあたまを下げた。

「そんなもったいねえことを、しねえでくだせえ」

良三は強い言葉で、保利蔵のあたまを元通りに上げさせた。

「あっしのほうから、おかしらに命を差し出してえんでさ」

良三は自分から、深々とあたまを下げた。

浪華丸が打ち上げた蒼い光の名残は、まだ暗い空の隅に残っていた。

「おい、喜六《きろく》」

保利蔵に呼ばれて、閻魔丸の表仕《おもてし》（航海士）が艫から走ってきた。波をかぶった船板は、滑りやすくて危ない。しかも船は、上下左右に大きく揺れているのだ。

そんな揺れをものともせずに、喜六は舳先まで走ってきた。

「これから良三とおれが海に飛び込むと、浪華丸に光で伝えろ」

「えっ……」

　喜六は一瞬だけ、言葉に詰まった。が、すぐさま指図を呑み込み、艫へと駆け戻った。

「命綱の結び方は、おめえに預けたぜ」

「がってんでさ」

　保利蔵の身体に細身の麻綱を回した良三は、結び目を『漁師結び』にした。船を杭に舫《もや》うときの結び方である。

　保利蔵を結び終えると、良三はおのれの身体も同じ漁師結びで縛った。

「これでおかしらとは、一蓮托生《いちれんたくしょう》でさ」

　良三が結び終わったのと同時に、艫から真っ白な光が空を駆け上った。その光を追いかけるようにして、もう一筋。

　荒海にふたりが飛び込むことを、浪華丸に伝えていた。

六十五

「驚いただ」

「けんど、おめだって閻魔丸に乗ってたらそうするずら」

「そんな度胸が、おらにあったらいいけんどよう」

暁朗のわきに立っている多助と洋助とが、閻魔丸を見詰めて小声を交わした。

「驚いたてえのは、なんのことなんで」

暁朗には、打ち上げられた光の意味が分からなかった。

「いま光った二筋の光は、暁朗さんも見ただろうがさ」

「もちろん、見やした」

「あれは後ろの閻魔丸の船乗りふたりが、この海に飛び込むという報せだ」

「なんだって」

暁朗は両目を見開き、声を裏返しにして驚いた。

「飛び込むてえのは、この荒海のなかにてえことでやすかい」

問われた洋助は、小さくうなずいた。自分にはできないと、本気で思っているのだろう。小さなうなずき方が、その思いをあらわしていた。

「こんな海にふたりも飛び込んで、どうしようてえんで」

「いかだに綱を回して、それを閻魔丸に縛りつける気だがね」

流しっぱなしのいかだは、荒波にもてあそばれて大きく揺れている。いかだの最後尾に綱を回し、その端を閻魔丸の舳先に結《ゆ》わえつければ、いまのような揺れ方は治まる。

海に飛び込む男ふたりは、命懸けでいかだに綱を巻きつける気だ……素人の暁朗に、洋助は分かりやすく説明をした。

「だがよう、洋助さん」

話を聞き終えた暁朗は、まだ得心できてはいなかった。

「閻魔丸の船乗りさんたちは、杉の丸太の廻漕には、まったくかかわりのねえひとたちでやしょうが」

「それはそうだ」

「だのになんだって、身体を張ってこんな海に飛び込んだりするんで？」

「難儀している船を見つけたら、命懸けで助けるのが船乗りの掟《おきて》だ」

船乗りの掟という言葉に、洋助は力を込めた。自分に言い聞かせているかのようだった。

「だとしたら、あっしはここでのんびりしちゃあいられねえ」

暁朗は船頭の仁助のそばへと動いた。わずか二間（約三・六メートル）を動く間にも、したたかに波をかぶった。

船頭の前に立った暁朗は、右手で顔を拭《ぬぐ》った。海水が目に染みて、痛くて仕方がなかったからだ。

「あっしも海に飛び込みやす」

閻魔丸の船乗りふたりが、いかだの揺れを抑えるために海に飛び込もうとしている。

杉の丸太の荷主である暁朗が、黙って見ていることはできない。杉を守るために身体を張ってくれるひとがいるなら、自分もそれを手伝う……。

暁朗は気負いもせず、当たり前のこととして仁助に考えを伝えた。

熱田湊からここまで、男を売ってきた暁朗である。江戸を目の前にして、荒海に尻尾を巻いて引き下がることはできなかった。

「おれはガキの時分から、泳ぎが達者で知られてやすんでね」

どれほど海が暴れても、負けるものじゃねえと、暁朗は暴風のなかで啖呵《たんか》を切った。

「分かった」

舵を握ったまま、仁助が言った。

「あんたの思う通りにやってくれ」

表仕の多助に言いつけて、暁朗の身体に細綱を巻きつけた。しかし綱の長さは十丈(約三十メートル)しかなかった。

「長さが足りねえのは、見ての通りだ」

いかだにしがみついたあとは、命綱なしで閻魔丸に向かうことになるのだ。

「あんたの命を、わしは守ってやることができん」

「そんなことはありやせんぜ」

暁朗は相変わらず、気負いのない物言いを続けていた。

「熱田からここまで、ずっと仁助さんはいかだとあっしの命とを守ってくれてやす」

たとえ綱の長さが足りなくなっても、命の一端は預けておりやす……。

暁朗は言い切った。

仁助は両足で船板をしっかりと踏ん張って、暁朗の言葉を受け止めた。

「閻魔丸から、ふたりが飛び込んだぞう」

艫で物見をしていた小三郎が、大声で様子を伝えた。

「行ってきやす」

暁朗は仁助に向かって、深々とあたまを下げた。

「しっかり閻魔丸に乗り移ってくれ」

仁助が手を差し出した。

舵を握り続ける手は、マメでゴツゴツとしている。

賭場を差配する暁朗は、大して重たいモノを持つわけではない。手のひらは、つるりとしていた。

マメのできた大きな手と、滑々《すべすべ》した渡世人の手とが、しっかりと相手の手を掴《つか》んだ。

手を放した暁朗は、大きく息を吸い込んだ。そしていささかもためらいを見せずに、艫から荒海に飛び込んだ。

六十六

荒れ狂う波の凄まじさは、日暮れ前にいやになるほど見ていた。

もしもまだ、海の周囲に陽の明るさが残っていたら。

暴れ波の様子を、目の当たりにしていたら。

暁朗は海に飛び込むのを、ためらったに違いない。命を捨てる覚悟はしていても、荒海に飛び込むのは怖かったはずだ。

幸いにも、海は闇のなかに溶け込んでいた。うねりの凄まじさは肌に伝わってきたが、波の様子は見えないだけに、飛び込むときに怖さを感ずることはなかった。

さりとて、闇に向かって飛び込むのだ。肚《はら》のくくりは必要だった。こころがためらいを覚え、身体が尻込みを始める前に、一気に飛び込むのが一番だと暁朗は判じた。

ゆえに艫《とも》から飛び込んだときの暁朗は、船乗りたちが感心したほどに、いさぎよかった。

「大したひとだ」

「さすがは、賭場を預かる代貸だあ」

暗い海面を指差して、船乗りたちは口々に暁朗の度胸のよさを称《たた》えた。

海に飛び込んだ暁朗が最初に感じたのは、身体が奇妙に水に浮かぶという感覚だった。

海面から十尺（約三メートル）以上も高い艫から海面を目がけたのだ。身体は海中深く沈むだろうと、覚悟をしていた。

ところがいざ飛び込んだら、まるで様子は違っていた。海面に落ちたその刹那《せつな》、暁朗の身体はぐいっと上に向かって持ち上げられた。

途轍《とてつ》もない大きさの入道に襟首《えりくび》を摑まれて、軽々と引っ張り上げられているような気分だった。

引き上げられながら、塩辛さを口いっぱいに感じた。閉じていたつもりだったが、口が開いていたのだろう。その隙間《すきま》から、海水がなだれ込んできたのだ。

ぐいっと持ち上げられたあとは、昇りと同じような速さで身体が深く沈んだ。遠い昔、まだこども時分に暁朗は似たような感覚を味わったことがあった。

暁朗は両腕を一杯に開いて、波に身体をまかせた。余計な動きをしないのが一番だと、身体が覚えていた。


七歳だった暁朗は、深川冬木町の亀久橋の真ん中で遊んでいた。晴れ間が続いた夏の夕暮れどきで、こうもりがキイキイと鳴きながら、暮れなずむ空を飛び交っていた。

暁朗は近所のいたずら仲間と、棒っきれを振り回して剣豪ごっこに夢中だった。

「おいらは宮本武蔵だ。どっからでもかかってこい」

二本の棒を手にした暁朗は、仲間に向かって甲高い声を張り上げた。

橋の下を流れるのは仙台堀である。満ち潮どきで、水位は大きく上がっていた。しかし晴れが続いていたことで、川の流れはゆるやかだった。

日暮れを間近に控えた川面には、一杯の川船も走っていなかった。はしけや猪牙舟《ちょきぶね》の船頭たちは、暑さも重なり、早仕舞いをしていたのだろう。

橋の上にも、こどもたち以外の人影はなかった。近所には長屋が群れをなしていた。ひとは大勢暮らしてはいるが、女房連中は夕餉《ゆうげ》の支度に汗を流している時分である。

職人たちは、仕事を切り上げてそろそろ家路につくころだった。が、通い職人が亀久橋を渡り始めるには、まだ四半刻（三十分）ほどの間があった。

ひとの行き来がない橋は、こどもには格好の遊び場である。橋の下を大型のはしけ、いかだがくぐれるように、亀久橋は真ん中が大きく盛り上がっている。

「さあこい」

ガキ大将の暁朗は、二本の棒っきれを手にして、橋のてっぺんに立っていた。

「とりゃあ」

いつも斬られてばかりいる仲間のひとりが、意を決した顔つきで暁朗に立ち向かった。いつもとは違う相手の気迫に驚いた暁朗は、体をかわそうとして、橋の欄干《らんかん》に飛び上がる構えになった。

亀久橋の欄干は、橋板から二尺（約六十センチ）の高さしかなかった。他の橋よりも低い欄干は、こどもたちの遊び道具のひとつである。

なかでも暁朗は、ひょいっと飛び乗ることを自慢にしていた。

「なんだよ、金太」

突進してきたこどもを避けてから、暁朗はいつものように欄干に飛び乗ろうとした。

ところが相手の勢いに押されたあまり、暁朗は力加減を誤った。飛び上がる勢いが強すぎて、欄干の上で身体が大きく川のほうへとよろけた。

「あっ」

暁朗から短い声が漏れた。

「あけちゃん、あぶない」

暁朗に突進していた金太が、甲高い悲鳴をあげた。その声を聞きながら、暁朗は仙台堀に落ちた。

遊び仲間たちの叫び声を聞きつけて、おとなが仙台堀の両岸に飛び出してきた。

「暴れるんじゃねえ」

ゆるい流れに押されている暁朗に向かって、岸辺のおとなが怒鳴った。

「いま助けてやるからよう」

「両腕を目一杯に伸ばして、身体を流れにのせてろ」

水練が得手だった暁朗は、おとなに言われたことをすぐに呑み込んだ。身体を流れにまかせて、両腕を開いた。

浮力が大きく増して、浮かんでいるのが楽になった。

波は上下に大きく暴れている。そのうねりに逆らわず、暁朗は身体を波にゆだねた。

ぐぐっと持ち上げられたあとは、ストンッと地の底に向かって落ちていく感じである。身体が沈むときの、すうっと落ちていく感覚。こども時分に亀久橋から落ちたときの、遠い昔に味わった感覚によく似ていた。

大波にもてあそばれながら、暁朗は少しずついかだのほうへと身体を動かした。荒海に揉まれながらも、熊野杉は強い香りを発している。

海面に漂う杉の香りに向かって、暁朗は立ち泳ぎを続けた。桁《けた》違いの大波に三度揉まれて、あたまから海中に沈んだ。

浮かび上がったときは、杉の香をすぐ間近に感じた。

暁朗は右手で周囲の海を触った。

杉の丸太は目の前に浮かんでいた。

六十七

保利蔵と良三は、ふたり後先になって飛び込んだ。

暁朗とは異なり、荒海で泳ぐことには慣れている。いかだの尻尾を目指して、荒れ狂う海を泳いだ。

太い腕で水面をひと掻《か》きするごとに、身体は杉のいかだの尻尾へと近寄る。上下にうねる波にうまく乗り、ふたりはたちまち杉の丸太の最後尾にたどりついた。

「うおおっ」

波を蹴散《けち》らすほどの気合声を吐き、最初に保利蔵がいかだに這《は》い上がった。身体をぴたりと杉にくっつけてから、良三に手を差し伸べた。

大きくて肉厚な保利蔵の手を、良三は強く摑んだ。ぐいっと引き合うと、互いの腕に血筋が浮かび上がった。

「どおおっ」

保利蔵にも勝る大声を発して、良三はいかだに這い上がった。

ふたりの男に乗り上がられて、いかだは怒った。暴れ波を味方につけて、上下のみならず、左右にも大きく動き始めた。

丸太一本で二丈半（約七・五メートル）もある熊野杉が、十三本組みで縦に十枚も連なっているのだ。

新宮湊《しんぐうみなと》の川並《かわなみ》は、杉の大木の廻漕には手馴れている。いかだを組む技量も、腕利きが揃っていた。

高さが二丈（約六メートル）にも及ぶ大波にもてあそばれても、いかだの結び目はびくともしない。上下左右に揺られれば揺られるほどに、結びはきつく締まった。

いかだがバラバラになる恐れは皆無だった。そのことは、結ばれた杉も分かっていたのだろう。保利蔵と良三に乗られて怒った杉は、振り落とそうとして大きく身体をよじらせた。

あたかも、退治にきた素戔嗚尊《すさのおのみこと》を振り落とさんとする八岐大蛇《やまたのおろち》のごとくに、上下左右に大暴れをしている。

「しっかり摑んでろよ」

「あっしは大丈夫でさ。おかしらこそ、抜からねえでくだせえ」

「ばかやろう。おめえにそれが言えるのは、百年もあとだ」

保利蔵の怒鳴り声を風がさらった。

「わしらが飛び込む前に、前の船からもだれかが飛び込むという合図が上がっただろう」

「へい」

「こんな海に飛び込む度胸のあるやつが、わしらのほかにもいたとは驚きだ」

「それは、渡世人の代貸でしょう」

良三は暁朗と会ったことはなかった。が、下田からここにくるまでの間、保利蔵から何度も話を聞かされていた。

「暁朗さんに間違いないだろうよ」

保利蔵が答えたとき、いままでにない大うねりが襲いかかってきた。話に気をとられていた保利蔵が、海に投げ出された。

「おかしらぁ」

良三の叫び声も、暴風がさらった。

六十八

保利蔵は、落ちた場所がわるかった。

大波がぶわっと盛り上がったあとの、谷間の底に投げ出された。そのうえに、まともに丸太のいかだが落ちた。

杉丸太の端が、保利蔵のあたまにぶつかった。幸いにも剝《む》き出しのあたまではなく、海面から沈みかけた保利蔵のあたまにぶつかったのだ。

海水が、ぶつかる杉の勢いを大きく殺《そ》いでくれた。とはいえあたまは、どの部分もすべて急所である。

「ぐわっ」

ぶつかった衝撃で、保利蔵は悲鳴にもならない声を漏らした。そして気を失った。

水に浮こうとする力が失《う》せると、ひとの身体は重さで沈んでしまう。真っ暗な海のなかに、保利蔵はずぶずぶと沈んでいった。


「おかしらあ」

叫び声を発した良三は、保利蔵を追いかけて海に飛び込もうとした。が、すぐに思いとどまった。

後先も考えず、そのまま闇の海に飛び込んだりしては、閻魔様の餌食になるだけだ。

閻魔丸の水主《かこ》が閻魔様に捕まったのでは、シャレにもならない。

早く保利蔵を助けなければと、気は焦った。その気持ちを懸命に抑えて、良三は身体に綱を巻きつけた。

海原で大揺れしているいかだを縛るために、閻魔丸から太い綱を垂らす手はずだ。その綱をいかだの尻尾を縛りつけるために、良三は細綱を抱えて海に飛び込んでいた。

細綱の長さは四丈（約十二メートル）しかない。しかし持ったまま閻魔丸から飛び込むには、精一杯の長さだった。

細綱を腰に縛りつけると、良三は大きく息を吸い込んだ。

ふうっ、はあっと呼吸を続けたあと、もう一度、ふうっと目一杯に息を吸った。肺が膨らみ、腹がへこんだ。

あばら骨が見えるほど大きく息を吸い込んでから、良三は海に飛び込んだ。が、闇がおおいかぶさった、夜の海である。

明かりが皆無の海中では、おのれの指先すら見えない。

上下が分からなくなり、良三は潜っているのか、浮かんでいるのかも見当がつかなくなった。

海は大荒れをしているが、帆を畳んだ船の速度はさほどでもない。四丈しかない綱はたるんだままで、良三の身体を曳いてはいなかった。

良三はおのれの手で綱をたぐり、海面に出た。いかだは上下左右に大揺れを繰り返している。しかし前方に向けては、大して進んではいなかった。

「おかしらあ」

良三は声を限りに叫び続けた。どれほど大声を発しても、暴風がたちまちその声を吹き飛ばした。

気を失ったことが幸いして、沈みながらも保利蔵は海水を呑まずにすんでいた。

「あなた、そんなところでなにをしてるの。しっかりして」

じわじわと沈み行く保利蔵に、おきちが呼びかけていた。

「あたしのところに、きっと帰ってくるって言ったでしょう。はやく正気に返ってくださいな」

おきちは優しい声音で、寝た子を起こすかのように語りかけた。その声を聞いて、保利蔵は沈みながら正気に返った。

その瞬間、息を吐き出した。

ブクブクッと、小さな泡が口元から出た。

ガキの時分から下田の海に潜って育った保利蔵である。海のなかは、あたかも羊水に浮かんだ赤子のように心地よかった。

正気を取り戻したあとは、焦った動きをすることはなかった。目を凝らすと、泡が上に上っていくのが見えた。

ブクブクッと、吐き出す息を加減した。海面まで、まだどれだけ残っているか、見当がつかないからだ。泡を追いかけて、保利蔵は闇の海の水面を目指した。

気を失っていたのは、わずかな間だった。息が切れる前に、保利蔵は海面に出ることができた。

ぶわっ。

海面に出るなり、大きく息を吸い込んだ。真っ暗でなにも見えないが、吸い込んだ空気は美味かった。

「おかしらあ」

前方の右手から、良三の叫び声が聞こえてきた。

「ここにいるぞう……聞こえるか、良三」

両手を口にあてて、右前方に向かって怒鳴り返した。が、返事はなかった。

波が身体をぐいっと持ち上げたあと、ストンッと谷底に落とし込む。暴れる波に身体を預けて、保利蔵は立ち泳ぎをした。

身体が山のてっぺんに向かっているときに、保利蔵は声を限りに怒鳴った。谷底で叫んで、身体と喉《のど》を疲れさせることはしなかった。

七回目の声を発したとき、右前方の高いところに赤い炎が見えた。保利蔵の目に力がこもった。

赤い炎は、閻魔丸に備えつけてある赤松の松明《たいまつ》だった。

保利蔵の声が、良三にも閻魔丸にも届いたのだ。松明はそのことを保利蔵に伝えるとともに、船の位置がどこなのかを教えていた。

閻魔丸まで、およそ百尋《ひろ》（約百五十メートル）である。船といかだの場所さえ分かれば、百尋を泳ぐぐらいは、保利蔵にはなんでもなかった。

大きく息を吸い込んでから、保利蔵は泳ぎ始めた。太い腕と大きな手が、荒れる海の水を掻いた。わらじ履きのバタ足が、強く水を叩いた。

上下にうごめく波に逆らわず、波乗りをするかのように泳いだ。腕をひと掻きするごとに、身体は閻魔丸へ戻っていった。

六十九

波を味方につけたいかだは、暁朗を振り落とそうとして、のたうち回った。ほんの一瞬でも気を抜いたら、たちまち海に放り投げられただろう。

暁朗は、いささかも海を舐《な》めてはいなかった。川泳ぎは得手だが、海は素人である。

渡世人は生きるか死ぬかの境目と、常に向き合っている。いわば、研ぎ澄まされた剃刀《かみそり》の刃のうえを歩くも同然の稼業である。

気を抜いたり、刃を舐めてかかったりすれば、スパッと首筋を掻き切られるのだ。舐めてかかるのは、なにごとによらず渡世人には命を粗末にする振舞いである。

晩朗はそのことを理屈ではなしに、身体の芯がわきまえていた。

両手でがっちりといかだを摑み、尺取虫《しゃくとりむし》のように、ひと握りずつ、じわじわといかだの後方へと這い進んだ。

その動きを繰り返すうちに、身体が前に進むコツを覚えた。なんといっても、賭場の動きに目を配り、盆を差配する代貸である。

上首尾に運ぶためのコツを体得するのは、ひと一倍早かった。

丸太一本の長さは二丈半（約七・五メートル）である。尻尾まで、縦に十枚が連なっている。二丈半を進むたびに、暁朗は大きな息を吐き出した。

「暁朗は、てえした野郎だぜ。いかだにも海にも素人なのに、しっかりと食らいついてるじゃねえか」

声に出して、おのれを褒《ほ》めた。そうしなければ、上下左右に暴れ回るいかだに、気合負けしそうだった。

「おめえさんも大したもんだが、おれのほうがもっと上手《うわて》だ。わるいが、この勝負はいただきだぜ」

いかだを舐めず、互角の勝負だと認めながらも、暁朗は勝ちを譲る気は毛頭なかった。

縦に十枚連なったいかだを、尻尾に向かって三枚進んだとき。

「おかしらあ」

男の叫び声を暴風が運んできた。いかだを摑む手に、ぐいっと力がこもった。

声の調子は、差し迫っていた。おかしらと言えば、それは保利蔵のことに違いない。

保利蔵の身になにかが起きたのだと、暁朗は判じた。しかしいまの状態では、なにも手助けはできない。

とにかくいまは、尻尾に向かって急ぐだけだ。おれにできる手助けは、それしかねえ。

強く自分に言い聞かせた暁朗は腕を伸ばし、丸太の尻尾に向けて身体を這わせた。

気持ちが急《せ》いても、動きの調子を変えることはしなかった。

急いてはことを仕損じる。

急がば回れ。

こども時分に遊んだ、犬棒カルタの戒《いまし》めを思い出しながら、暁朗は定まった調子で五寸（約十五センチ）ずつ這った。

六枚目の丸太の端まで這ったとき、保利蔵の声が流れてきた。

保利蔵さん、でえじょうぶだったんだ。

晩朗は、声に出して喜んだ。

七枚目を過ぎようとしたとき、前方に赤い炎が燃え立った。

杉を摑む晩朗の手に、ぐいっと強い力がこもった。

七十

波は、ただの一瞬もうねる動きを休まない。ぶわっと高く盛り上がった直後には、ストンッと激しい勢いで落ちる。波の盛り上がりが高かったときは、落ち方も同じように激しかった。

波にもてあそばれるいかだは、上下に大きくのた打ち回っている。海に飛び込んだあと、いかだの端を初めて摑《つか》んだときの晩朗は、しがみつき、丸太の上に這い上がるだけで精一杯だった。

海水に浸《つ》かり続けている杉の丸太は、皮がふやけ気味だ。剝《は》がれかかった皮を摑むとべリッと剝がれて、そのまま海に投げ出されてしまう。

皮はしっかりと、木にくっついているか。

指先で感じた皮の感触を、一瞬のうちに判じなければならない。丸太一本分を後部に向けて進んだとき、暁朗は早くもその判じ方を身につけていた。

丈夫な皮の部分を探り当てて、そこにしがみついた。

いかだは波に大きくもてあそばれている。

襟首《えりくび》をガシッと摑んだ大入道が、目一杯の力で空に向かって摘《つま》み上げる……凄まじい勢いで膨らむ波に、いかだと一緒に乗っている暁朗は、そんな気分を味わった。

てっぺんにまで膨らんだ波は、そこで一気に破裂した。空の高いところまで摘み上げた大入道が、そのままの場所で不意に指を放したようなものだ。

砕けた波に乗ったいかだは、深い奈落の底に向かって落ち込んだ。首筋の後ろが、すうっと冷えるような心持ちである。

波の底からてっぺんまでは、二丈（約六メートル）から三丈（約九メートル）の高さがある。そんな幅の間を一気に駆け上り、その後はストンッと落ちるのだ。

いかだにしがみついた当初の暁朗は、振り落とされないようにへばりついているだけで精一杯だった。

しかし、ただしがみついているだけでは、物事は片付かない。わずかずつでも、いかだの後部に向けて進まなければならなかった。

右腕を思いっきり前に伸ばす。

その位置の丸太をガシッと摑む。

左腕を伸ばして、右腕に添える。

両腕に力をこめて、身体をグイッと引き上げる。

腕の長さ分だけ、身体がいかだの後部に向かって進む。

暁朗は、ひたすらこの動きを繰り返した。

じわじわと、一尺ずつしか動けない。が、着実に暁朗の身体はいかだの後部に向かって進んでいた。

大きく膨らんだ波は、凄まじい速さでストンッと落ちる。

波の膨らみがゆるいときは、いかだの落ち方もゆるい。

じわじわと尺取虫のような動きで進むなかで、暁朗は波のうねりの調子を身体で覚えようと努めた。七枚目のいかだの端を摑んだときには、うねりの息遣いを、すっかり身体の芯に取り込んでいた。

這い進む前方の高いところで、赤い灯が燃えている。閻魔丸の水主《かこ》が、夜の海を照らしているのだ。

いかだにしがみついている者に、船の場所を教える明かりでもあった。

「おおーい、おれの声が聞こえるかあ」

丸太をしっかりと摑んで、暁朗は声を張り上げた。

「聞こえてるぞう」

保利蔵の大声が、驚くほど近くから返ってきた。

「暁朗さんだな」

一本先の丸太に、保利蔵が這いつくばっていた。

七十一

保利蔵、良三、暁朗の三人が、いかだの最後部にしがみついていた。

「やっぱり暁朗さんは、江戸の賭場を仕切る代貸さんだがね」

良三は、心底から暁朗の肝っ玉の大きさに感心していた。

嵐で荒れ狂う海に飛び込むのは、周りが見える昼間でも、そして海を知り尽くしている船乗りでも、尻込みをしそうになる。それほどに、荒れた海は怖いのだ。

ところが暁朗は海には素人の賭場の代貸なのに、なにも見えない闇の海に飛び込んだ。その肝っ玉の太さを目の当たりにして、良三は心底からしびれていたのだ。

「それほどのものじゃねえんでさ」

暴風を浴びて飛び散る海水を顔面に浴びながら、暁朗は表情を崩した。

「暗くて周りがなにもめえねえからこそ、飛び込むことができたんでさ」

もしも吹き荒れる暴風に千切られる波頭が、この目に見えたとしたら……。

「あっしのきんたまは、おっかねえてえんでうずらの卵ぐれえまで、縮み上がったにちげえねえ」

「あっ、そうかあ……たしかに、そうかもしれねえなあ」

良三が笑い声を上げた。

つられて、暁朗も大声で笑った。

ふたりの笑い声を、風が一気に運び去った。それでも構わず、良三も暁朗も笑い続けた。保利蔵も加わり、いかだに這いつくばった三人が、腹の底から笑い転げた。

不意に風が弱くなった。

「ありがてえ」

保利蔵は上体を起こした。

「嵐の目のなかに入ったにちげえねえ」

良三も身体を起こした。

閻魔丸の舳先《へさき》で焚《た》いている赤松のかがり火が、一段と大きくなっている。籠の置き場所を、水押《みおし》の近くまで移したからだ。

赤松が燃える真っ赤な灯が、海原といかだの端を照らし出していた。

「嵐の目のなかにいられるのは、四半刻（三十分）が関の山だ。その間に三人で力を合わせりゃあ、この綱を閻魔丸に放り上げることもできるだろう」

「がってんでさ」

暁朗が力強い返事をした。

「がってんでさは、いい返事だ。それを聞くと、なんでもできそうな気になるずら」

良三は暁朗の口真似をして、何度もがってんでさと答えた。

「それだけ言ったら、気がすんだか？」

「がってんでさ」

保利蔵に答えた良三の返事をきいて、暁朗がまた大声で笑った。

「どうかしたかね」

「いや、どうもしねえが……」

良三を見る暁朗の顔に、かがり火の明かりが届いていた。

「気がすんだかと問われたときは、がってんでさじゃあ、調子がよくねえ」

「だったら、どう言えばいいかね」

「短く、へいっと言えばいいでしょう」

「へいっ」

良三は、すぐさま暁朗の真似をした。暁朗が目元をゆるめて良三を見た。

「それじゃあ、綱を投げるぜ」

「へいっ」

良三と暁朗が声を揃えて、保利蔵の帯を摑んだ。綱を投げる保利蔵の身体を揺らさないためである。

風は大きく収まっていた。しかし海のうねりは相変わらずである。綱を投げる保利蔵をふたりがかりで押さえていないと、揺れるいかだでは投げる方向が定まらなかった。

息を詰めた保利蔵は、上下の揺れを巧みにかわしながら、閻魔丸の舳先に向けて細綱を放り投げた。

大きな弧《こ》を描いて、綱が暗い宙を飛んだ。

閻魔丸の水主《かこ》たちが、船端に集まって手を伸ばした。

目一杯に伸ばした手の三間（約五・四メートル）手前で、細綱は海に落ちた。

「もういっぺんだ」

「分かりやした」

閻魔丸から大声が返ってきた。

細綱をぐるぐる回して勢いをつけたあと、頃合《ころあい》を見計らって保利蔵は放り投げた。

水主たちは、船端から上体を乗り出して綱の端を摑もうとした。

やはり長さが、三間ほど足りなかった。

風は収まったままだが、うねりは投げ始めたときよりも強くなっている。良三と暁朗が思い切り押さえつけても、保利蔵の身体は左右に揺れた。

焦《あせ》り気味の保利蔵は、狙いを雑にして細綱を投げた。伸ばした水主たちの手から、五間（約九メートル）近くも離れていた。

いきなり、いままでにないほどの大波が襲いかかってきた。

いかだの三人は、機敏に動いて丸太にしがみついた。幸いにも、海に投げ出された者はいなかった。

閻魔丸は大波に揺られた。

舳先ぎりぎりの位置で焚いていたかがり火が、籠ごと海に落ちた。

いきなり、分厚い闇がいかだの上におおいかぶさってきた。

「おい、良三っ」

いきなりの闇は、ひとの怯《おび》えと焦りを煽《あお》り立てる。剛毅《ごうき》なはずの保利蔵が、いつになく差し迫った大声を発した。

「ここにおりますだ」

良三は保利蔵のすぐわきにおり、杉の丸太にしがみついていた。返事を聞いて、保利蔵は大きく安堵をしたのだろう。

「暁朗さんはいるか」

暁朗に問いかけた声は、落ち着きを取り戻していた。

「おりやす」

落ち着いた声で、暁朗は応じた。

突然の大波を浴びても、暁朗は海に投げ出されはしなかった。荒海にみずから飛込んでから、まだ大して刻《とき》は過ぎていない。

そんなわずかな間に、暁朗は荒海との折り合いのつけ方を身につけ始めていた。

「かがり火が消えて一番うろたえたのは、おれだったか……みっともねえ」

保利蔵は大真面目《おおまじめ》な声で、焦ったおのれを恥じた。

「猿も木から落ちるというだがね」

良三がすかさず軽い口調で応じた。

「ばかやろう」

良三のセリフを、保利蔵は大声で弾き飛ばした。

「おめえの言ったことは、まるで喩《たと》え方が違うだろう」

「へっ？」

「いまみてえなときは、上手《じょうず》の手から水がこぼれるというんだ」

闇のなかで大波に揺さぶられながら、保利蔵と良三が真顔でやりあっている。

どっちの言ってることも、的外れじゃねえかい……。

暁朗は胸の内でつぶやきながらも、口元がゆるんだ。

これほどの大波にもてあそばれているのに、保利蔵と良三は、闇にも荒海にも怯えていない。怖がっていないからこそ、大真面目に喩えがどうのとやり合っていられるのだ。

いきなりかぶさってきた闇に、つかの間、保利蔵は慌てた。そのことを保利蔵は、みずからの口で白状した。

自分の生き方に自信と誇りがあればこそ、おのれから目を逸《そ》らさずに、恥じることもできるのだ。

いまの三人はまさに、生きるか死ぬかの瀬戸際にいる。そんなときでも保利蔵は、しっかりと自分を見つめていた。

配下の良三は、保利蔵を信じているがゆえに軽口を叩いた。

ふたりの肝《きも》の太さを目の当たりにして、暁朗は心底から感嘆の吐息を漏らした。

閻魔丸に、かがり火の明かりが戻った。

七十二

赤松の明かりを浴びて、飛び散るしぶきまでもはっきりと見えていた。

「どうやっても届かねえ。おれの投げ方がまずいのかもしれねえ」

七度も細綱を投げた保利蔵が、この男にしてはめずらしく弱音を吐いた。

「いや、そうじゃねって」

細綱の長さが足りないのだと、良三は言い切った。暁朗も強くうなずき、良三の言い分を支えた。

「どんな名人が投げても、足りねえ綱を届かせることはできね。おかしらには、すまねえことをしましただ」

細綱を抱えて海に飛び込んだのは、良三である。短い綱しか持ってこなかったことを、良三は強く悔いていた。

「おめえは命がけで細綱を抱えてきたんだ。詫びることは、なんにもねえ」

良三をねぎらう保利蔵は、しかし瞳が定まってはいない。あれこれと、方策を思案しているようだった。

「帯を使いやしょう」

口を開いたのは暁朗だった。

「あっしらの帯を三本つないだら、ざっと二十四尺（約七・二メートル）は延びやす」

言いながら暁朗は、はやくも帯を解《と》き始めていた。

暁朗がこれを思いついたのは、火事場の火消し人足の動きを思い出したからだ。

火消し人足は、刺子《さしこ》の火消し半纏を羽織っている。火事場で炎にあぶられても、身体にやけどを負わないためである。

その火消し半纏を締める帯は、並の長さではなかった。十尺（約三メートル）もある長い帯を、火消し人足は前で縛った。

火事場に着くなり帯をほどき、たっぷりと水に浸《ひた》した。そして水が垂れ落ちるほどに濡れた帯を、壁や塀のてっぺんに、ときには木の枝に叩きつけた。

帯はてっぺんにピタリと吸いついた。

その帯を両手で摑み、塀や壁、庭木をよじ登るのだ。刺子半纏を縛る帯は、火消し人足たちの命綱も同然だった。

「それは妙案だ」

保利蔵は、すぐさま暁朗の思案を取り入れた。良三にも帯をほどくように言いつけた。

「そんな手があったかね」

かがり火の明かりを浴びた良三の横顔が、大きくほころんだ。

暁朗・保利蔵・良三の三人とも、長さ八尺（約二・四メートル）の帯を締めていた。

暁朗が素早く胸算用をした通り、三本つなげば二十四尺の長さが得られる。

それだけの長さが加われば、細綱はなんとか閻魔丸に届くだろう。綱が届きさえすれば、あとは閻魔丸に積んでいる綱と、投げた帯とを取り替えればいい。

「そうと決まりゃあ」

良三も、手早く帯をほどこうとした。が、海に飛び込んだときにほどけないように、結び目を堅く締めていた。

しかも帯は、たっぷりと海水を吸い込んでいる。後ろに手を回してほどこうとしたが、堅くてできなかった。

良三は中腰になり、帯を前に回した。

「なんてえ堅さだべ」

自分で締めた帯の堅さに毒づきながら、結びをゆるめた。ようやく結び目がほどけて帯を解き始めた、そのとき。

真横から五尺（約一・五メートル）の波が、良三にまともにぶつかった。

「うわっ」

中腰で、しかも両手に帯を持っていた良三である。波を防ぐことができず、いかだから海に転がり落ちた。

暁朗と保利蔵は、それぞれがほどいた帯を細綱に結えていた。海に落ちた良三に、とっさの手を差し出すことができなかった。

良三は、荒海を知り尽くした男である。不意にいかだから転がり落ちても、焦りはしなかった。

口になだれ込んできた海水を、勢いをつけて吐き出した。まともに吞むとむせかえってしまい、泳ぎの達人でも溺《おぼ》れかねない。

海水を吐き出すと同時に、右手をぐいっと前に差し出した。丸太の端を五本の指がガッチリと摑んだ。

素早く右手に左手を添えた。両手でいかだの端を摑んだあとは、身体を横にして海水に浮かべた。

海面近くに身体が横たわっていれば、無駄な力を使うことはない。波に逆らわず、いかだと共に身体を海のうねりに任せていれば、流されることはなかった。

「おれの手を摑んでくれ」

いかだの端ににじり寄った暁朗は、這いつくばった姿勢で右手を伸ばした。

「それはやめろ」

保利蔵のきつい声が、暁朗の背後から飛んできた。暁朗をわきにどけたあと、保利蔵は細綱の端を良三に握らせた。

「ありがてえ」

答えた良三の声には、ゆとりのようなものが感じられた。

「ぶはっ」

綱を身体に巻きつけた良三は、端をしっかりと結んだ。そうしてから、暁朗に手を差し出した。

「引っ張りあげてくれや」

海に落ちた者には、なにより先に命綱を投げ渡す。これが海を知っている男の掟である。良三を引き上げたあとで、暁朗はそのことを保利蔵に教えられた。

「肝に銘じておきやす」

聞き終わった暁朗は、素直な物言いで、保利蔵に礼を言った。

「流されなくて、なによりでやした」

良三の無事を暁朗は正味で喜んだ。

ところが助かったのに、良三の顔つきは曇っていた。

「帯を流しただ」

良三のつぶやきは、しぶきと一緒になって吹き流された。

七十三

良三がなにをつぶやいたのか、暁朗には聞き取れなかった。良三らしくもなしに、口のなかでもごもごとつぶやいたからだ。

「どうしやしたんで」

いかだに這いつくばったまま、暁朗は良三のそばに身体を寄せた。

「なんだか、浮かねえツラをしてやすぜ」

威勢を取り戻させようとして、暁朗はからかうような口調で話しかけた。

「おらあ、とことんドジだ」

良三もいかだにうつ伏せになり、身体を丸太にぴたりとくっつけている。その形のまま、左手でおのれのあたまを小突いた。

「どうしやしたんで？」

暁朗もただ事ではないと察した。問いかけた口調は引き締まっていた。

「海に落ちたときに、うっかり帯を放してしまって……」

「流されたんで？」

悔しさに満ちた顔を、良三は返事の代わりに丸太にぶつけた。

「そいつあ、難儀だ……」

暁朗はうまい言葉を思いつけず、うつ伏せになったまま、ため息を漏らした。

良三のしくじりをあざ笑うかのように、波と風がまた強くなっていた。

「こうして、かんげえ込んでいてもしゃあねえやね。波と風にコケにされるのは、もうたくさんだ」

細綱には、すでに保利蔵と暁朗の帯が結わえつけてある。帯一本で八尺、二本で十六尺も長くなっていた。

「ダメを承知のすけで、こいつを放り投げやしょう」

「分かった」

投げるのは保利蔵の役目である。上下左右にうねっている海では、素人が綱を投げるなどはあり得なかった。

「おれをしっかり押さえてろ」

「がってんだ」

良三が左足を、暁朗が右足を、それぞれしっかりと摑《つか》んだ。男は三人とも帯をほどいており、ふんどし一本の裸である。

保利蔵は毛深い男だ。脛《すね》はもちろんのこと、くるぶしのあたりまで毛で埋もれていた。

「おうい、聞こえるかあ」

閻魔丸の甲板に向けて、保利蔵が大声を投げた。

「しっかり聞こえてるだああ」

閻魔丸の返事は、風が運んできた。

暴風が艫《とも》から舳先《へさき》に向かって吹き荒れている。閻魔丸の水主《かこ》の声は、小声でもいかだの上に運んでくれた。

しかし閻魔丸の甲板に向けて投げる細綱は、凄まじい逆風を突き破らなければ届かない。

「このままじゃあダメだ」

細綱を手繰《たぐ》りよせると、保利蔵は帯を丸めて団子を拵《こしら》え始めた。

「帯の先を団子にして重たくしねえと、風に押し戻されて、綱が閻魔丸に届く前にお辞儀をして海に落ちる」

「言われてみりゃあ、その通りでさ」

暁朗と良三は、保利蔵が拵える団子を見詰めた。

「これぐらい重たくすりゃあ……」

八尺の帯を半分使って、硬い団子を拵えた。その団子をぐるぐる回してから、保利蔵は力をこめて放り投げた。

が、風は帯半分の団子などは、まるで相手にしなかった。まさしく保利蔵が言った通り、途中で辞儀をして海に落ちた。

「なんでもいいから、重石《おもし》代わりになるモノを見つけろ」

保利蔵の声が、わずかに苛立っていた。暁朗と良三は、手探りで丸太のうえを探した。が、硬いものなど、あるはずもなかった。たとえあったとしても、荒波がたちまち運び去っただろう。

杉の丸太には、厚い皮がかぶさっている。

「なんとか、こいつをひっぺがせねえか」

「そいつは妙案だ」

良三と暁朗は、ふたりがかりで杉の皮をむしり始めた。しかし硬い皮は、爪《つめ》ではがそうとしてもビクともしない。

「よしとけ」

保利蔵がふたりの動きを止めた。

「生爪を剝《は》がしたりしたら、厄介なだけではすまなくなる」

保利蔵の言う通りだった。

波も風も大暴れをしている。もしも生爪を剝がしたりしたら、いかだにしがみつくことができなくなる。

そんなことになったら、まばたきひとつしないうちに、波にさらわれてしまうだろう。

「こんなときは、焦ってもろくなことにはならねえ」

細綱を手にしたまま、保利蔵はまたもやいかだの上に腹ばいになった。

三人の男が、ひたいを寄せ合う形で、いかだにしがみついていた。こうしている限りは、どれほど大波にもてあそばれても、海に投げ出される心配はない。

三人とも、腹ばいになっていかだにしがみつく術《すべ》は、しっかりと身につけていた。

「ないものねだりをしても、しゃあねえけんどうよう……」

良三は、ひたいがくっつくほど暁朗のほうに寄っていた。

「なにが、ないものねだりなんで？」

「渡世人さんは、いっつもさらしを腹に巻いてるずら」

「ああ、巻いてやすぜ」

いつなんどき、出入りに巻き込まれるか分からないのが、渡世人稼業である。いきなり切りかかられても、刃先がすぐには肌に食らいつかないように……その用心として、渡世人はさらしを身体に巻いていた。

しかし海に飛び込むときには、身体に巻きつけたさらしは命取りになる。水に濡れたら重たくなるし、湿った木綿は身体を締めつけにかかる。動きが鈍くなったうえに、息苦しさまで覚えてしまう。

ゆえに暁朗は海に飛び込むと決めた直後に、さらしを身体から剝がしていた。

「なるほど」

答えてから、暁朗は大きな舌打ちをした。

「あの木綿さえありゃあ、おれのひとり分で二十尺のなげえ綱ができたのに……」

暁朗はよほど悔しかったのだろう。舌打ちを続けながら、杉の丸太を平手でぶっ叩いた。

「すまねえ、暁朗さん……つまらねえことを言っちまっただ」

良三がきまりわるそうな声で詫びた。

いきなり、暁朗は上体だけを起した。顔つきは、暗闇のなかでもはっきりと分かるほどに明るくなっていた。

「良三さんは、ほんとうにうめえことをおせえてくれやしたぜ」

暁朗は、身体をずるずるっとずらした。良三のひたいにぶつかったが、気にもとめてはいなかった。

「さらしの話がいいきっかけになって、すこぶるつきの妙案を思いつきやした」

「どんな妙案だ、暁朗さん」

問いかける保利蔵の声も、暁朗のはしゃぎぶりが乗り移ったらしく、弾んでいた。

「あっしらのいまの身なりでやすが……」

謎かけをするかのように、暁朗は言いかけた口を途中で閉じた。

「身なりがどうしただね。焦《じ》らせねえで、一気に言ってくれや」

「そうかっ」

暁朗が答える前に、保利蔵は大声を出して杉の丸太をバンバンッと叩いた。

「まことにそいつは妙案だ」

「でやしょう?」

暁朗と保利蔵が、弾んだ声を交わし合った。

「なんだね、ふたりだけで分かった、分かったってよう」

良三は本気ですねていた。

「おめえだって、木綿のふんどしを締めてるじゃねえか」

「あっ、そうかっ」

ようやく合点のいった良三は、右手を伸ばして暁朗の肩を思いっきり叩いた。ビシャッと、モノが潰れるような音がした。

「ふんどし三本合わせたら、十八尺の紐《ひも》ができるだ……なんとも妙案だがね」

男三人はいかだに腹ばいになったまま、腰を浮かせてふんどしを外した。三本をつなぎ合わせている間に、保利蔵は帯一本を丸ごと使って、硬くて重たい団子を拵えた。

たっぷりと海水に浸《ひた》した団子である。重さ、堅さともに充分だった。

「これだけの長さがありゃあ、閻魔丸の艫《とも》にだって届くぜ」

保利蔵はいかだの上に立ち上がった。

「きちんと受け取れよ」

「がってんだ」

閻魔丸から威勢のいい声が戻ってきた。

「しっかり足首を摑んでくれ」

「がってんだ」

良三と暁朗の答えを聞いて、保利蔵は帯の団子をぐるぐるっと、風に負けない強さでぶん回した。

ビュゥッ。ビュゥッ。

帯で拵えた団子が、暴風を突き破ってぶんぶん回っている。保利蔵の両足を、良三と暁朗がしっかりと摑んでいた。

這いつくばった男ふたりの顔のすぐうえで、保利蔵の立派な一物が大きく揺れていた。

七十四

閻魔丸の甲板にいる水主《かこ》は、いかだの暁朗たち以上に懸命だった。

「あのおかしらが、てめえのふんどしまでほどいて、細綱を長くしてるだ」

「分かってるさ。おらも見てた」

どんなときでも見栄を張ることを忘れない保利蔵が、すっ裸になっていかだのうえに立っている。かがり火が揺れて、保利蔵の立ち姿は、はっきりとは見えなかった。

が、ふんどしをほどいて細綱を長くしたのは、水主たち全員に知れ渡っていた。

「命と引き換えにしてでも、かしらが放り投げる団子を摑《つか》むべさ」

「まかせとけ」

「海に落ちたって、放すもんか」

水主たちの物言いが、気合に満ちている。保利蔵・良三・暁朗の三人がふんどしまでほどいたと知って、閻魔丸の水主は気持ちを燃え立たせていた。

「存分に力をこめて、かがり火目がけて放り投げてくだせえ」

風は閻魔丸からいかだのほうに強く流れている。閻魔丸の表仕《おもてし》（航海士）喜六の声は、しっかりと保利蔵に届いた。

「まかせとけ」

保利蔵の返事は、暴風が浪華丸のほうへと吹き流した。それでも保利蔵が全身から放っている気合は、逆風を突き抜けて閻魔丸の甲板に届いていた。

「投げるぞう」

保利蔵は団子をぶんぶんと振り回す力を、思いっきり強めた。回る団子の勢いは、吹き荒れる風に負けてはいない。団子と風がぶつかりあい、ビュウッ、ビュウッと威勢をはらんだ音がした。

「いつでもいいですぜえ」

閻魔丸の水主たちは腰をかがめて、団子を受け取る構えを作った。

「おりゃあああ」

保利蔵が発した気合は、団子と一緒になって閻魔丸へと飛んだ。思いっきり振り回された、存分に勢いを得ていた団子である。

押し戻そうとする風の幕を突き破り、閻魔丸の甲板目がけて飛び続けた。

「きたぞ、きたぞっ」

「おれにまかせろ」

「おらのほうが近い」

水主たちが、てんでに大声を発した。

保利蔵は充分に狙いを定めて、団子を放っていた。最初の一投で、団子は見事に甲板に落ちた。

「かしらあ、綱が届きやしたぜえ」

「そいつあ、よかった」

水主の返事を聞いて、保利蔵の全身から力が抜けたらしい。崩れ落ちるように、いかだにしゃがみこんだ。

「どうかしやしたかい」

保利蔵の足首を摑んだまま、暁朗が問いかけた。

「なんでもねえさ」

しゃがみこんだ保利蔵は、めずらしく肩で息をしていた。

閻魔丸の水主たちが、綱の端をしっかりと摑んでいるのだろう。いかだはまだ波にもてあそばれて、上下左右の揺れを繰り返している。しかし投げた細綱は、ピンッと威勢よく張っていた。

「これで首尾よく運ぶぜ」

保利蔵の物言いは、どんなときでも強い言い切りだ。

首尾よく運びそうだとか、運ぶだろうとは断じて言わなかった。

「ごくろうさんでやした」

丸裸の保利蔵と暁朗が、荒海のうえで笑顔を交わした。

綱がピンッと張ったことで、気が抜けたらしい。良三の目が潤《うる》んでいる。

「どうしたよ、その目は」

保利蔵のからかい口調も、風がたちまち浪華丸のほうに運び去った。

七十五

いかだの上のやり取りは、風が浪華丸の甲板に運んでくれていた。

「おおっ、届いたぞ」

後方を見張っていた表仕の多助が、声を張り上げた。

「そうかっ」

「さすがは下田の貸元さんだ」

浪華丸の甲板に、船乗りの歓声が上がった。まだなにも片付いたわけではないが、少なくとも、暁朗たち三人は無事だと分かっている。

閻魔丸が綱を縛りつければ、いかだの揺れもゆるくなるだろう。

浪華丸は、いかだを引っ張る親船である。一歩ずつながら、着実に嵐に打ち勝っている実感で、水主たちの顔つきは大きくほころんでいた。

「ふんどしまでほどくとは、並の男にはとっても思いつけない思案だ」

親父（差配）の由吉から声が漏れた。そのつぶやきは、いかだにいる三人への敬いに満ちていた。

暴風の勢いは相変わらず強いが、風向きが変わっている。多助は人差し指を口で濡らしてから、闇の空に向けて突き立てた。

「しめたっ」

多助の声は、先刻の「おおっ、届いたぞ」の声よりも弾んでいた。

「風向きが変わった」

あと四半刻（三十分）のうちに嵐はやむと、多助は見当を口にした。

「うおおっ」

浪華丸の水主から、大きなどよめきが湧き上がった。

「おい、賢太郎」

由吉は賄《まかな》いを呼び寄せた。

「気の早い祝いをやると、海神様が気をわるくするでよう。派手なことは禁物だが……」

残っている材料を惜しまずに使って、目一杯にうまい飯の支度をするようにと、賄いに言いつけた。

「嵐がやんだら、いかだの三人を引き上げるでよう。あったかくてうめえモンを、しっかりと用意しとけや」

「がってんでさ」

賢太郎は、暁朗の口調を真似ていた。

多助が口にした見当は、見事に大当たりだった。ほぼ四半刻が過ぎたころ、まず風の勢いが衰えた。

びゅうびゅうとわめいているように聞こえた風音が、すっかり小さくなった。水主たちが小声で話をしても、声が吹き飛ばされることはなくなった。

次いで、上下の揺れが穏やかになった。

「さあて、始めるだ」

賢太郎は大声で、おのれに気合を入れた。へっついのなかの薪は、すでに小さな炎をあげている。

賢太郎は水がめのふたを取り除こうとした。大揺れする船上では、綱で縛った水がめが横倒しになるのもめずらしくはなかった。

たとえ水がめが倒れたとしても、中身がこぼれない工夫のされたふたである。賢太郎は両腕に血筋を浮かせて、ふたを取り除いた。

一荷《いっか》（約四十六リットル）の水がめに、まだ三分の一ほどの水が残っていた。

ひしゃくですくった水を、賢太郎は鍋に注ぎいれた。なにを調理するにも、まずは湯を沸かしておくのが基本である。

湯があれば、茶も飲める。

荒海にもてあそばれる船で茶が飲めるだけで、水主は元気を取り戻した。

船はまだ揺れているが、へっついの薪がこぼれ出ることはなかった。

火吹き竹で風を送り込んだら、赤松が強い炎を上げた。この炎の勢いがあれば、わけなく湯は沸き立つだろう。

浦賀船番所を船出してから、まだ半日も過ぎてはいなかった。が、賢太郎は、幾日も嵐の海を航海してきたような気分だった。

しかしその嵐も、東の方角に過ぎ去ろうとしていた。

沸いた湯で最初にいれる茶は、船頭に飲ませるものと決まっていた。

しかし、今回ばっかりは……。

やがて浪華丸の甲板に戻ってくる、暁朗たち三人に飲んでもらいたいと、賢太郎は強く願った。

「おうい、賢太郎」

船頭の仁助に呼ばれて、賢太郎は慌てた。胸の内で思ったことを、すっかり見抜かれたかと思ったからだ。

が、そんなはずはなかった。ひたすら湯沸かしに励んでいる賢太郎は、仁助とは顔も合わせてはいなかったからだ。

それでも船頭に近寄る前には、大きく息を吸い込んで気を落ち着けた。

「なんでしょう」

賢太郎の顔を見た仁助は口を開く前に、にやりと笑った。

「沸いた湯でいれる最初の茶は、いかだから戻ってくる暁朗さんたちに振舞ってやれや」

言葉を詰まらせた賢太郎に、仁助はいたずら小僧のような笑顔を向けた。

いつの間にか、波が収まっていた。

七十六

七月十三日の明け六ツ（午前六時）前。

品川は、じわじわと夜明けを迎えようとしていた。

「ごめんくだせえ」

船宿よしかわの船頭喜蔵《きぞう》が、ふすま越しに声を投げ入れた。

「あっしなら起きてやすぜ」

「開けてくだせえ」

ふすまの内側から、若い男ふたりの声が返ってきた。

「失礼しやす」

喜蔵はふすまの前にかがみ、左手で静かに開いた。手入れの行き届いているふすまは、カタッとも音を立てずに滑った。

「いい按配《あんばい》に空が明けてきやした」

船頭の声が弾んでいた。

「そいつあ、ありがてえ」

「すぐに支度をしやす」

誠次《せいじ》と相太《そうた》は、勢いよく飛び起きた。船宿は木綿の寝巻きを用意していたが、ふたりとも下帯ひとつである。

鴨居《かもい》から吊り下げていた唐桟《とうざん》に袖を通すと、茶献上《ちゃけんじょう》の帯を手早く腰に巻き始めた。キュッ、キュッと小気味のよい音を立てて、角帯が結ばれていた。

誠次も相太も、あやめの恒吉に仕える若い者である。

「賭場で遊び客の世話をする者は、なによりも様子がよくなくちゃあならねえ」

見栄えのいい動きを、恒吉は配下の者に求めていた。

見栄えのよさは、まずは身なりからである。あやめ組の行儀役は、ふんどしの締め方、唐桟の着方、帯の結び方などを若い者に厳しく仕込んだ。

誠次と相太は、献上帯を貝の口に結んでいた。帯の一端を折り返し、他の端を二つ折りにして、ふたつを真結びにするのが貝の口である。

毎日結んでいるふたりは、たちまち形よく貝の口を拵《こしら》えた。

「さすがは恒吉親分ところの若い衆だ」

部屋の隅に座っていた喜蔵は、正味で感心していた。

船頭も様子のよさが売り物である。誠次たちの動きを、喜蔵は吟味できる男だった。

「おまたせしやした」

年長の船頭に褒《ほ》められて、きまりがわるかったのだろう。誠次の声は、わずかに上ずっていた。

「あっしも終わりやした」

相太の返事を聞いて、喜蔵は立ち上がった。どこにも気負いはないが、まことにきれいな立ち上がり方だった。

船宿を最初に出たのは喜蔵である。誠次、相太の順に続いて土間を出た。

よしかわの横手には、遠浅の海につながる堀が構えられていた。堀沿いに七軒の船宿がある。堀は船宿七軒が費《つい》えを出し合い、人足を雇って仕上げたものだ。

深さは三尋《ひろ》（約四・五メートル）あり、大型の屋形船もらくらく行き来ができた。

「いいじゃねえか、相太」

明け切っていない空を見上げた誠次は、声を弾ませた。

「すっかり晴れ上がって、いっぱい星が出てるぜ」

「ちげえねえ」

相太の応《こた》え方も軽い調子だった。

真上の空には、まだたっぷりと夜の暗さが残っていた。黒に近い濃紺色で、空一面に無数の星がまたたいている。

十三日は満月に近い。しかし昨夜は嵐で、月は分厚い雲の後ろに隠されていた。

嵐が去ったいま、空は見事に晴れ渡っている。しかし夜明けを目前にして、これから昇りくる天道《てんとう》に月は遠慮したらしい。

大きな空の端に移り、満月なのに輝き方も淡くなっていた。

「ゆんべの嵐のときにゃあ、どうなるんだとしんぺえしたけどよう。すっかり空も機嫌を直してくれたみてえだぜ」

誠次に並びかけた相太は、堀の先に広がっている海に目を移した。喜蔵はすでに、海の近くまで進んでいた。

「空の根元が、いい色味になってるじゃねえか」

相太は、喜蔵が歩いている先の空を指差した。東の空が目覚め始めている。ふたりは喜蔵が立っている場所へと足を急がせた。

「見なせえ、あすこを」

喜蔵が指差したのは、東の空の根元である。海と交わっている空の濃紺色が、わずかに薄くなっていた。

「おめえさんたちは、夜明けの海を見たことはありやすかい？」

「ありやせん」

ふたりの声が重なりあった。

「何百回見ても、そのたびに様子が違うんでね。見飽きるてえことがねえんでさ」

口を閉じた喜蔵は、東を見詰めた。

薄くなった紺色が、見ている間に赤みを帯びてきた。最初は空の根元にだけあった赤みが、たちまち上空に向かって広がった。

「すげえ色味だ」

「赤みの走り方は、韋駄天《いだてん》みてえだぜ」

相太が感心している間にも、空は色味を変え続けている。

「あれを見ろ」

「見てるさ」

若いふたりは短い言葉を口にするのも惜しんで、東の空を見続けた。

朝日がほんの少しだけ、空の根元に顔を出した。何十本もの光の矢が、上空に向かって放たれている。

ゴオーン……。

高輪の方角から、明け六ツを伝える鐘の音が流れてきた。

まさしくいま、江戸は夜明けを迎えていた。

七十七

「こんなにうめえ朝飯を食うのは、生まれて初めてでさ」

誠次はメシのお代わりをもらおうとして、茶碗を差し出した。

「喜んでもらえたら、ごはんを炊いた甲斐があります」

船宿の飯炊き娘おきみが、目を三日月にして喜んだ。櫃《ひつ》からよそうメシは、まだ強い湯気を立てている。おきみは形よくよそった茶碗を、誠次に差し出した。

おかずはアジの一夜干しと、海苔《のり》の佃煮である。炊き立てメシと品川海苔の佃煮は、まことに相性がよかった。

「箱崎町の空も、今朝は晴れてるよな?」

「あたぼうじゃねえか」

答えてから、相太もおきみに茶碗を差し出した。

「品川と箱崎町とは、空がつながってるからよう。さぞかし上天気の朝だろうさ」

相太は箱崎町の上天気を請け合った。

「だったら親分も、今朝は安心して朝飯を食っていなさるだろうぜ」

「そう願いてえもんだ」

ふたりは強くうなずきあった。


誠次と相太は、七月十日からよしかわに泊まり込みを続けていた。あやめの恒吉の指図を受けてのことである。

「ここまでくりゃあ、暁朗がいつ品川に着いてもおかしくはねえ。おめえたちはよしかわに居続けて、暁朗の帰りを待っていろ」

飲み食いは好きにしていい。が、船宿から一歩も出るんじゃねえと、恒吉は言いつけた。

「がってんでさ」

ふたりは恒吉の指図通り、船宿の二階から動かなかった。外に出るのは、品川の海に出入りする弁才船《べざいせん》を、交代で見に行くときだけである。

居続けは七月十日の七ツ（午後四時）過ぎから始まった。十一日の朝五ツ（午前八時）に、恒吉からの使いがよしかわをおとずれた。

「まだ着かねえのかと、親分は焦《じ》れておいででやす」

使いの者の口調から、いかに恒吉が焦れているかが伝わった。しかしまだ、よしかわに居続けを始めたばかりである。

「代貸が着き次第、相太が命がけで走って行くと、親分にそう伝えてくんねえ」

相太が居続け役に選ばれたのは、韋駄天《いだてん》走りを買われてのことだ。誠次は遠目が利くことから、名指しをされていた。

昨日は朝から嵐模様だったが、やはり使いの者は五ツにたずねてきた。

「親分が苛々《いらいら》されてやして、みんながめえってやすんで」

とにかく吉報をと、若い者は頼み込むようにして箱崎町に帰って行った。

「今日こそは、代貸がけえってこられるような気がしてならねえ」

「そう願いてえもんだぜ」

茶碗に残ったメシを、相太が箸でかきこんだとき。

「お待ちかねが着きやしたぜ」

喜蔵は、わざと抑え気味の声で暁朗の船が見えたことを伝えた。

勢いよく立ち上がった拍子に、誠次は膳をひっくり返した。ガチャ、ガチャッと大きな音が立った。

「構ってねえで、行ってくれ」

「あいよう」

ひと声残して、相太は座敷を飛び出した。

「あとはあたしが片付けますから」

「すまねえっ」

ちょこんとあたまを下げると、誠次も部屋を出た。雪駄《せった》を履いたときには、相太はすでに箱崎町を目指して疾走していた。

七十八

七月十三日。晋平は夜明け前の薄暗いなかで目を覚ました。いつもより、半刻（一時間）は早起きをしたらしい。

真っ暗な廊下を一歩ずつ、台所に向けて足を運んだ。板の間に出たら、前が明るくなった。台所のへっついの薪《まき》が、威勢よく燃えていたからだ。

「こんなに早くから、どうかしたんですか」

問いかけながらもおけいは、朝餉《あさげ》の支度の手を休めなかった。

台所の屋根には、明かり取りの大きな窓が構えられている。しかし、朝日はまだ昇ってはいない。

明かり取り窓の真上は濃紺色の空で、大きな夏の星が幾つも光っていた。

「おめえこそ、こんなに早くからどうしたというんでえ」

夏の夜明けは早い。とはいえ明け六ツ（午前六時）の鐘には、まだ相当の間があった。

夜明けの朝日が洲崎《すざき》沖に顔を出せば、それが深川の明け六ツである。薄暗い土間を、燃え盛る薪の炎が赤く染めていた。

「今日はかならず暁朗さんの船が、品川に着くような気がしたの」

きっと今朝には帰ってくるという、強い予感を感じている……おけいは、へっついの前にしゃがんだ。焚《た》き口が三つある、大型のへっついである。

いつもはふたつしか火は入っていない。飯炊きと湯沸かしには、ふたつの火で充分にことが足りるからだ。

今朝はまだ明け六ツ前だというのに、三つの焚き口すべてに火が入っていた。

てきぱきと立ち働く女房の後姿を、晋平は愛《いとお》しむような眼差しで追った。

おけいは、七ツ半（午前五時）前から起き出していた。

格別の夢見があったわけではない。が、今日こそ暁朗が品川に着くという、強い思いが胸の内に湧き上がった。それゆえの早起きだった。

今朝はみんなに、いつも以上においしい朝餉を振舞いたい……。

強い思いに突き動かされたおけいは、一升の米を研《と》いだ。尾張町の雑賀屋から進物されていた、仙台特産の米である。

今日をおいては、この米を研ぐ日はないとまで、強い予感を感じ取っていた。

とはいえ早く炊き過ぎては、せっかくのごはんが冷めてしまう。一升釜に火をいれるのは、明け六ツの鐘と同時だと決めた。

四半刻（三十分）あれば、一升飯でも充分に仕上がる。へっついの薪は赤松で、火力が強かった。

孔明たちが起き出すのも、明け六ツの鐘とともにだ。顔を洗い、身支度を調えたころには、熱々の一升飯が炊き上がっているという段取りだ。

炊き立ての奥州米に、生卵と焼き海苔。

それに大島村の川漁師が売りにくる、獲《と》れたてのしじみ。

さらに今朝は、裏庭で摘《つ》んだフキの煮物を用意しようと、おけいは考えていた。

フキはおもてが明るくなってから摘めばいい。摘んだあとはたっぷりの湯でゆがいてから、煮干のダシで甘がらく煮付ける。

へっつい三つに火をいれて、おけいは朝餉の支度を進めていた。釜の湯が煮立ったとき、晋平が早起きをしてきた。

「おれに手伝えることはあるか？」

おけいの姿に見とれた晋平は、我知らずに手伝いを申し出た。

「あります」

明るい返事が、即座に返ってきた。

「なにをすりゃあいいんでえ」

「太目のフキを、両手いっぱいに摘んできてくださいな」

「がってんだ」

雪駄をつっかけた晋平は、軽い足取りで裏庭に出た。夜明けから日暮れ前まで、強い夏日が降り注ぐ庭である。フキも雑草も、好き放題に茎《くき》を伸ばしていた。

三本まとめてフキを引き千切ったとき、永代寺が明け六ツを撞《つ》き始めた。

東の空の根元が、だいだい色に塗り替えられている。威勢よく、朝日が昇り始めたのだ。

ゴオーン……。

まだ眠っている深川の町を、永代寺の鐘が起こそうとしていた。

朝の光の矢が、裏庭に届き始めた。

晋平は、両手に大きな葉のついたフキを手にしている。葉の緑色が、見る間に鮮やかさを増していた。

夏の夜明けは、元気者である。

今日こそ、けえってきてくだせえ。

三本のフキを手にしたまま、晋平は夜明けの空に願いを唱えた。

フキの青いにおいが強く漂った。

七十九

湊《みなと》まで一町（約百九メートル）という辻に差しかかったとき、誠次は足をとめた。

「やっぱり、あれを持って行きやす」

「好きにすればいいさ」

喜蔵の口調はやさしかった。

「急いで戻ってきやすから」

宿から辻まで駆け戻ってきた誠次は、細長い筒と鹿皮の手提《てさ》げ袋を手にしていた。

「お待たせしやした」

筒と手提げ袋を、誠次は大事そうに抱え直した。

「おめえさんがその気なら、わしも最後まで付き合うぜ」

誠次に笑いかけた喜蔵は、前歯が煙草のヤニで黄色くなっていた。

「とっつあんを、面倒ごとに巻き込む気はありやせん」

喜蔵には迷惑をかけたくないという思いが、誠次の物言いに詰まっていた。

「猪牙舟《ちょきぶね》なら、あっしひとりで操れやす」

舫《もや》い綱をほどいたあとは、宿に戻ってほしいと喜蔵に頼んだ。

「猪牙舟は揺れるぜ」

それだけ言うと、喜蔵はずんずんと船着場に向かった。吐息を漏らしてから、誠次は喜蔵のあとを追った。

あやめの恒吉の若い者になる手前で、誠次は三年の間、花火作りの修業をした。

両国には『たまや』『かぎや』のほかにも、十二軒の花火屋があった。誠次が見習い職人として修業をしたのは、職人が七人だけの野田煙火《えんか》店である。

名の通った二軒のような、打ち上げ花火や仕掛け花火を拵《こしら》える店ではない。

バリバリッと、高い空で凄まじい音を発する『煙火』を専門に拵える店だった。

誠次は昔から、打ち上げ花火を自在に操る「花火師」に憧れていた。様子のいい花火師に岡惚《おかぼ》れしている娘たちを、誠次は数多く見ていた。

でかい花火を江戸の空に打ち上げて、粋筋《いきすじ》の姐《ねえ》さんたちまで、ヒイヒイ言わせるぜ。

たまやをたずねた誠次は、手代に弟子入りを頼み込んだ。

「あいにくですが、てまえどもは百年先まで見ず知らずの新弟子をとるつもりはございません」

手代の言い分に肚《はら》を立てた誠次は、平手打ちを食わせて店をあとにした。何軒も回り、なんとか無給の見習いにもぐり込めたのが、野田煙火店だった。

打ち上げ花火は拵えないと分かったあとも、三年の辛抱《しんぼう》を続けた。花火が好きだったからだ。遊び盛りの誠次がケツを割ったのは、無給に我慢ができなくなったがゆえである。

組に入ったあとは、度量の大きい暁朗に心底憧れた。暁朗の出迎えを言いつけられたとき、誠次は品川に出向く前に野田煙火店をおとずれた。

煙火の打ち上げ筒と、『雷神』の名がついた煙火一個を古株の職人から譲り受けた。

暁朗の品川到着を、煙火打ち上げで祝《しら》おうと考えてのことだった。高い空で破裂させれば、多くの連中に代貸帰着を報せることができる。

「むやみに打ち上げたりしたら、おめえの手は後ろに回るぜ」

職人に脅《おど》かされたが、誠次は気にもとめなかった。暁朗の到着を、なんとしても煙火の轟音で祝いたかったからだ。

品川の宿で待っているうちに、咎《とが》めを受けたらどうしようと、不意に弱気が湧き上がってきた。

「よしねえ、ばかな真似は」

相談をした相太には、絶対にやめろと強くとめられた。

「おめえさんが、どれほど代貸を思っているか。上げる上げないは、その秤《はかり》だろうさ」

喜蔵は、留《と》めだてすることも、煽《あお》り立てることもしなかった。

「代貸の元気な姿を見ることができたら、すぐさま一発目を打ち上げやす」

肚が定まった誠次は、種火のカイロが点《とも》っているのを確かめた。

「そいじゃあ、舫いをほどくぜ」

喜蔵が猪牙舟の舫い綱をほどいた。

誠次は、筒を両腕で抱きしめた。

手入れの行き届いた櫓《ろ》は、軋《きし》み音を立てない。喜蔵がひと漕《こ》ぎしたら、猪牙舟は滑らかに船着場を離れた。

八十

嵐はきれいに収まっていた。

しかし風にはまだ、過ぎ去った嵐の名残がとどまっている。

品川沖を目指している浪華丸は、帆を半分畳んでいた。全帆にするには、風が強すぎたからだ。

暁朗は浪華丸の右舷に立ち、前方を見詰めていた。昇り行く朝日が、暁朗の顔を照らしている。

　ふうっ。

　大きな息を吐き出した暁朗は、平手でおのれの頬を張った。パシッという音が、いささか大きかったらしい。驚いた小三郎と梅吉が、暁朗のそばに寄ってきた。

「どうかしたがですか」

　小三郎の物言いは、まことにていねいだ。どれほど暁朗を敬《うやま》っているかが、はっきりと物言いにあらわれていた。

「なんでもねえさ」

　暁朗は照れ笑いを浮かべた。暁朗当人も、頬を強く張り過ぎたと思っていたからだ。

　熱田湊《あつたみなと》からの航海で、暁朗の顔はすっかり潮焼けしている。赤銅色を通り越して、黒光りしていた。

　そんな顔色なのに、頬のあたりが赤い。

　大きな手で張ったあかしが、くっきりと頬に残っていた。

「眠気覚ましにと思ってよ。てめえで頬を張り飛ばしただけさ」

「たっぷり水につかっときながら、まだ兄さんは眠かったがですか」

　小三郎があきれ顔を拵《こしら》えた。が、見る間に小三郎の顔には、敬いの色が浮かんだ。

「やっぱり兄さんは、すごいひとだがね。そうじゃろうが」

小三郎は梅吉に同意を求めた。

「ほんまじゃのう」

応じた梅吉もまた、心底、暁朗を慕《した》っている。梅吉が抱いている暁朗への敬いは、顔つきと、深くうなずいた振舞いにはっきりと出ていた。


品川まで四里（約十六キロ）の海上に浪華丸が差しかかったとき、夜明けがきた。

「言葉では言えねえほどに、貸元や閻魔丸のみなさんには世話になりやした」

閻魔丸の舳先《へさき》近くで、暁朗は保利蔵たちにあたまを下げた。

「おめえさんの度胸のよさには、つくづく感心したぜ」

保利蔵は右手を差し出した。

暁朗も右手を差し出して、保利蔵の手を強く握った。

「杉の納めが終わりやしたら、かならず下田湊《しもだみなと》まで、恒吉ともども御礼のあいさつに出向かせてもらいやす」

「楽しみに待ってるぜ」

保利蔵は手の甲に血筋が浮かぶほどに、右手に力を込めた。暁朗も同じ力加減で応じた。

「失礼しやす」

深い辞儀をひとつ残して、暁朗は舳先に移った。浪華丸が曳《ひ》くいかだの最後尾に結《ゆ》わえた太綱が、閻魔丸の舳先に結ばれていた。

水押《みおし》の先端にまで身を乗り出した暁朗は、太綱にぶら下がった。

嵐は去ったとはいえ、海面にはまだ大きなうねりが残っている。杉丸太のいかだが揺れると、太綱も上下左右に大揺れした。

暁朗は綱の揺れに、巧みに調子を合わせている。いかだに向かって、太綱をひと握りずつ伝いおりていた。

暁朗の動きを、すぐさま浪華丸の水主《かこ》たちが見つけた。

「あのひとは、いったいなにを始めよったんや」

浪華丸差配の由吉が、戸惑い顔を拵えていた。船乗りの動きなら、たいがいのことはひと目見ただけで、由吉には察しがついた。

ところが暁朗のこの動きは、皆目見当もつかなかった。

太綱の揺れを、暁朗は身体を大きく振ることでうまくかわした。いかだの最後尾を波がぐいっと押し上げたとき、暁朗は丸太のうえに飛び降りた。

閻魔丸の水主たちが、大喝采《かっさい》を浴びせた。暁朗は手を大きく振って、水主に応えた。新しく胸に巻きつけた木綿のさらしに、暁朗は鞘《さや》に収まった匕首《あいくち》を挿《さ》していた。閻魔丸の水主からの貰い物である。

鞘を抜き払うと、匕首の柄を口にくわえた。

朝日を浴びた匕首の刃が、キラキラッと輝いた。水主がくれた匕首の刃先は、見事に研ぎ澄まされていた。

いかだの最後尾でうつ伏せになった暁朗は、くわえていた匕首を右手に握った。左手で閻魔丸の舳先と結ばれている太綱を、ぐいっと摑《つか》んだ。

波に乗ったいかだは、ゆるやかに上下に揺れている。いかだが大きく持ち上がったとき、暁朗の右手が動いた。

匕首遣いの達人が振った刃は、太綱を一気に断ち切った。

張《な》りを失くした太綱は、だらりと海面に垂れ落ちた。閻魔丸の水主が、素早い動きで太綱をたくし上げた。

閻魔丸の動きが自由になった。

「下田湊で待ってるぜ」

「かならず出張《でば》って行きやす」

保利蔵と暁朗が、短い言葉を交わした。

「面舵《おもかじ》いっぱい」

保利蔵の指図を受けて、舵取は舵の長柄《ながえ》を面舵に切った。

閻魔丸の舳先が、ゆるやかな動きで右に向き始めた。いかだの上に立った暁朗は、匕首を握ったまま、右手を大きく振った。

朝日に照らされた刃が、何度も光った。

浪華丸の面々も、いまではなにが起きたのか、はっきりと呑み込んでいた。

船頭を含めた全員が、浪華丸の艫《とも》に集まった。右旋回をする閻魔丸に向かって、深々と辞儀をした。

「いまの兄さんは、生まれながらの船乗りみたいですら」

梅吉に褒《ほ》められて、暁朗はさらにきまりがわるくなったらしい。黒光りしている顔が、上気したように赤味を帯びた。

「メシの支度ができたよう」

飯炊きの賢太郎が、鍋を叩いて朝飯だと告げた。

品川沖まで、あと半里（約二キロ）の海に差しかかっていた。

八十一

浪華丸は外洋を行き来する、大型の弁才船《べざいせん》である。この手の船の航海最終日には、格別の楽しみが用意されていた。

食料庫に残っている材料をそっくり使って、航海最後の食事「上陸メシ」を拵《こしら》える。そのことが、格別のお楽しみだった。

浪華丸はいま、夜明け直後の品川湊《みなと》を目指していた。ゆえに今回の浪華丸の上陸メシは朝飯だった。

賄《まかな》いの賢太郎は、刻みネギと砂糖をたっぷり使った「厚焼き玉子」の調理に取りかかっていた。

暁朗がこの献立を望んだからだ。

船乗りにとっての三度のメシは、航海におけるなによりの楽しみである。メシの量を惜しんだり、献立を倹《つま》しくしたりすると、水主《かこ》の働きぶりはたちまち鈍くなった。

とりわけ今回は、下田湊からの航海ではひどい嵐を潜《くぐ》り抜けてきた。しかも積荷は、高価な熊野杉である。

「品川に無事に着いたら、すぐさま御礼参りに行きますから」

浪華丸を操る十一人の水主たちは、賄いの賢太郎にいたるまで、海神に無事を祈った。暁朗の振舞いに、だれもが深い尊敬の念を抱いている。

その思いに強く押されたがゆえに、水主たちが航海の無事を海神に祈ったのだろう。暁朗の命がけの働きのおかげで、浪華丸は嵐を乗り切った。今回の上陸メシは、その祝いを兼ねていた。

船頭みずからが音頭取りとなり、浪華丸の上陸メシは暁朗に決めさせることになった。

そのときの航海で、もっとも船の役に立った水主が、上陸メシの献立を決めるのが、浪華丸の慣わしだった。

「今回は、暁朗さんに決まっちょろうが」

仁助が口にしたことには、残る十一人全員が大賛成をした。

暁朗は浪華丸の水主の一員だと、船乗り全員が認めたのだ。

賢太郎は、腕によりをかけようとしていた。が、狭い船のへっついを使っての調理である。卵の量と、刻みネギ・砂糖・醤油の按配に、賢太郎は腕の冴《さ》えを見せようとした。

品川湊まで、残すところ半里（約二キロ）を切っていた。腕をふるうとはいえ、調理にひまはかけられない。もはや幾らもときが、残されてはいなかったからだ。

品川沖に投錨《とうびょう》したあとでも、上陸メシを食うことはできる。帆を畳み、一番から七番までの錨すべてを投じたあとでも、メシを食う船は格別にめずらしくはなかった。

しかし船頭の仁助は、船乗りの見栄を大事にする男だ。たとえ他の船が投錨後にメシを食っていたとしても、浪華丸の水主にはそれを許さなかった。

「錨を海に投げ入れるのは、海神様のお許しが得られたからだ。そんなときに、水主がメシを食うなんぞ、とんだ了見違いだ」

ぶざまであると同時に、海神様に無礼だというのが、仁助の考え方である。

「四半刻を、メシの支度にくだせえ」

上陸メシ調理を始める手前で、賢太郎は親父（差配）役の由吉にこのことを願い出た。メシの支度を進める間、船足を落としてほしいと頼み込んだのだ。

「船頭さんに頼んでおく」

由吉はふたつ返事で引き受けた。今回の上陸メシが、暁朗の献立だったからだ。

熱田湊を出たときの暁朗は、海の素人だった。いまは違う。浪華丸のだれにも負けない船乗りの根性を、嵐の海で暁朗は示した。

暁朗のために船足を落としたとしても、船頭が文句をつけるはずもなかった。

「いいとも。好きにすればええ」

仁助の快諾を得た由吉は、帆を四分一に畳めと指図をした。船足が大きく遅くなった。

賄い場所から、甘がらい厚焼き玉子の香りが甲板に漂い出ていた。

八十二

船端に立った暁朗は、前方の品川の海を見詰めていた。

なんとか、けえってきたぜ……。

ぼそりとつぶやいた言葉を、潮風がさらって流れ去った。

上陸メシは暁朗の望みを聞き入れて、厚焼き玉子と決まった。

「あんたの男気を、わしらはこの目でしっかりと見た。あんたと一緒の船に乗ることができて、船乗り冥利《みょうり》に尽きる」

暁朗を正面から見詰めたとき、仁助の両目は潤んでいた。本物の船乗りからきわめつきの褒《ほ》め言葉を言われて、暁朗は面映《おもはゆ》かった。

十二人の船乗り全員と固く手を握りあったあと、暁朗はひとりで品川の方角を見詰めた。

熱田湊へ旅立つ前夜、暁朗は恒吉とふたりだけで酒を酌み交わすことになった。旅の上首尾を願っての酒盛りである。

ところが……。

恒吉の膝元には生卵とゴマ油の器、小皿に盛られた塩、それに瀬戸焼の小鍋が置かれていた。手焙《てあぶ》りには深紅色に熾《お》きた備長炭がいけられている。

およそ、旅の無事を願う酒盛りには似つかわしくない品ばかりだ。

暁朗は大いにいぶかしさを感じた。が、それを口にはできずにいた。

「とっておきの縁起を、おめえに手渡すぜ」

恒吉は小鍋を手焙りに載せ、ゴマ油を垂らした。炭火で熱せられると、油は香ばしい香りを漂わせた。

頃合いを見計らい、恒吉は卵ひとつを割り入れた。

熱くなっていた油が、ジュウッと鋭い音を立てた。音に満足した恒吉は、残りの卵ふたつも割った。

小鍋の内で黄身三つが重なり合った。真新しい卵は、黄身が威勢よく膨らんでいる。

その黄身めがけて、恒吉はひとつまみの塩をまぶした。

黄身に散らされた塩が、淡いポッポツ模様を描いた。

黄身と塩の按配に得心がいったのだろう。恒吉は小鍋にふたをかぶせた。

暁朗はひとことも口にせず、恒吉のなすがままを見詰めた。

ふたには小穴があいている。ほどよく焼かれた卵が、小穴から湯気を噴き出し始めたところで、恒吉はふたを取った。

重なり会っていた黄身に、うっすらと白い膜がかぶさっていた。が、黄身は透けて見えていた。

「おめえの旅の上首尾を、卵が請け合ってくれたぜ」

焼き上がった玉子焼きを、恒吉は小鉢に移した。

ゴマ油の効き目がよく、卵はつるっと小鉢に滑り落ちた。

「三つの黄身は、いままでと、いまと、これからを示している。どの黄身もほどほどに白い膜をかぶってるだろう？」

「へい……」

暁朗は戸惑い気味の口調で答えた。膜うんぬんを言われても、暁朗には様子の違いは分からなかったからだ。

「おめえには分からなくても、おれには見えた」

旅は上首尾に運ぶと、恒吉は強い口調で言い切った。

その声を聞いて、暁朗はあれこれ不安に思っていたことがすっきりと吹き飛んだ。

親分は卵焼きでおれを勢いづかせてくれた……迫り来る品川沖に目を凝《こ》らしながら、暁朗はあの夜口にした黄身の味を思い返していた。

八十三

浪華丸はすでに品川湊《みなと》に入っていた。手早く朝飯を終えた小三郎は、舳先《へさき》に移って物見を受け持った。

大海原を走っているときなら、浪華丸の全員が車座になって食事を摂《と》った。

舳先が右舷・左舷に振れたところで、海は広い。他の船にぶつかる心配などは、皆無である。

ゆえに航海中のメシは、舵取を含む全員で楽しむことができた。海の様子次第では、メシと一緒に酒を楽しんだりもした。

しかし浪華丸は、すでに品川湊の内側に入っていた。大型の弁才船《べざいせん》だけでも、日に数十杯は出入りをする湊である。

ひとたび品川湊の海域に入ったあとは、船の物見と舵取は錨《いかり》を投ずるまで気を抜くことができなかった。

「なんべん見ても、ここからの眺めには見とれてしまうべさ」

小三郎は前方を見詰めたまま、わきに立っている暁朗に話しかけた。

「まったくだ……」

暁朗から吐息が漏れた。

「品川宿がこんなにきれいな眺めだったとは、いまのいままで知らなかったぜ」

暁朗も舳先の彼方を見詰めていた。

品川は、東海道始まりの宿場である。

江戸から出かける旅人は宿場の茶店で一服し、先の旅路を行く決意をあらたにした。

御府内各町に向かう旅人にとっては、品川宿は目的地の地べたを踏んだも同然である。高輪大木戸を抜ければ、そこは江戸だった。

江戸を出る者は、先の道中を思って。

江戸に入る旅人は、無事な到着を喜んで。

出る者・入る者それぞれが、さまざまな思いを抱いて茶店の縁台に腰をおろした。

品川宿といっても、東海道五十三次の宿場のひとつに過ぎない。が、旅人は、品川宿には格別の思いを抱いた。

旅人の思いは、旅籠《はたご》のあるじにも伝わっていた。

「うちは品川宿の旅籠だ、よその宿場の旅籠とはわけが違う」

うちは四代目だ、あたしのところは六代続いていると、品川宿の旅籠のあるじたちは胸を反《そ》り返らせた。自慢するには、相応のわけもあった。

どの旅籠も、本瓦葺《ほんかわらぶ》きなのだ。

他の宿場では、客室が二十室以上もある旅籠でも、板葺きや茅《かや》葺き屋根がめずらしくはなかった。

品川はどこも本瓦葺きである。

湊に入る弁才船の舳先に立つと、晴れてさえいれば宿場の家並が見えた。とりわけ今朝のように晴天の夜明けどきなら、朝日を浴びた瓦が、艶々と上薬《うわぐすり》を照り返らせる眺めが楽しめた。

「暁朗さんは、品川に着いたあとはどうするだね？」

「猪牙舟《ちょきぶね》を雇って、まずはあやめの親分に到着を知らせるさ」

暁朗は顔をほころばせた。

熱田湊からの船旅で、すっかり顔が潮焼けしていた。

後方から降り注いでいる朝の光を、舳先の船板が弾き返している。その跳ね返りを浴びて、潮焼け色が際立って見えた。

「湊に出迎えは、きてねってか？」

「およその見当は、下田湊から速達飛脚便で知らせたんだが……」

馬を使う速達飛脚便を、暁朗は下田湊で仕立てていた。保利蔵の勧めに従って仕立てた速達である。

「馬を使う速達飛脚は、いってみれば縁起担ぎだ。船のほうが先に江戸に着くと分かっていても、ついつい出したくなるようだ」

保利蔵は苦笑いに似た笑みを浮かべた。

馬を使う速達飛脚便は、江戸まで三日を要した。朝方に下田湊を出る船は、その日の日暮れ前には品川に到着する。

明らかに船のほうが早いのだが、多くの商人は馬の速達飛脚に手紙を託した。

飛脚に託した当人が江戸で受け取るということは、船旅が無事だったあかしである。

万にひとつ、船が難破したときは、託した手紙はかけがえのない遺言となった。

下田湊から江戸に向かう商人は、速達飛脚に大事をしたためた手紙を託して乗船した。

暁朗が保利蔵に託した速達便は、まだ江戸に向かって東海道を下っていた。

「うめえ具合に猪牙舟がめっかりゃあいいが、暁朗さんにあてはあるんかい？」

「いや、まるでねえ」

暁朗は即答した。長い船旅も、品川湊で下船するのも、暁朗は初めてである。

弁才船で品川湊に到着した客は、乗合船を使って佐賀町や湊町に向かった。

先を急ぐ客は、猪牙舟を仕立てて目的地まで急いだ。湊の猪牙舟は、陸の辻駕籠《つじかご》のような乗り物である。

いつもの朝なら弁才船の到着にあわせて、江戸の方々から猪牙舟が品川湊へと集まってきた。

しかし昨夜は、江戸も大時化《おおしけ》だった。嵐はすでに遠くに去っており、空は真っ青な夏空である。

とはいえ湊の海は、海面が濁《にご》っていた。嵐で流された土砂が、海面の色を塗り替えているのだろう。

海よりも狭い大川は、さらに川水が汚れている。嵐が過ぎ去ったあとも、四、五日の間の大川は黄土色に塗り替えられた。

ひどい色味の大川を見た猪牙舟の船頭は、漕ぎ出すのをためらうかもしれない。

「どうにも猪牙舟がみつからなかったら、乗合船で近くの桟橋《さんばし》まで向かうさ」

暁朗にまた、笑みが浮かんだ。

空はきれいに晴れ上がっている。

浪華丸が曳いてきた杉は、すべて無事だ。

暁朗は頬《ほお》のあたりがゆるむのを、抑えることができなかった。

「小三郎さんは、このあとどうするんで?」

「三日の休みがもらえっから……」

小三郎が話しているさなかだった。

バリバリバリッ。

凄まじい音が湊の空から降ってきた。

轟音は品川湊の端にまで響き渡った。

「なんだ、いまのは」

水主《かこ》たちが、舳先に駆け寄ってきた。

八十四

最初の煙火は、浪華丸から四十尋《ひろ》（約六十メートル）離れた海上で打ち上げられた。喜蔵の指図により、浪華丸から遠く離れた場所で誠次が打ち上げた一発である。

とはいえ誠次は、素直に指図に従ったわけではなかった。

浪華丸がまだ遠くに離れている場所で、喜蔵は猪牙舟の櫓《ろ》をとめた。

「ここで、最初《はな》の一発を打ち上げなせえ」

喜蔵は猪牙舟の揺れを、櫓の扱いで巧みに和《やわ》らげていた。

「それはねえだろう、喜蔵さん……」

舳先にしゃがんでいる誠次は、筒を抱えたまま口を尖《とが》らせた。

「暁朗あにいが乗っている浪華丸は、まだずっと先じゃねえか」

筒を舟板におろした誠次は、はるか遠くに見えている浪華丸を指差した。昇る朝日を浴びて、帆をおろした帆柱が光って見えた。

誠次は格別に遠目が利くわけではない。それでも浪華丸を見定めることができたのは、船の艫《とも》から伸びた綱が、杉丸太の長い列を引っ張っていたからだ。

「ここから浪華丸まではどんだけ離れてやすんで?」

問いかけたときの誠次は、ていねいな口調に戻っていた。

役人の許しも得ずに煙火を打ち上げたりしたら、きつい咎《とが》めを受ける恐れは充分にあった。それを承知で、喜蔵は猪牙舟を漕ぎ出してくれている。

浪華丸から離れ過ぎていることに、誠次は強い不満を覚えていた。が、喜蔵の男気を思えば、いつまでも仏頂面《ぶっちょうづら》をしているわけにはいかないと思い直したのだ。

「ざっと四十尋の見当だ」

喜蔵は淀《よど》みのない口調で、浪華丸までの隔たりを口にした。

「なんだって喜蔵さんは、そんなに離れたところから一発を上げろと言われるんで?」

「浪華丸に面倒を起こさせないためだ」

喜蔵は落ち着いた物言いで、わけを話し始めた。

「あんまり近くで打ち上げたりしたら、浪華丸も一味だったと役人は考える」

船から八尋(約十二メートル)四方で起きたことは、その船の船頭が責めを負う。

これが品川湊《みなと》の決まりごとだった。

はしけと弁才船の積荷のやり取りは、もちろん海上で行った。海が凪《なぎ》なら、さほどに難しいことではなかった。

しかし荒天をついての荷揚げや荷積みでは、船に立っているだけでも難儀である。力持ちの仲仕とはいえ、荷を海に落とすことはめずらしくなかった。

海に落ちた荷は、だれのものか。

弁才船やはしけの船頭が、自分の積荷だと言い張るのは当たり前のことだ。しかし、たまたまそこを通りかかったはしけや小船が、自分のモノだと強く言い張ると、ことは厄介である。

揉め事が何度も続くなかで、ひとつの決めごとができた。

船から八尋四方で生じたことには、その船の船頭が責めを負う。

いいことも、わるいことも、船の四方八尋の出来事は、すべてが船頭の責めとされた。

これが品川湊の定めである。

「おまいさんが浪華丸にあんまり近寄り過ぎてことを起こすと、あの船の船頭が責めを負わされることになるんだ」

次第を聞かされた誠次は、思慮の足りなかったことを喜蔵に詫びた。

「知らねえばっかりに、えれえしくじりをおかすところでやした」

あたまを下げた誠次は、ここなら打ち上げてもいいかと喜蔵に問うた。喜蔵はしわのよった顔を上下に動かした。

「うまい具合に、ここなら四方に一杯の船もいない。おまいさんも好きなだけ、二発でも三発でも打ち上げられるさ」

喜蔵は櫓を海につけて、ゆるやかに動かしていた。

もともとが凪《なぎ》に近い海である。揺れることで知られた猪牙舟が、いまはぴたりと動きをとめていた。

「そいじゃあ、さっそくに」

筒を真っ直ぐに立てた誠次は、煙火の玉を筒底に納めた。勢いよく打ち上がったあと、十五丈（約四十五メートル）の空で破裂する煙火である。

「江戸で一番の煙火だからよう。高い空で破裂したあとは、ざっと二里（約八キロ）四方にまで音を響かせるだろうさ」

天気さえよければ、三里（約十二キロ）の彼方にまで轟《とどろ》き渡ると、煙火屋の職人は強い口調で請け合った。

誠次は職人から教わった通りに、煙火を筒の底にそっとおろした。猪牙舟の揺れは、喜蔵が見事に抑えている。

舟板に立てた煙火の筒は、ぴくりとも動かなかった。

立っている筒を覗《のぞ》き込み、煙火の玉を確かめてから、誠次は腰に提げていた皮袋を取り外した。

長い紐《ひも》で、口が強く縛《きつ》られている。紐をゆるめて、袋の中から油紙の包みを取り出した。煙火の打ち上げを促《うなが》す、丸い火薬の包みである。

火薬が湿《しめ》らないように、三重の油紙に包まれていた。黒い火薬は、腹痛止めの丸薬に似ていた。

手のひらにのせてから、誠次は十五粒を数えた。煙火屋の職人に教わった数である。

物識りの喜蔵も、煙火の打ち上げ火薬を見たことはなかったらしい。

「なんだい、それは?」

「これに火をつけて、煙火を十五丈の空まで打ち上げるんでさ」

十五粒を数えた残りを、誠次はていねいな手つきで油紙に包み直した。

ふうっ。

吐息をひとつ漏らしてから、誠次は火薬を筒のなかに落とし始めた。偏《かたよ》らないように、まんべんなく煙火の玉の上に撒《ま》き散らした。

「そいじゃあ、一発目を上げやすぜ」

「いつでもいいさ」

喜蔵は櫓の動かし方を加減し、猪牙舟を海面に貼《は》り付けた。

たもとに仕舞っていた懐炉《かいろ》を取り出した誠次は、ようかんひと切れ大の火付け火薬を手に持った。懐炉を吹くと、赤い火が見えた。

その火に、火付け火薬を押し付けた。

シュシュシュシュ……。

鋭い音を立てて、火付け火薬が燃え始めた。誠次は気合をこめて、火薬を筒に投げ入れた。

三つ数えたあと、筒から煙火が飛び出した。十五丈の高さに向かって、煙火が空を駆け上って行く。

筒から飛び出すなり、喜蔵は全力で猪牙舟を漕ぎ始めた。

十ほど櫓を漕いだとき。

高い空で煙火が破裂した。いかずちのような音が、品川湊に轟き渡った。

八十五

品川沖で、煙火が打ち上げられたとき。

永代橋の真ん中には、伊豆晋の数弥が見張り番で立っていた。

おとといの七月十一日から、毎朝明け六ツ（午前六時）に伊豆晋組は永代橋に張り番を出していた。

十一日は気持ちのよい晴天で、夜明けを迎えた。しかし十二日は、野分を思わせる荒天の夜明けとなった。

それでも晋平配下の面々は、交代で夜明けの永代橋に向かった。品川沖に到着する、熱田湊《みなと》から品川に向かってくる弁才船《べざいせん》の到着を見張るためである。

弁才船の航行については、晋平を含めてだれひとり明るい者はいなかった。

「佐賀町の廻漕問屋に出張って、おせえてもらおうじゃねえか」

言い出しっぺの孔明を先頭にして、伊豆晋組の面々は、佐賀町河岸の廻漕問屋をおとずれた。七月十日の昼前のことである。

「江戸に入る手前で、船は下田湊にかならず一泊します」

問屋の手代は、下田湊での一泊停泊から話を始めた。

「並の弁才船でしたら翌朝は五ツ半（午前九時）の船出でしょうが、丸太のいかだを曳くとなれば、船出が遅れるかもしれません」

江戸に向かう他の荷物船の邪魔にならぬように、四ツを過ぎてから船出をするだろうと、手代は推《お》し量った。

「下田を出る弁才船の船頭は、浦賀船番所を通り抜ける刻限を考えて、帆の張り方と舵の操り方を加減します」

長いいかだを曳く弁才船は、船番所の荷物改めもさほどには厳しくない。長々と改めていては、船番所の岸壁がふさがれたままになるからだ。

「とはいえ、船番所を出たあとで江戸まで一気に走るのは無理です」

たとえ夜通し走らせても、品川湊では真夜中の荷揚げはできない。無理をして品川まで走らせるよりは、神奈川宿の海に泊まるほうが無難だと手代は説いた。

「神奈川から品川までは、風と潮の流れに恵まれれば一刻（二時間）あれば走れます。夜明け前に錨《いかり》を抜き、品川には明け六ツ過ぎに着くように船を操るでしょう」

明け六ツに到着すれば、荷下ろしのための一日を、目一杯に使うことができる。五十杯を数える品川湊のはしけも、明け六ツから弁才船の到着を待ち受けている。

「熱田湊から丸太を曳いてくるのであれば、九分九厘、明け六ツの品川湊に錨を打つに違いありません」

手代の見当に得心した面々は、翌朝から永代橋に見張りを出そうと話し合った。宿に帰り着いたら、箱崎町から報《しら》せが届いていた。

丸太が品川に届いたら、誠次が煙火を打ち上げるかもしれない。もしも明け方に煙火の音が深川に届いたら、品川沖まで迎えに出てもらいたい。

これが箱崎町から届いた報せだった。

弁才船は明け六ツに着くと、孔明たちは廻漕問屋で聞かされたばかりだった。

「明日から煙火の音を聞くまでは、毎朝明け六ツ前には永代橋のど真ん中に立つぜ」

交代で見張りに出張ることが決められた。

初日の十一日は孔明が向かった。

翌日はひどい雨だったが、嘉市が当番で出張った。

二日間、見張りは空振りに終わった。

七月十三日は、夜明け前から数弥が永代橋の真ん中で見張りを始めた。永代寺が明け六ツを撞《つ》き終わって幾らも経たないとき、最初の煙火が打ち上げられた。

永代橋から品川沖までは、相当な隔たりがある。しかし誠次が打ち上げた煙火は、空の隙間を早駆けして永代橋に音を伝えた。

「やったぜ」

数弥が両手を強く叩き合わせたとき、橋番が駆け寄ってきた。

「なんだい、いまの音は？」

「品川沖で、おめでたごとが始まったんでさ」

「なんのことだ、それは……」

数弥の言い分が呑み込めない橋番は、しわのよった顔を品川沖に向けた。二発目の煙火が上がったのは、まさにそのときだった。

「こうしちゃあ、いられない」

二発目の煙火にうろたえた橋番は、番小屋に駆け戻って行った。

「おかえんなせえ、暁朗さん」

品川沖に向かって深い辞儀をしたあと、数弥は八幡宮一ノ鳥居に目を向けた。

煙火の音は、伊豆晋組にも届いているはずだ。音を聞くなり、晋平たちは永代橋に駆けてくる。

数弥は背筋を伸ばして、晋平一行の到着を待ち構えていた。

尾張町の雑賀屋庄右衛門は、年若いのに早起きである。明け六ツの鐘とともに井戸端に出たあと、総楊枝《ふさようじ》に塩を振りかけた。

明け六ツの鐘で口をすすぎ、顔を洗うのが毎朝の決まりである。

ガラガラガラッ。

歯磨きあとのうがいのさなかに、煙火の音が届いた。風向きの加減なのか、音の響き方は永代橋よりも小さかった。

しかし小さいとはいえ、明け六ツの煙火は尋常なことではない。

ガボッ。

音に驚いた庄右衛門は、はき出すはずのうがい水を、うっかり呑み込んだ。総楊枝にまぶした塩が、たっぷり溶けたうがい水である。

ゴホッ、ゴホッと強く咳《せ》き込んだが、呑み込んだ水はそのまま喉《のど》を滑り落ちた。

「まったく、どこの酔狂者だ」

明け六ツの煙火に、庄右衛門は強い口調で文句を言った。そんな庄右衛門にはお構いなしに、二発目の煙火が打ち上げられた。

「いったい、なにが起きたというんだ……」

わけの分からない庄右衛門は、顔に怯《おび》えの色を浮かべた。総楊枝を手にしたまま、伊勢神宮の方角に向かって手を合わせた。

「なにとぞ、息災でありますように」

火事騒ぎにこりごりしている庄右衛門は、ときならぬ煙火が異変の前触れではないことを強く念じていた。


「やったじゃねえか、誠次」

品川沖に向けて走る猪牙舟《ちょきぶね》に、あやめの恒吉が腕組みをして座っていた。

船頭は目一杯の力で、向かい風をものともせずに船を漕いでいる。強い風を頬に浴びている恒吉だが、まばたきもせずに前方を見詰めていた。

一発目の煙火を耳にしたのは、佃島を通り過ぎたあたりだった。

音を聞いて満足げな笑みを浮かべたとき、二発目の煙火が上がった。

一発だけならまだしも、二発も続けて打ち上げられたとあっては、役人にごまかしも言い逃れもできない。

品川は、江戸に出入りする船舶の要《かなめ》となる港だ。常時、公儀の役人も湊に詰めている。

まだ静かな明け六ツの品川湊に、立て続けに二発の煙火が上がったのだ。役人たちは血相を変えて御用船を漕ぎだしているだろう。

おめえの身請けは、おれがやる。

向かい風を頬に浴びながら、恒吉は目を細くした。

命をかけて、熱田湊から杉を曳航《えいこう》してきた代貸の暁朗。

その暁朗を出迎えるために、咎人《とがにん》となるのを覚悟で煙火を打ち上げた誠次。

おれは手下に恵まれている……。

恒吉は声に出してつぶやいた。

強い向かい風が、たちまちつぶやきを佃島の向こうに運び去った。

昇りくる朝日が、恒吉の顔をまともに照らしている。まばゆくて、恒吉は目をしばたたかせた。

瞳はたっぷりと潤んでいた。

解説

縄田一男

本書『夢曳き船』は、二〇一〇年一月、徳間書店から刊行された長篇だが、読者は開巻一ページ目から、おおっ、と声を上げ、熱いものが胸にこみあげてくるのを抑えることができないだろう。

何しろ、そこには、あの伊豆晋平《いずしんぺい》がいるのだから――。

私たちは先に徳間文庫から刊行された『晋平の矢立』を読んで「伊豆晋」の頭《かしら》がどいう男か知っている。

職業は、火事などで焼けた建替え普請のために家屋を壊す「壊し屋」の名人であり、特に蔵の壊しなら右に出る者はいない。そして壊しの蔵から出てくるものを扱うようになった、深川にその人あり、といわれた人物である。

前作では、その蔵から出てきた道具が、あるときは人と人との奇縁となり、またあるときは、男の心底を懸けた話となる。

そして、「肚をくって向かわねえと、潰されるぜ」といわれた箱崎町の貸元、あやめの恒吉と一匹の子犬を介して男同士の交誼《こうぎ》を結ぶことになるくだりは、もうこたえられない。

加えてラストを飾る「砂糖壺」のすばらしさは――これは未読の方がいるといけないので、とてもいえない、いえない。

とまれ、恒吉こそは、山本一力さんが創造した新たな〝男唄〟の主人公にふさわしい、男の中の男の一人なのである。

本書ではその「伊豆晋」が梅雨に祟《たた》られ、仕事がにっちもさっちもいかないところからはじまる。が困っているのは「伊豆晋」ばかりではなかった。材木商、伊勢杉陣左衛門は、向島の料亭、吉野から新築普請用の熊野杉、千本を一万両で請け負うものの、回漕中、時化で七百本を失ってしまう。

残りの杉は、熱田湊に留め置かれたまま、先払いがない限り、一本も回すことはできないという。が、ひょんなことから伊勢杉と知り合った伊豆晋平が、奇策といっていいほどの助け船を出すことになる。

前述の箱崎町の貸元、あやめの恒吉に四千両の用立てをしてもらい、首尾よく杉が納められれば、料亭から入る材木代をことごとく恒吉に払う、という提案である。

正に丁半博奕――と、ここで余談だが、一力さんの小説は、江戸っ子の粋や見栄、さらには心意気を描きながら、どこかモダンなところがありはしないか、ということが気にかかる。一力さんは大の映画ファンで、洋邦問わず、かなりの作品を見ている。そして、一力作品で、堅気の衆と貸元連が交誼《こうぎ》を交わす物語が多いのは、読者の方々は既に御存知だろう。

その度に私が思い出すのは、名匠フランク・キャプラの遺作となった「ポケット一杯の幸福」（'61、米）である。

主人公は、グレン・フォード扮するニューヨークの顔役デュードで、彼は自分がギャング仲間や警察から無事でいられるのは、ベティ・デイヴィス扮する老婆から買うリンゴのおかげだというげんをかついでいる。ところが、ベティ・デイヴィスの一人娘でスペインの尼僧学校にいるアン・マーグレットが、名門伯爵家の息子と恋に落ち、伯爵親子とニューヨークに来るという。が、老婆は娘を安心させるため、自分は貴婦人だと偽っていたのだ。そこで男気を出したデュードは老婆を貴婦人に仕立てて……。という心あたたまる人情喜劇である。

私が何故この作品を持ち出したかというと、「ポケット一杯の幸福」は、キャプラが戦前に撮った名作「一日だけの淑女」のリメイクであり、原作がデイモン・ラニアンだからだ。ラニアンは日本ではあまり知られておらず、新書館から四巻本の傑作集が、そして新潮文庫から短篇集『ブロードウェイの天使』が出ているが、いずれも絶版。ギャングが横行したアメリカ禁酒法時代を代表する作家である。

そして私の記憶に間違えがなければ、彼の作品の翻訳家が、禁酒法時代はギャングも堅気も酒が飲みたくなれば、もぐり酒場に入って同じカウンターに腰を降ろす。そこに何らかの交い合うものがあれば、それは身分じゃない、ハートだ、という旨のことを記していたように思う。

そして、本書における伊豆晋平、伊勢杉陣左衛門、あやめの恒吉は、各々稼業は違えど正に三者三様の心意気＝ハートで結ばれているのである。

さらに、その嬉しい心意気を見せてくれるのは男ばかりではない、吉野の女将も、陣左衛門の商売敵、大沢屋の話を一顧だにしない。すなわち、信頼で結ばれた人の輪の中に半端者が入ろうとすれば、ハジき出されるだけ――何とも気持ち良いではないか。

が、ここまでで物語はまだ三分の一進んだところ。後はといえば、この大役を任された恒吉の代貸暁朗の一世一代の大勝負が待っているのだが……まったく一力さんは、五十を過ぎて涙腺の弱くなっている当方には罪な作家である。

海のことなど何一つ知らない暁朗が、ときに叱咤され、ときに船乗りたちと一体となりながら七百本の杉を江戸へ回漕する姿は、文字通り生命を懸けた男の勝負であり、暁朗の成長の過程でもある。

その中でさまざまなことが暁朗を男にしていく。

いわく「知らないことを正直に言えば、ひとは喜んで教えてくれる。が、一度でもわけ知り顔を見せると、見抜いた相手は二度と正味の付き合いをしなくなった」。

いわく「あんたが乗り込む廻船には、もちろん按針箱は備え付けられている。それでもあんたが自分でこれを持っていると分かれば、船乗りの目が違ってくる」。

そしてこの作品が書かれた方がはやく、これはたまさかの偶然に過ぎないのだが、暁朗の妹あきなが祈りの象徴としている一本杉は、あの東日本大震災後に残った奇跡の一本松のように思えて仕方がないではないか。

それから脇筋の登場人物だが、毘沙門天のおきちらの何と魅力的なことか。

そして再びいわく「おれは湊にはへえらねえ。湊の沖合いに、錨を打ってくれ」「でえじょうぶだ。もしも泣き言を言ったら、おれを海んなかに叩き込んでくれ」という暁朗に「聞かせてもらっただ」と答える仁助……。

さらに「うちの親分は、あっしが命を惜しんでいかだを切り離しても、ひとことの文句も言わねえおひとでさ」「そうかといって、杉を捨てたあっしには、親分のもとに持ってけえれるつらはありやせん。杉を捨てるてえことは、あっしの身体も海に流すてえことでさ」といい切る暁朗。

だが、私の我慢もそこまでだった。ラスト近く、暁朗と保利蔵、そして良三が、荒海の中を生命懸けで丸太の上から閻魔丸に綱を投げようとしてしくじり、軽口を叩き合うシーンのすばらしさはどうだ。

これほどの大波にもてあそばれているのに、保利蔵と良三は、闇にも荒海にも怯えていない。怖がっていないからこそ、大真面目に喩えがどうのとやり合っていられるのだ。／いきなりかぶさってきた闇に、つかの間、保利蔵は慌てた。そのことを保利蔵は、みずからの口で白状した。／自分の生き方に自信と誇りがあればこそ、おのれから目を逸らさずに、恥じることもできるのだ。／いまの三人はまさに、生きるか死ぬかの瀬戸際にいる。そんなときでも保利蔵は、しっかりと自分を見つめていた。（傍点引用者）

読者の方々のことは知らぬ――。

だが、少なくとも恥多い人生を送ってきた私は、ここで遂に号泣し、それが止まらなくなってしまった。

そして、どのくらい経ってからだろうか。ようやく涙も涸れ果てたとき、当然のように、暁朗だけでなく、江戸にいても、晋平も、陣左衛門も、あやめの恒吉も、同じ戦いを戦い抜いていることを知らされるのである。

とまれ、一力さんの小説を読んで流す涙の何と心地良いことか——。これだから一力さんの小説はやめられないのである。

二〇一三年一月

（二〇一三年二月 徳間文庫初刊より再録）

この作品は２０１３年２月に刊行された徳間文庫の新装版です。

徳間文庫

夢《ゆめ》曳《ひ》き船《ぶね》

〈新装版〉

2021年7月15日 初刷

著者 山《やま》本《もと》一《いち》力《りき》

発行者 小宮英行

発行所 株式会社徳間書店

東京都品川区上大崎三―一―一 〒141―8202

目黒セントラルスクエア

電話 編集〇三(五四〇三)四三四九

販売〇四九(二九三)五五二一

振替 〇〇一四〇―〇―四四三九二

印刷
製本 大日本印刷株式会社

ISBN978-4-19-894662-3 (乱丁、落丁本はお取りかえいたします)

徳間文庫の好評既刊

葉室 麟

辛夷《こぶし》の花

九州豊前小竹藩の勘定奉行澤井家の志桜里は嫁いで三年、子供が出来ず実家に戻されていた。ある日、隣家に「抜かずの半五郎」と呼ばれる藩士が越してくる。太刀の鍔と栗形を紐で結び封印していた。中庭の辛夷の花をめぐり、半五郎と志桜里の心が通う。

葉室 麟

雨と詩人と落花と

豊後日田の広瀬旭荘は私塾の主として妻松子を迎える。剛直で激情に駆られ暴力をふるうこともあるが本質は心優しき詩人である。松子は夫を理解し支え続けたが病魔に倒れる。儒者として漢詩人として夫としてどう生きるべきか。詩人の魂と格調高い夫婦愛。